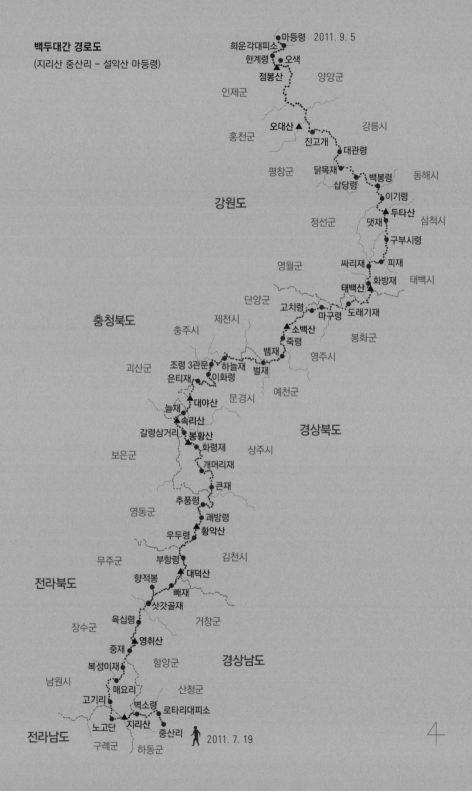

희망을 걷다

박원순의 백두대간 종주기

희망을 걷다

1판 2쇄 발행 2013. 1. 28

지은이 박원순

발행처 하루헌何陋軒
발행인 배정화

멋지음 안상수
　　　신혜정 · 박하얀

등록번호 제321-2012-000202호
등록일자 2012. 10. 2

주소 서울시 서초구 방배로 43길 5, 1-1208 (우편번호 137-759)
전화 02-591-0057
이메일 hrhbook@gmail.com

© 박원순 2013
이 책의 저작권은 저자에게 있습니다.
이 책의 내용을 쓰고자 할 때는 저자와 출판사의 서면 동의를 받아야 합니다.

가격은 뒤표지에 있습니다.
ISBN 978-89-969574-0-9 03810

공급처 (주) 북새통
주소 서울시 마포구 서교동 465-4 광림빌딩 2층 (우편번호 121-842)
전화 02-338-0117
팩스 02-338-7161
이메일 thothbook@naver.com

박원순의 백두대간 종주기

희망을 걷다

박원순 지음

하루헌

박원순과 함께 "희망을 걷다"

– 한 소셜 디자이너의 아름다운 결단

한승헌 ㅣ 변호사

"어쩌면 내 인생은 백두대간 종주 이전과 이후로 삶을 나누어야 할지도 모르겠다." 박원순 서울시장은 이런 고백을 한 바 있다. 그만큼 49일간의 백두대간 종주는 인간 박원순의 삶에 큰 획을 그은 분수령이자 전환점이라고 할 수 있다.

변호사, 시민운동가, 소셜 디자이너 등으로 헌신해 오던 그가 서울시장 후보로 나서기 전인 2011년 7월 19일부터 49일 동안, 그는 산을 타고 있었다. 이른바 '백두대간 종주'라는 멀고도 힘든 행군을 하면서 그는 매일같이 글을 썼다. 그의 산행일기는 마침내 정치 현장으로 발을 내딛는 결단의 기록으로 끝을 맺는다. 그래서 이 책은 만인의 궁금증에 진솔한 답을 주는 '간증'이 되고 있다. 물론 그가 산행을 하는 중에 만난 사람들의 이야기, 종주에 들어가면서 계획한 〈희망수레〉에 대한 생각, 나라와 미래에 대한 설계, 이런 온갖 체험과 상념도 이 책의 값어치를 높여 주고 있다.

그가 하산하자마자 이 나라 언론은 수염 덮인 얼굴로 돌아온 그의 모습을 큼직하게 비추기 시작했다. 그렇다면 산행 중에 무슨 변화의 사연들이 있었을까? 그에 대한 궁금증은 무대 못지않게 '막후'를 들여다보고 싶어 하는 그런 호기심과는 차원이 다르다. 한사코 정치 현장을 거부하던 한 시민운동 지도자가 서울시장 선거에 출마했다는 '의외성'을 풀려면 그런 변신의 배경이나 근인을 짚어 보는 것이 어찌 중요하지 않겠는가?

그런 시각視角에서 나는 이 백두대간 종주기의 원고를 읽었다. 거기에는 물론 49일간의 엄청난 산행에서 겪고 본 여러 이야기들이 담겨 있었다. 자연에만 매몰되지 않고 오히려 저만큼의 거리를 두고 세상일을 보다 근원적으로 짚어 보는 시간이 그와 동행했다. 그는 생각했다.

먼 길만큼의 긴 명상과 사유의 시간을 누리기도 했다. 홀로 인생길을 가듯 그 길 위에서 많은 생각을 하며 걸었다. 삶의 의미와 미래에 대해 생각했다. 그동안 해 온 사회 운동의 공과에 대해서도 하나하나 곱씹었다. 이제부터 무엇을 해야 할 것인가.

평탄치 않은 산길을 따라 지친 발걸음을 옮기면서도 그는 세상과 자신의 지향점을 찾아 머릿속의 강행군을 계속했다.

이 땅에 살고 있는 사람들이 마주하고 있는 고통이 더는 나를 달아 나지 못하게 했다. 마침내 현실과 정면으로 마주했고, 현실은 운명 을 바꾸었다. 그토록 피해 다녔던 '정치의 길'로 접어들었다. 서울시 장 보궐 선거 출마, 만약 백두대간 길에 있지 않았다면 결단을 내리 기가 어려웠을 것이다. 산에서 보낸 긴 성찰의 시간이 없었다면 어 떻게 그런 결심을 할 수 있었겠는가?

그 깊은 산골까지 정치의 바람이 거세게 몰아쳤다. 늘 이런 큰 선거 의 후보로 영순위였던 그에게 이 새로운 변환기에 출마 요구가 쏟아지 기 시작했다. 종주 40일째가 되는 8월 27일, 고등학교 친구인 교수 한 사람이 산으로 찾아와 서울시장 보궐 선거에 출마하라고 압박한다.

이명박 정부 아래서 내 생각에 동요가 일어나기 시작했다. 직접적 인 탄압이 밀물처럼 밀려 왔다. 하고 있는 일은 물론 계획하는 일까 지 사사건건 방해를 했다. 나와 관계있는 기업인들이 조사를 받았 다. …… 나만의 문제라면 이 정권이 끝날 때까지 참아 넘길 수 있 다. 그런데 세상이 거꾸로 돌아가고 있다. …… 반민족적이고 반민 주적이며 반민생적인 정책으로 일관했다. 시대가 70년대나 80년대 로 뒷걸음질 치고 있다. 과연 나만 혼자 깨끗하게 살아도 되는지,

내가 역사와 민족, 시대에 대해 큰 죄를 짓는 것이 아닌지 하는 고뇌가 깊어졌다.

이 대목을 읽으면서, 박원순 시장의 등장에는 MB의 본의 아닌 공로도 있었다고 보아, 다행스럽다는 생각이 들었다.

종주 41일째인 8월 28일, 마침내 결단을 내린 그는 이렇게 쓰고 있다.

이제 정치의 바다에 첨벙 뛰어든다. 아니 뛰어들기로 결심했다. 며칠 밤낮으로 고민을 했다. 퇴로가 없다. 더 이상 고통 받는 대중의 삶을, 퇴행하는 시대를 그대로 두지 말라는 내면의 소리를 거부할 수 없다. 천지신명이 명하는 대로 나는 나아간다. 하나의 제물과 희생이 되고자 한다.

사흘 뒤인 8월 31일에는 서울시장 보궐 선거를 위한 산중 심야 회의가 열리고, 종주 45일째인 9월 2일에는 하산을 재촉하는 발길이 모여드는 가운데 안철수 교수와 첫 번째 이메일을 주고받는다.

그로서는 출마를 결심했는데 안 교수의 출마 보도가 있으니 종주를 마치고 서울로 가면 한번 만나자는 메일을 보냈고, 저쪽에서도 곧 긍정적인 회신이 왔다. 그 뒤로도 계속 메일이 오간 끝에 9월 6일 오후 2시에 만나기로 약속이 되었다. 그는 종주 마지막 날인 9월 5일,

서울로 돌아갈 때의 심경을 이렇게 적고 있다.

　　일행과 헤어져 별도 차량으로 서울로 향한다. 어떤 세상이 나를 기
　　다리고 있을지? 어쩌면 내 인생은 백두대간 종주 이전과 이후로 삶
　　을 나누어야 할지도 모르겠다. 새로운 삶, 스스로도 예측할 수 없
　　는 세상으로 들어가고 있다. 이미 결정한 행로에서 닥칠 만난을 받
　　아들일 것이다.

　서울로 돌아온 뒤 그의 행보는 여러 언론을 통하여 널리 알려진 바
와 같다. 그는 하산 직후 곧 안 교수와 만나 양보를 얻어 낸 다음, 서
울시장 선거에 야권 단일 후보로 나선다. 그리고 10월 26일의 선거에
서 마침내 서울시장으로 당선된다. 그는 당선 소감에서 이렇게 말했
다. "시민은 권력을 이기고, 투표가 낡은 시대를 이겼습니다."

　그는 취임 직후부터 예전의 전임자들과는 전혀 다른 시장의 모습
을 보여 주었다. 낮은 자세로 참신하게 그리고 시민 속으로 다가가서
준비된 시장답게 난제를 풀어 나갔다. 어느 신문에는 '공약을 지키는
시장도 있네.'라는 기사 제목이 뜨기도 했다.
　이제 박원순 시장은 서울 시민, 아니 온 국민의 '희망'이 되었다. 그
는 네거티브가 판을 흔드는 우리 사회에서 꾸준히 희망을 파종하고
가꾸어 온 사람이다. '참여연대', '아름다운 가게', '희망제작소' 그리

고 마침내 '희망 서울' – 그가 내건 문패만 보아도 앞날의 희망은 그와 함께 자라고 있다.

나는 그와 함께 여러 차례 시국사범 재판 변호인으로 일하면서 진실과 정의를 향한 그의 열정에 크게 감동했다. 또한 많은 저술과 글을 통해서 그의 고매한 이상과 줄기찬 탐구 정신 그리고 창의성에 바탕을 둔 개혁 의지에 무한한 존경심을 갖게 되었다.

이 책의 원고를 읽으며 그의 진솔한 고백과 신념에 다시금 '박원순다운' 내면을 실감했다. 그리고 그가 일찍부터 줄곧 보여 준 초인적 '기록 정신'에 감탄했다. 그 힘든 산행의 고단함 속에서 날마다 이런 글을 썼다니 놀랍다. 오늘의 '서울시장 박원순'의 부단한 공부, 착안, 소통, 실천에 경의를 표하며 흔들림 없는 정진을 기대한다.

지난 10월 26일, 서울시는 박원순 서울 시정 1년을 요약한 〈희망시정 1년, 성과와 과제〉라는 보고 문건을 내놓았다. 그 안에는 '고민하는 1년에서 실천하는 1년으로'라는 소제목이 눈에 뜨였다. 박 시장의 고민과 다짐을 잘 함축한 표현이었다.

분명코 그는 우리 서울 시민, 아니 대한민국 국민의 마음속에 위대한 희망의 실체로 각인될 것이며, 그 희망의 지평 위에 새 세상의 원경遠景이 점차 선명하게 다가올 것으로 믿는다.

백두대간 종주에서 내린 그의 결단이 두고두고 아름다운 초심으로 간직되기를 바란다.

백두대간이 준 축복과 재앙

2011년 7월, 나는 지금과는 다른 모습으로 백두대간을 앞에 두고 서 있었다. 그동안 행하고 이루었던 일들을 뒤에 두고 '이제부터 무엇을 해야 할 것인가?'를 묻기 위해 백두대간을 걷기로 했다. 그동안 살아온 길을 되짚고 앞으로 나아갈 길을 찾기 위해 사색의 시간이 필요했기 때문이다. 백두대간에 첫 발을 내딛을 때, 나는 답을 알지 못했다. 그러나 중산리에서 출발해 하루하루 험준한 산길을 오르내리며 49일 만에 마침내 마등령에 도착하였을 때 '질문의 답'을 찾을 수 있었다.

거친 숨을 몰아쉬고 땀을 흘리며 내딛는 걸음은 말 그대로 고행이었다. 출발한 지 얼마 안 돼 발에 물집이 잡히고 발톱은 멍이 들었다. 온 몸은 상처투성이가 되었다. 처음 신었던 등산화는 신을 수 없을 정도로 헤졌다. 참으로 먼 길을 걸었다. 그 먼 길만큼이나 긴 명상과 사유의 시간을 누릴 수 있었다.

동행자가 있어도 길이란 결국 혼자 걷는 것이다. 인생의 길과 다를 바 없었다. 오래전 잊었던 초등학교 시절의 어린 소녀에 대한 연모도 떠올릴 수 있었고, 그 누군가에게 마음의 상처를 주었을 법한 잘못들도 떠올랐다. 중학교 3학년 때 상경 후 두 번의 재수, 대학 제적과 투옥 등 까마득한 젊은 날의 기억들도 생생히 복원되었다. 인권 변호사로 일하고, 〈참여연대〉, 〈아름다운재단〉, 〈아름다운가게〉 그리고 〈희망제작소〉까지 그동안 해 왔던 일의 공과에 대해서도 하나하나 곱씹었다. 지난 일이 반드시 기쁘고 영광된 것만은 아니었다. 가슴속 깊이 쓰리고 아팠다.

산속에서 거의 매일 비를 맞았다. 비와 땀으로 옷과 신발은 늘 젖어 있었다. 옷과 신발, 텐트를 말리는 것이 주된 일과였다. 언제나 모기와 온갖 벌레로부터 공격을 받으며 걸어야 했다. 숲 속을 걷고, 가시덤불에 찔리며, 음습한 대지를 기어가는 동안 나와 동료들은 어느새 자연의 일부가 되었다. 자연 속에서 나는 파충류가 된 것처럼 느낄 때도 있었고, 때로는 시냇물이 되기도 하고 잠자리가 될 때도 있었다.

길 위의 고난은 오히려 내가 선 자리를 분명히 일깨워 주었다. 백두대간에서 만난 사람들과 이 땅의 현실은 산행의 화두로 삼았던 '사회적 경제의 부흥'에 대한 확신을 가져다주었다. 협동조합, 사회적 기업 등이 현실 문제를 극복하기 위해 얼마나 절실히 필요한지를 느끼게 했다. 농촌과 산촌의 현실 앞에서 인간사에 대한 고민은 더 이상 절대적인 것이 아니었다. 탈속한 산 위에서도 여전히 인간사를 잊지 못하고 세상사의 바다 안에서 헤매고 있었다.

이 땅에 살고 있는 사람들이 마주한 고통으로부터 결코 도피할 수가 없었다. 과거에 억지로 피해 왔던 현실이 걸음걸음을 가로막았다. 마침내 현실과 정면으로 마주했고, 현실은 운명을 바꾸었다. 49일 동안 나의 산행은 결국 나를 '정치의 길'로 이끌었다.

서울시장 보궐 선거 출마는 백두대간 길에서 마주친 현실에 대한 나의 대답이었다. 산을 넘고 때로는 길을 잃고 헤매는 동안 과거에 억지로 피해 왔던 현실 정치의 요구가 걸음을 가로막고, 내 앞의 큰 장벽으로 다가왔다. 만약 백두대간 길을 걷지 않았다면 선거 출마의 결단을 내리기가 어려웠을 것이다. 산에서의 긴 성찰이 없었다면 어찌 그런 결단을 내릴 수 있었겠는가?

산행 중 배가 고파 산신각이나 성황당의 음식을 나눠 먹었기에 산신령이 벌을 내린 것이라고 농담 삼아 말하곤 한다. 그만큼 정치가로의 변모는 내가 애써 피해 왔던 길이기 때문이다. 실제로 선거 과정에서 나는 근거 없는 비방과 왜곡으로 큰 홍역을 치루었고, 지금도 천만 서울 시민의 삶을 돌보아야 하는 자리가 주는 무거운 무게를 실감하며 살고 있다. 어찌 소백산 산신령의 벌이 아니겠는가?! 백두대간, 함부로 갈 일이 아니다.

이 글은 모두 산에서 쓴 하루하루의 기록이다. 49일간의 산행을 통해 내 삶에서 가장 큰 변신을 도모한 심경의 변화와 고민의 흔적들이 담겨 있다. 병풍 같은 산의 행렬, 그 큰 품으로 온 마을과 물길을 품어 안고 있는 백두대간은 내게 끊임없이 깊은 감동과 이 민족, 우리 산하에 대한 믿음을 주었다. 그리고 백두대간 길에서 만난 사람들은 내게 용기를 주었다. 그들이 베풀어 준 호의는 결코 잊을 수 없다. 곳곳에서 잠자리를 제공해 주고, 음식을 베풀어 주기도 했다.

　인생길 역시 혼자 걸어갈 수 없으며, 많은 사람들의 도움이 있기에 갈 수 있는 길이듯 백두대간 종주도 역시 그랬다. 많은 분들의 보이지 않는 도움으로 생각을 내고 끝까지 종주할 수 있었다. 전체 일정을 짜고 산행을 모두 지휘하며, 더러 내 배낭까지 대신 져 주었던 석락희 대장과 박우형 부대장, 김홍석 대원과 홍명근 대원, 산행 말미에 합류했던 김용삼 선생, 이들과의 동고동락은 참으로 아름다운 추억들이다. 사흘이 멀다 하고 음식과 약품, 등산 용품을 실어 날랐던 보급대장 신충섭 씨가 없었다면 이 산행은 처음부터 불가능했을 것이다. 이 긴 산행을 기획하고 실무를 맡았던 〈희망제작소〉 이은주 씨와 격려해 준 연구원들 모두에게 감사드린다. 그리고 이 산행을 후원해 준 많은 이들. 그들의 진심 어린 지원이 있었기에 중간에 포기하지 않고 백두대간을 완주할 수 있었다. 마지막으로 이 책 출간을 독려하고, 기꺼이 출판에 나서 준 하루헌 배정화 대표에게 감사의 말씀을 드린다.

　벌써 백두대간이 그립다.

2012년 11월 20일
혜화동 공관에서

차례

한 걸음 한 걸음 희망을 품고 걷는다

비걱거린다. 예전 어른들이 호소하던 증상이 하나씩 나타난다. 요산 통풍이 불시에 찾아와 어쩔 수 없이 휠체어를 타야할 때도 있었다. 저녁이 되면 눈이 침침해진다. 하기는 50대 후반에 접어들어 큰 병 없이 지낸다는 것이 차라리 신기한 일인지도 모르겠다. 육신이 조금씩 나이 들어가는 것을 느끼면서 문득 더 늦기 전에 해야 할 일이 떠올랐다. 조금이라도 건강할 때 내 발로 한반도 구석구석을 걸어 보고 싶다는 생각이 들었다.

언제부턴가 삶에 대한 질문도 늘어 갔다. '지금 나는 진실로 잘 살고 있는 것일까?', '타성에 젖어 구태의연하게 살고 있는 것은 아닌지?' 묻는 일도 잦아졌다. 지금까지 멈추어 서서 지난 일을 되짚어 볼 여유도 없었다. 빼곡한 일정 속에 스스로를 밀어 넣고 삶에 대한 반추도 미래에 대한 깊은 사유도 없이 살아왔다는 반성이 일었다. 늘 그래 왔듯이 지난 5년을 바쳐 헌신했고, 이제 자립이 가능한 〈희망제작소〉와의 이별을 준비해야 할 때이다.

앞으로 무엇을 할까? 그래서 산으로 가기로 했다. 발은 평발이고,

무릎도 시원치 않다. 그렇게 좋아하는 산을 최근에는 거의 못 밟았다. 종주 중에 어쩌면 몸이 더 이상 움직이지 못할지도 모를 일이다. 그러나 더 늦기 전에 해답을 찾기 위해 떠난다. 우리 조상들이 삶을 의탁해 왔던 이 땅의 등줄기, 백두대간을 향해.

백두대간의 길을 걷는 동안 새로운 삶과 일과 미래를 구상하려 한다. 그리고 이제껏 해 온 일을 뒤로 두고 새로운 발걸음을 내딛기 위해 백두대간을 걷기로 했다.

한 발자국도 '내 발'이 아닌 '남의 발'로는 갈 수 없는 백두대간을 걸을 것이다. 지리산에서 설악산까지 걷는 동안 이 땅에서 살아가는 많은 사람들의 삶을 생각할 것이다. 그에 앞서 내 삶부터 돌아볼 것이다. 어둠이 걷히지 않은 미명, 해 지는 노을, 피어오르는 안개와 쏟아지는 폭우, 아름다운 자연과 육신의 고통, 이 모두와 함께 할 것이다.

모험과 같은 이 여정에는 다섯 명의 동반자가 함께 한다. 석락희 대장, 박우형 부대장, 김홍석 대원, 홍명근 대원 그리고 신충섭 보급 대장. 이들이 함께 하기에 겁도 없이 용감하게 발걸음을 내딛는다.

전라북도

경상남도

고기리

남원시

함양군

산청군

고리봉

만복대

4일

연하천대피소

벽소령대피소

장터목대피소

제석봉

천왕봉

작은고리봉

덕평봉

칠성봉

영신봉

로터리대피소

성삼재

삼도봉

토끼봉

2일

망바위

1일

노고단대피소

노고단

3일

화개재

하동군

중산리

구례군

전라남도

무식한 자가 일을 저지른다

하늘이 노랗다

백두대간 종주를 위해 도착한 지리산 입구 중산리. 이곳에서 바라보는 지리산은 평화롭기 그지없었다. 하얀 뭉게구름과 짙은 숲은 '도시의 삶'에 지친 나에게 한줄기 시원한 바람 같았다. 서울 남부터미널에서 원지로, 원지에서 시외버스를 타고 중산리로. 드디어 대망의 백두대간 연속 종주를 시작한다. 오늘은 로터리대피소에서 하루를 묵고, 내일 아침에 천왕봉에서 일출을 볼 예정이다.

시작부터 혼선이 생겼다. 대전에서 따로 출발한 부대장 박우형 씨를 만나기 위해 버스 정류장에서 기다리고 있었는데 이미 탐방안내소에 가 있다고 했다. 탐방안내소는 오후 4시 30분이 지나면 입산이 안 된다고 한다. 시간이 이미 지나 버렸다. 황급히 배낭을 메고 달리다시피 걸었다. 1.2킬로미터 정도를 걷다 보니 진땀이 나기 시작했다. 4시 45분에 겨우 도착했다. 산장에 예약이 되어 있다는 말로 탐방안내소 직원을 설득하여 지리산에 정식으로 발을 내딛었다.

지리산이 뿜어내는 숲의 향기에 마냥 행복했다. 행복도 잠깐, 가파른 계단이 기다리고 있다. 힘겹게 따로오던 홍명근 대원은 하늘까지 이어진 이 계단에 '천국의 계단'이라는 이름을 붙였다. 망바위에 이르렀을 때 숨은 턱밑까지 차올랐다. 이제나 저제나 하는데 계속 계단이 이어졌다. 다리가 후들거렸다. 정신은 혼미하고 심지어 현기증까지 났다.

정말 하늘이 노랗다. 퍼지기 일보 직전이다.

너무 크게 떠벌린 백두대간과의 약속

석락희 대장이 백두대간 종주를 떠나기 전에 연습 등반을 몇 번이나 제의를 했건만 바쁜 일정 때문에 겨우 북한산 등반과 관악산 야간 종주 한 번씩만 하고 말았다. 형식적으로는 내가 단장이지만 실제로는 석 대장이 이번 종주를 총괄 지휘하여 이끌어 갈 것이다. 그는 등산과 마라톤의 귀재이다. 전문가인 그의 말을 들었어야 했는데 후회막급이다. 연습 등반을 하자고 할 때 '준비는 무슨 준비, 두 달 동안 지겹도록 산을 탈 텐데……' 하는 생각에 귓등으로 흘렸던 것이 화근이었다.

모든 일에 준비가 필요하고, 중요한데, 이러고도 백두대간 종주라니 그것도 연속 종주라니……. '참 무리겠다.', '지금이라도 포기할까.' 하는 생각이 들었다. 그러나 때는 이미 늦었다. 이번 백두대간 종주를 너무 떠들고 다녔다. 여기서 그만둔다면 보통 우세가 아니다. "지리산에서 마등령까지 걷는다."라고 너무 거창하게 내걸었다.

꿈은 현실이 되는 법!

"세상은 꿈꾸는 사람의 것이다." 내가 가장 좋아하는 말이다. 꿈은 언제나 현실이 되는 법이다. 그래서 스스로에게도, 세상 사람들에게도 '진정 원하는 일은 저지르라!'고 부추겼다. 마음속으로 되뇌는 바가 있으면 자신도 모르게 그것을 성취하기 위해 노력하게 된다.

백두대간 종주도 꿈에서 시작되었다. 그리고 이렇게 현실이 되었다. 사실 백두대간 종주를 위해 두 달간이나 시간을 낸다는 것은 불가능한 일이다. 내 수첩에는 30분 단위로 스케줄이 잡혀 있다. '살인적인' 일정이다. 사람들은 나를 '대한민국에서 가장 바쁜 사람'이라고 한다. 그런 내가 두 달 동안 시간을 내어 산으로 간다는 것은 상상하기 어려운 일이다. 그러나 상식에 굽히지 않는 성격이라 가능했다. 무슨 일이든 일단 저지르고 본다. 아니 일을 벌이기 전에 소문부터 낸다. 나중에 도저히 안 할 수 없게 미리 소문을 내 버린다.

1991년, 변호사로 한창 돈을 벌던 그때도 영국으로 유학을 간다고 소문부터 냈다. 변호사가 일을 접고 유학을 간다는 것은 상상하기 어려웠던 시절이었다. 그러나 이미 엎질러진 물인데, 어떡하겠는가? 소문대로 하는 수밖에 없었다. 그 덕에 영국에서 1년, 미국에서 1년간 공부를 할 수 있었다.

언제나 그러했듯이 내가 가는 길은 분명했고, 의지가 뚜렷했기에 결정은 단호한 것이 되고 말았다.

나를 만날 사람은 백두대간으로

세상 많은 사람들은 늘 고민만 하다가 끝내곤 한다. 머릿속으로 온갖 생각을 다하고, 계획을 세우지만 끝내 시작하지 못하는 경우가 많다. 무엇인가를 성취하는 사람은 일단 저지르는 사람이다. 그래야 일이 시작된다. 실패의 두려움으로 주저하기보다 무모하더라도 시도하는 것이 낫다고 생각한다. 실패를 통해 또 다른 성취에 이를 수 있으니 말이다.

두 달간 시간을 내겠다는데, 두 달간은 산에 있겠다는데 누가 말리겠는가! 아무리 긴급한 약속이라고 해도 산행 이후로 미룰 수밖에. 이미 수첩에 10월 이후 일정은 차 있다. 그 전에라도 꼭 만나야 한다면 산으로 오라고 했다. 그리고 난 지금 백두대간 숲 속을 걷고 있다.

산에 올라가서 내려오지 못한 적은 없다

지리산 종주는 이미 여러 차례 했었다. 주변 지인들과 함께 오기도 하고, 몸담았던 단체 간사들을 모조리 데려 오기도 했다. 그렇다고 산을 잘 타는 것은 아니다. 평소에 운동이라곤 전혀 안 하다가 갑자기 지리산 오면 지옥이 따로 없다. 매번 지옥을 체험했다. 하지만 결코 중간에 산에서 내려 온 적은 없다. 올라갔다가 못 내려온 적도 없다.

지리산과의 만남은 1983년부터 시작되었다. 그때 학교 선배였던 이호웅 전 국회의원 부부와 우리 부부는 뱀사골에서 피아골로 넘어갔다. 수제 등산화까지 나란히 맞춰 신고 올라간 것은 좋았는데 초보자들에게는 너무 과한 일정이었다. 뱀사골에서 점심을 해 먹고 떠난 시간이 오후 3시, 임걸령에서 피아골로 내려서니 이미 해가 지고 말았다. 손전등도 없이 계곡을 따라 무작정 내려와 첫 번째 마을에 도착한 것이 새벽 2시였다. 민박 집주인을 깨워 간신히 자고, 아침에 일어나 보니 발톱 여덟 개가 피멍이 들어 있었다. 나중에 모두 빠져 버렸다. 아내는 둘째 아이 임신 7개월째였다.

그러고도 그 고통을 잊어버리고 지리산 산행은 계속 되었다. 한 고등학교 동문들과 종주를 하기도 하고, 아내가 다니던 서예 학원 원장인 해봉 선생과도 몇 차례 종주를 했다. 언젠가는 칠선계곡에서 출발해서 천왕봉을 거쳐 연하천으로 가다가 결국 탈진해서 반쯤 업혀 내려오다시피 한 적도 있다. 발톱은 거의 매번 지리산 산신령에게 제물로 바쳐지곤 했다. 이런 데도 일 년에 두 번은 반드시 지리산을 찾았다. 한 번은 내가 일하는 단체 간사 모두를 거의 반강제적으로 독려해 함께 오고, 나머지 한 번은 원하는 사람들과 함께 일출을 보러 온다. 지리산은 언제나 고통을 주었지만 사람을 홀리는 매력이 있었다. 유장한 산들이 빚어내는 연봉, 쉴 새 없이 변하는 웅장한 연무, 계절마다 옷을 갈아입으며 보여 주는 감동 – 그것이 나를 불렀다.

지금 악전고투하면서 한 발자국, 한 발자국 전진하고 있다. 지리산을 넘어 설악을 향해 가고 있다. 결국 680킬로미터를 걸어 마등령에 도달할 것이다. 이 순간, 육신은 고통스럽지만 이 고통을 통해 영혼은 평화와 안식을 얻는다.

하늘에는 뭇별이 땅에는 사람들이

저녁 8시가 되어서야 겨우 로터리대피소에 도착했다. 이미 도착한 일행들은 그새 밥을 다 지어 놓고 기다리고 있었다. 염치없지만 어찌하겠는가. 잘 얻어먹을 수밖에. 석 대장은 성공적인 종주를 기원하며 아끼던 술 한 병을 꺼냈다. 그 무거운 배낭 속에 술까지 넣어 오다니! 귀하게 여기는 것을, 그것도 이 먼 지리산까지 가져왔으니, 술 못하는 나이지만 한잔 할 수밖에 없다.

잠자리에 누운 후에 문제가 발생했다. 옆자리에서 자는 젊은이 코고는 소리가 장난이 아니다. 따발총을 난사하더니 전차도 지나간다. 그칠 기색은 전혀 없다. 일어나 시계를 보니 12시 반. 새벽 3시에 일어나 또 먼 길을 걸어가려면 자야 하는데……. 밤하늘엔 무심한 별빛이 초롱초롱하다. 화장실에 다녀와서 다시 잠을 청하나 코고는 소리는 여전하다. 다시 밖에 나가 벤치에 한참을 앉아 있었다. 그렇다고 여기서 밤을 샐 수는 없는 법. 들어와 집적여 보아도 소용이 없다. 결국 뒤척이다가 새벽 3시에 일행과 산장을 나왔다.

산장에서는 으레 있는 일이다. 참 특이한 버릇을 가진 사람이 많다. 코 고는 사람, 잠꼬대 하는 사람, 갑자기 고함을 치는 사람……. 지리산을 다니면서, 대피소를 이용하면서, 하늘에는 뭇 별들이 빛나고 세상에는 온갖 유형의 사람들이 있다는 걸 알았다. 여럿이 있다 보면 본의 아니게 피해를 주는 사람도 있다. 쫓아낼 수도 없고 그렇다고 다른 방이 있는 것도 아니니 참고 지낼 수밖에.

오늘 밤, 하늘에는 별이 초롱초롱하다.

감동의 지리산

태양을 의심하지 말라

새벽 3시에 일어나 장비를 꾸렸다. 밖에는 바람이 엄청 불고 있다. 안개인지 비인지 분간할 수 없는 것이 시야를 가렸다. 어제 밤에 잠깐 달무리가 진 것을 보았으니 오늘은 '날이 맑기는 힘들겠다.' 싶었다.

로터리대피소 고도는 해발 1,335미터이고, 천왕봉은 1,915미터이니 표고 차가 무려 580미터다. 1.3킬로미터 거리를 감안하면 각도가 거의 20도, 급경사 길이다. 직등 코스를 올라야 한다.

오로지 일출을 보기 위해 힘든 길을 황급히 올랐다. 아직 잠이 덜 깬 상태라 생각보다는 덜 힘들게 올랐다. 비는 후드득 떨어지고 바람은 세찼다. 나무가 휘어지다가 못해 부러지지 않을까 걱정이 될 정도였다. 구름은 아주 빠른 속도로 머리 위를 오갔다. 박우형 부대장이 일출은 보기 힘들 것이라고 했다. 시야가 충분히 확보되지 않은 상태로 걷다 보니 엉뚱한 길로 접어든 것 같다. 가다 보면 길이 나오겠지 하면서 계속 우측으로 갔는데 결국 막다른 곳이 나오고 말았다. 다시, 20분이나, 걸어왔던 길을 되돌아와 보니 천왕샘 표지판을 보지 않고 그냥 우측으로 길을 틀었던 것을 알 수 있었다.

시간상 일출을 보기는 불가능해졌다. 포기한 채 걸어 올라가는데 갑자기 구름이 걷히면서 붉은 기운이 완연하게 드러나는 것이 아닌가! 구름 사이로 빛나는 태양이 자그마하게 떠오르는 것이 아닌가! 탄성이 터졌다. 그 순간에도 구름은 세찬 바람과 함께 다가오고 있었다. 카메라를 찾는 사이, 구름은 태양을 집어삼키고 말았다. 떠오르는 태양을 제대로 찍지 못했다. 우리 보다 먼저 천왕봉에 올라간 석락희 대장과 김홍석 대원은 선명하게 일출을 보고, 사진도 찍었다고 한다. 삼대가 적선을 하여야 본다는 '천왕봉 일출'을 약간 놓치기는 했지만 그렇게라도 본 것이 대단한 일이었다.

미리 속단하고, 포기하는 사람에게 오늘 떠오른 태양은 이렇게 말해 주는 것 같았다. "언제 내가 빛나지 않았던 적이 있는가! 단지 구름이 가리고 달이 가린 것뿐이다. 나는 늘 언제나 거기서 빛나고 있었다. 우매한 사람들이 일출을 본다고 야단이고, 못 보았다고 비탄할 뿐이다. 나를 보려면 의심하지 말고 오라. 비와 눈, 구름 너머 내가 빛난다."

새벽부터 헤매다

길을 잘못 접어들면서 허비한 20여 분은, 온전한 천왕봉 일출을 보는데, 결정적인 시간 손실이었다. 길을 잘못 접어든 것을 두고 박 부대장은 "우리가 알바를 조금 뛰었다."라고 표현했다. 산행을 할 때 길을 잃거나 헤매는 일은 부지기수이다. 지나친 과신에서 비롯되는 상황이다. 주변 상황과 지표를 무시하기 때문에 일어난다.

꽤 오래전에도 지리산에서 "알바를 뛴" 경험이 있다. 서예가인 해봉 정필선 선생과 여러 차례 지리산을 다녀왔다. 한번은 지리산 종주를 하면서 토끼봉에서 뱀사골 쪽으로 간다고 내려갔는데 칠불사계곡이었다. 당황스러웠다. 칠불사계곡 상류 쪽에 텐트를 치고 하룻밤을 아주 힘들게 보냈다. 중산리에서 천왕봉 가는 길이 외길이라 생각했다. 아주 단순하게. 자그마한 옆길이 있으리라고 예상하지 못했다.

편견은 사람들을 그릇된 길로 이끌어 간다. 고정관념, 편견, 자만 - 이것을 버리고 넘어서야 한다는 것을 오늘 다시 새겼다.

지리산을 걷는 교사와 학생들

지리산은 '민족의 산'이 되었다. 정말 많은 사람이, 다양한 구성으로 온다. 부부끼리, 가족끼리 온 사람도 많아 보인다. 부럽다. 내가 별로 못해 본 일이기에 더 부럽다. 특히 아이들 손을 잡고, 이 긴 지리산 구간을 걷는 부모들을 보면 존경스럽기도 하고, 부럽기도 하다. 다시 젊은 시절로 되돌아갈 수 있다면 딸과 아들을 데리고 지리산을 종주하고 싶다.

이번 지리산에서 만난 사람들 가운데 교사와 학생들이 함께 온 팀들이 있다. 광양고등학교, 전주 영생고등학교, 구로 영림중학교에서 온 교사들과 학생들을 장터목대피소와 세석대피소에서 만났다. 김학섭 선생님은 담임을 맡고 있는, 전주 영생고등학교 1학년 4반, 학생 24명을 데리고 2박 3일간 종주를 하고 있었다. 왜 이리 힘든 일을 하느냐고 물었더니 "눈에 보이지는 않지만 인생에서 살아갈 때 큰 힘이 될 것"이라고 했다. 그러자 옆에 있던 박준혁, 소중석, 오상균, 양승환 군이 "당장 나타나는 효과는 온몸이 쑤시는 것"이라고 해 모두 웃었다.

서울에서 온 영림중학교 팀은 교사 4명과 학부형 18명, 학생 18명이 조를 맞춰 왔다. 학생들 생각과 삶을 바꾸기 위해 이 프로젝트를 매년 시행하고 있다고 한다. 함께 산을 타면서 아이들끼리는 물론, 부모자식지간에도 사제지간에도 정이 돈독해진다는 것이다. 참가하는 학생은 공모를 통해서 선발하는데 3학년을 우선 선정한다고 한다. 1, 2학년은 다음 해에도 올 수 있기 때문이란다. 참가하는 학부형과 학생 숫자를 맞추는 것은 멘토와 멘티로 서로 짝을 지어주고 산행 가운데 서로 깊은 이야기를 나누면서 힘든 상황을 함께 돕기도 하고 상담도 하기 위한 것이라고 한다.

요즘 학교에서는 복지 팀을 운영한다고 한다. 부모가 없거나 환경이 불우하거나 문제가 있는 아이들을 특별히 돌본다고 하는데 아주 좋은 제도다. 영림중학교에서 운영하는 이번 프로그램 역시 돌봄이 필요한 아이들에게 우선권을 주었다고 한다. 처음에는 학생들이 어색해 하지만 함께 힘들게 걸으면서 또 힘든 상황에서 서로를 도우면서 걷다 보면 조금씩 변해 가는 것이 눈에 보인다고 한다. 5년째 이 프로젝트를 진행하고 있는 교사들이 존경스러웠다. 저런 선생님 밑에서 자라는 아이들도 부러웠다.

지리산을 걷는 선생님과 학생들의 모습에서 오늘, 희망을 보았다.

무거운 짐에 녹아난다

괜히 객기를 부렸나?

어제는 참 힘들었다. 새벽 3시에 출발해 천왕봉 가는데 힘을 다 썼더니 오후에는 다리가 천근만근이었다. 호흡이 곤란했다. 최근 군대까지 갔다 왔다는 막내 홍명근 군도 땀을 뻘뻘 흘리며 뒤에서 헤매고 있었다.

영신봉을 뒤로 하고 칠선봉, 덕평봉을 넘어야 했다. 이름 있는 봉우리만이 봉우리가 아니었다. 쉴 새 없이 오르막과 내리막을 걸어야 했다. 지리산을 수없이 걸었는데도 얼마나 더 걸어야 할지 알 수가 없었다. 물이 풍부한 선비샘에 와서는 아예 바가지로 온 몸에 물을 끼얹었다. 그제야 조금 정신이 들었다. 더 이상 땀이 안 났으면 좋겠지만 그것은 헛된 바람에 불과했다. 벽소령대피소에 도착했을 때는 그냥 주저앉고 말았다.

괜히 객기를 부린 것은 아닌지, 매일같이 이렇게 걸으면서 60일을 견딜 수 있을까? 걱정이 되었다. 어렸을 때부터 몸이 약한 편이긴 했지만 중학교 다닐 때는 왕복 30리를 걸어 다녀서 발과 다리는 좀 건

강한 편이었다. 그런데 그 약효마저도 다 사라진 모양이다.

조금씩, 조금씩 목표를 향해

오늘 벽소령대피소에서도 새벽 3시 40분에 출발했다. 칠흑 같은 어둠이다. 그 어둠을 뚫고 형제봉까지 올랐다. 어제는 어찌나 피곤했는지 소등도 하기 전에 잠이 들었다. 밤 9시 전에 잠이 들어 새벽 3시까지는 푹 잤다. 산에서는 잠이 보약이다.

연하천 대피소에 새벽 6시 반에 도착했다. 오르락내리락 하다 보니 너무 졸리고 힘들어 잠깐 대피소에 들어가 20분 정도 눈을 붙였다. 밥맛도 없었다. 일행이 끓여 준 누룽지를 겨우 먹고 기운을 차렸다. 안개는 여전하다. 안개 속을 걷고 있다.

석락희 대장은 참으로 대단하다. 발걸음을 재고 있다. 중산리에서 로터리대피소까지 9,000보, 로터리대피소에서 벽소령까지 27,005보, 벽소령에서 노고단까지 21,162보를 걸었다고 한다. 백두대간 전체는 약 1,000,000보라고 한다.

힘겹지만 조금씩, 조금씩 백두대간의 초입을 지나가고 있다. 결국 이 먼 길도 한 걸음, 한 걸음으로 채워진다. 분명한 것은 한 걸음 한 걸음 내딛을 때마다 앞으로 간다는 것이다. 결코 뒤로 가지는 않을 것이다. 조금씩, 조금씩 목표지점에 가까워지고 있다.

독일의 전 수상 빌리 브란트는 "우리가 목적지로 가기 위해 버스를 타기로 했다. 그런데 기다려도 버스가 안 온다면 우리는 영원히 목적지에 갈 수 없을 것이다. 그러나 우리가 지금부터 걷는다면 언젠가는 목적지에 도달할 수 있다."라고 했다. 이것이 바로 그가 가진 동방 정책의 철학적 기초였다. 이를 바탕으로 통일을 이루었다. 서독은 동독과 꾸준히 교류를 추진했고, 그 결과 마침내 1989년 베를린 장벽을 허물었다. 꾸준하고 일관된 정책이 분명한 결과를 낳았다.

누구도 대신 걸어 줄 수 없는 길. 한 걸음도 내 발로 걸어야 한다. 목표뿐만 아니라 걸어가는 그 과정들을 생각한다. 과정의 힘겨움과 노고를 생각한다. 쌀 한 톨을 생산하는 농부 마음, 작은 물건 하나에 깃들어 있는 노동자의 땀방울을 생각한다.

주변 도움이 있어 길을 걷는다

배낭 크기만으로도 백두대간을 종주하는 사람인지 아닌지를 알아차릴 수 있다. 중간 중간에 지원 팀이 있다고 해도 적어도 사나흘 치 식량과 야영을 위한 텐트, 식사 도구 등을 지고 다니는 건 불가피한 일이다. 그러다 보니 짐에 짓눌린다. 그냥 걷는 것도 힘든데 머리 꼭대기까지 올라가는 배낭을 둘러메고 가려니 더 힘들다.

어떡하든 짐을 줄이기 위해 애쓴다. 무게와 전쟁이다. 우리 일행도 중복되는 것 가운데 고추장이나 반찬 일부는 대피소에 두고 오기도 했다. 끼니때가 되면 각자 배낭에 든 식량을 먼저 꺼내려고 한다. 큰 경쟁이다. 사흘째인 오늘, "식량이 많이 줄어들었다."라며 막내 명근 군이 좋아한다. 죽을 뻔했는데 배낭이 가벼워져 조금 살 만하단다.

내 경우 너무 힘들어 하니 짐을 대신들 져 주었다. 침낭과 옷은 석 대장이나 박 부대장이 가지고 갔다. 수첩이니 필기도구는 평소에도 가지고 다니는 것이니 넣고, 장거리를 가니 물도 조금은 더 담아야 하고……. 이러니 짐을 덜어냈다고 해도 배낭은 여전히 무거웠다. 그래도 다른 사람에 비하면 턱없이 가볍다. '퍼지지 않고' 가는 것이 일행에게 도움이 된다는 말에 염치없지만 짐을 맡길 수밖에 없다.

그러고 보니 내 삶은 주변 사람들의 지원과 도움, 희생 덕분에 존재했다. 인생 시기, 시기마다 나를 이끌어 주고, 밀어주는 분들이 있지 않았다면 오늘의 '나'는 없었을 것이다. 따지고 보면 어느 것 하나 남의 신세를 지지 않았던 것은 없다. 변호사 시절의 사무장, 사무원부터 〈참여연대〉, 〈아름다운재단〉, 〈아름다운가게〉, 〈희망제작소〉의 간사들, 연구원에 이르기까지. 참 많은 사람들의 도움이 있었기에 그 일들을 할 수 있었다. 내 모든 활동은 함께 했던 이들의 공이라 생각한다. 그들 한 사람 한 사람의 얼굴이 떠오른다. 닦달로 상처를 준 일도 적지 않으리라. 일 욕심이 많은 나는 일단 목표가 정해지면 밤낮 없이 사람들을 들볶았다.

한편으론 수많은 기부자들과 후원자들이 있었다. 내가 여기까지 온 것은 다른 사람들의 도움이 있었기 때문이다. 그런데 제대로 신세를 갚은 적이 없었다. 따뜻한 말 한마디 살갑게 전하지 못했다. 헤어질 때 마음을 담은 선물 하나 제대로 하지 못했다. 그 미안함을 한 걸음, 한 걸음에 담는다. 그들이 바친 청춘, 그들이 바친 희생, 그들이 바친 노고가 있었기에 우리 사회가 조금은 더 아름다운 사회로 변할 수 있다고 믿고 싶다. 이보다 더 큰 헌사는 없지 않을까. 오늘은 이렇게 스스로를 위로한다.

끊임없는 오르막과 내리막

정말 힘들다. 끊임없이 이어지는 오르막과 내리막. 지리산은 오르막과 내리막으로 하염없이 이어져 있다. 중산리에서 천왕봉으로 이어지는 오르막은 매우 잔인하다. 천왕봉 정상을 조금 지나면 그때부터 장터목까지는 계속 내리막이다. 특히 제석봉부터는 경사가 더 급하다. 화개재에서 삼도봉까지 이어지는 계단은 악명이 높다. 590여 개의 계단이 사람을 잡는다. 토끼봉까지 오르막도 대단하다. 내려올 때 반대로 올라가는 사람들을 보면 불쌍해 보일 정도다.

산꼭대기를 쳐다보고 있자면 참 한심하다. '저기를 언제 다 오르나?' 싶다. 아예 정상을 보지 말아야지 하면서도 어느새 위를 보고 있다. 그러나 그 아득한 정상도 결국은 오른다. 한 걸음 한 걸음 나아가다 보면. 산길도, 인생길도.

힘겹게 숨을 헐떡이며 겨우 정상에 올랐는데, 곧 내려가야 한다. 정상에 오른 희열감을, 행복을 오래 누리고 싶어도 바로 내려가야 한다. 후발 주자인 내가 땀을 식힐 만하면 일행은 일어설 기미를 보인다. 정상은 그렇게 '잠깐'이다.

젊은 시절, '하산계의 거장'이라 불렸다. 올라갈 때 하도 힘들어하니까 사람들이 붙여 준 별명이다. 그런데 나이가 든 이후로는 내려가는 것이 더 힘들어졌다. 무릎이 안 좋아진 까닭이다. 조심하지 않으면 언제, 어떤 문제가 생길지 모른다.

오르막이 있으면 반드시 내리막이 있는 것은 인생도 마찬가지다. 내려가야 할 때 제대로 내려서는 '하산계의 거장'이 되고 싶다.

세상을 만드는 작은 이야기

자연은 어떤 순간에도 아름답다

안개가 자욱하다. 지척에 있는 사람도 알아보기가 힘들 정도다. 원래 노고단은 운무로 유명하다. 안개라고 가볍게 여기고 그냥 걸었더니 옷과 배낭이 금방 다 젖어 버렸다. 안개와 비는 도대체 무슨 차이가 있을까? 자연은 원융회통하는데 인간이 괜히 나누고, 구분한 것은 아닌지?

안개가 개면서 천천히 드러나는 지리산의 모습은 위대했다. 만복대에서 바라보는 지리산은 마치 바다 위에 떠 있는 섬들의 행진 같았다. 구름이 만들어 내는 하나의 위대한 예술 작품이다. 아름다웠다. 하긴 지리산이 아름답지 않은 순간이 있었던가.

세상의 빛과 자신의 빛

노고단대피소를 떠나 성삼재휴게소까지는 도로를 따라 걸어야 한다. 새벽이라 사람들은 헤드 랜턴을 켜고 걷는다. 행렬이 길다. 요즘은 금요일에 휴가를 내고 와 1박2일간 지리산을 종주하고, 일요일에는 쉬는 사람들이 많이 생겼다고 한다. 혼자인 사람도 있고, 가족끼리 걷는 사람도 있고, 단체로 온 사람들도 있다.

한 사람이 헤드 랜턴을 끈 채 걷고 있었다. 따라해 보았다. 처음 잠깐은 어두웠지만 오히려 주위가 밝아왔다. 하늘은 어슴푸레 보였고, 나무들 사이 윤곽도 드러나 보였다. 사람도 식별이 가능했다. 내 불을 끄니 오히려 세상이 잘 보였다. 새벽 4시. 깊은 산, 이 안개 속에서도 빛은 있었다.

스스로 너무 빛나면 주변의 것들은 빛을 잃는다. 내 빛을 줄여야 다른 만물이 더 잘 보이는데, 내 빛을 너무 밝게 해 둔 것은 아닌지 챙겨 본다.

어느 벌목공의 작은 여유

성삼재에서 출발해서 만복대로 향한다. 주차장 맞은편에 있는 아주 작은 통로로 들어간다. 길은 좁고 흙길이다. 앉아 쉴 곳도 제대로 없다. 마치 동네 야산 같다. 지리산 바로 옆인데 분위기가 사뭇 다르다. 그렇게 걸은 지 30여 분. 밑동이 잘려나간, 참 재미있게 생긴 나무 그루터기 하나가 눈에 뜬다. 그루터기 자체야 신기할 것은 없었으나 그루터기 뒷부분을 마치 의자 등 받침처럼 만들어 두었다. 재치며 재미이자 배려이다.

어느 벌목공이 재미로 한 것인지, 이곳을 지나가는 사람을 위해 만든 것인지는 모르겠으나 그 재치만은 많은 사람들에게 즐거움을 선사할 것이고, 이야깃거리가 될 것이다.

세상은 무수히 많은 작은 이야기들이 짜여서 굴러간다. 크고 굵직

한 이야기도 중요하지만 이렇게 소소한 이야기들로 세상은 더 풍성해질 것이다. 벌목공의 작은 여유가 산길을 외롭게 걷는 우리들에게 행복감을 주고 있다.

"되면 좋고 안 되면 말고 그 따위 것은 없으리라"

만복대 가는 길에서 백두대간을 종주한다는 젊은이를 한 명 만났다. 토목공학을 전공한 이 청년은 건설 회사에 다니다가 그만두고, 앞으로 무엇을 할 것인지 생각을 하려고 백두대간에 왔다고 한다. 이 청년은 딱 40일만 걸을 계획이라 했다. 구간종주를 해 본 적이 있단다. 먼 길을 혼자서 외롭게 걷는다는 것은 참 쉬운 일이 아닐 텐데, 백두대간에 깊이 빠져든 것이 틀림이 없다. 용감한 젊은이들이 많다는 것은 희망이 있는 일이다. 32세. 그 나이에 나도 저렇게 당당했는지 되돌아보게 된다.

명함까지 파서 종주를 하고 있는 홍성현 군. 명함에는 이름과 함께 "되면 좋고 안 되면 말고 그 따위의 것은 없으리라."라고 써 놓았다. 본인은 별 의미 없다고 극구 부정하였지만 비장함이 서려 있었다. 백두대간을 끝내는 날, 청년은 자신만의 꿈, 자신만의 비전을 찾아가리라는 확신이 들었다.

백두대간은 많은 사람들이 걸으면서 명상하고, 걸으면서 미래를 생각하는 길이다. 한 걸음을 걷는 만큼 성장해 가는 곳이다.

그 어느 것도 봉우리 아닌 것은 없다

아침에 출발할 때 석락희 대장이 "오늘은 큰 봉우리가 없다. 조금은 편할 것이다.”라고 했다. 다소 가벼운 마음으로 가던 우리는 갈수록 낙심했다. 만복대 가는 길에 처음으로 나타난 작은 고리봉(큰 고리봉은 따로 있다.) 오르막도 장난이 아니었다. 오늘도 막내 명근 군과 나는 맨 뒤에서 쩔쩔맸다. 나는 처음에 호기를 부리며 앞서 가다가 본격적으로 오르막이 시작되면서 뒤로 처졌다.

오늘의 교훈은 어느 산도, 어느 봉우리도 무시하지 말라는 것이다. 세상에 만만하게 볼 산이 어디에 있겠는가? ‘오늘은 조금 편할 것’이라고 예상했던 내가 어리석었다. 백두대간은 그 어디도 봉우리 아닌 곳이 없다. 한반도의 줄기인데 만만한 곳이 있을 까닭이 없다. 힘들 것을 각오하지 않고 왔던 내가 잘못했다.

성삼재 1,090미터 - 작은 고리봉 1,248미터 - 묘봉치 1,198미터 - 만복대 1,433미터 - 정령치 1,172미터 - 고리봉 1,305미터. 오늘 우리는 이렇게 걸었다. 쉴 새 없이 봉우리들을 오르내렸다. ‘재’니 ‘봉’이니 ‘대’니 하는 말이 이제는 참 무섭다. 그냥 붙여진 이름이 아니었다. 명색이 지리산 아우들인데 이 봉들이 호락호락할 리가 있겠는가. 백두대간을 맨몸으로 받아들여야 했다.

육십령휴게소

9일

덕운봉
영취산

함양군

백운산

장수군   중고개재

중재

월경산

광대치   경상남도

8일

봉화산

전라북도   다리재

꼬부랑재

치재

복성이재

아막산성

시리봉

새맥이재

사치재   7일

고남산

매요리

6일

여원재

남원시

수정봉

고기리

5일

뒤에서 함께 걷는 사람들

손꼽아 기다린 첫 번째 보급

이번 백두대간 지원 총책임은 〈아름다운가게〉 팀장 신충섭 씨가 맡았다. 〈아름다운가게〉에서 함께 일하면서 우정이 깊어졌다. 참 충직하고 의로운 사람이다. 교직을 그만 두고는 〈아름다운가게〉에서 온갖 허드렛일을 즐겁게 하는 사람이다. 늘 희생적이고 헌신적인 그를 보면 난 부끄러워지곤 한다.

함께 종주를 하자고 했으나 〈아름다운가게〉에서 승낙을 받지 못하는 바람에 후방 지원, 보급을 맡기로 했다. 후방 지원이란 만만한 일이 아닌데 기꺼이 맡았다. 필요한 물건들을 공급하기 위해 최소한 일주일에 한 번은 산으로 와야 한다. 오늘은 우리가 묵을 곳을 미리 잡아 놓고 일행을 맞으러 산길 한참 위까지 올라왔다. 일행은 환호성으로 그를 맞았다. 만나자마자 냉동된 음료수를 내놓았다.

고기리 국도변으로 내려섰다. 여기는 원래는 능선길인데 도로를 내버린 곳이다. 백두대간이 조성되기 전 일이라고 한다. 이 국도 변 주변에는 여기가 산이었음을 증명하는 다양한 식물들이 살고 있다고 한다. 지나가는 사람과 자동차를 보면서, 마치, 선계에 있다가 속계로 돌아온 느낌이다. 며칠밖에 되지 않았는데 그렇다.

신충섭과 텐진

숙소에 도착해서 보니 신충섭 씨는 산행에 필요한 물건들은 물론이고 피로 해소에 좋다며 포도, 복숭아 같은 과일을 잔뜩 풀어 놓았다. 다시 한 번 감동했다. 문득 텐진과 힐러리 경을 떠올랐다. 1953년 5월 29일, 지구 최고봉인 에베레스트 정상을 밟은 것은 힐러리 경으로 널리 알려져 있으나 그 옆에는 분명히 노르게이 텐진이라는 네팔 출신 셰르파가 함께 있었다. 사실 셰르파는 앞에서 길을 개척하고, 길을 안내하고, 산행 전반을 책임진다. 텐진이 없었다면 힐러리의 등정 또한 없었을 것이다.

우리나라 언론에서도 산악인들의 히말라야 등정 소식을 전할 때 셰르파의 존재는 거론하지 않는다. 늘 유감스러웠다. 우리나라 산악인도 훌륭하지만 동반자인 셰르파가 없었다면 불가능했을지도 모를 일인데, 아쉽게도 아무도 거론조차 하지 않는다.

세상에는 음지에서 묵묵히 일하는, 주목조차 받지 못하는 수많은 영웅들이 있다. 이번 백두대간 종주가 성공한다면 바로 신충섭 씨의 성공이 될 것이다. 그리고 종주를 묵묵히 도운 〈희망제작소〉 이은주 연구원과 소액 기부자, 그리고 후원자의 몫이기도 하다. 백두대간 종주는 길을 걷는 〈다섯손가락〉과 이들 모두가 함께 하는 장정이다.

농촌으로 돌아오는 사람들

나흘간 고된 신고식을 치른 우리는 이곳 주천면 고기리에서 하루를 쉰다. 아주 작은 펜션에서 빨래도 하고, 샤워도 하고, 잠도 푹 잤다. 신충섭 씨가 직접 만들어준 백숙까지 먹고 나니 벌써 기력이 회복된 것 같다.

밤에는 〈아름다운가게〉에서 일했던 진재선, 이장원 씨가 과일을 싸 갖고 찾아왔다. 그들은 인근 구례로 낙향해서 여러 가지 사업을 구상하고 있다. '감 말랭이', '고구마 말랭이', '매실 젤리' 같은 가공품을 만들고 싶은데 문제는 원료 값이 너무 올라 수지를 맞추기 어렵다는 것이다. 오랫동안 묵힌 묵밭을 싸게 임대는 할 수는 있으나 멧돼지 피해가 커, 전기선도 깔고 개도 키워 대비해야 하는데 그것 또한 큰 비용이 든다고 했다.

논보다 밭이, 밭보다 임야가 더 비싼 것이 진재선 씨는 이해가 안 간다고 했다. 주곡을 생산하는 논이 이미 밭이나 임야 생산력에 못 미친다는 의미일 것이다. 쌀, 보리보다는 밭작물이, 밭작물보다는 유실수를 심는 것이 소득이 높은데 그보다 그 땅에 펜션을 지으면 가격이 확 오른다고 한다. 농촌도 개발 열풍에서 비켜설 수 없는 모양이다.

동편제의 발상지, 운봉

오늘 쉬는 것은 종주 초기에 너무 무리하지 말자는 원칙에 따른 것이다. 등반 전문가도 없고 비전문가가 대부분인 〈다섯손가락〉 종주단이 처음부터 무리를 했다가 중도에 포기하는 사람이 생기면 큰일이기 때문이다.

오전에는 산에서 메모를 해 둔 종주기를 정리했다. 점심때는 이 동네에서는 유명하다는 음식점에서 산채 비빔밥으로 요기를 했다. 며칠 안 됐는데 속세의 음식과 모든 것이 그립다. 마치 먼 해외여행을 다녀온 것처럼.

오후에 물놀이를 가자는 젊은 대원들의 의견에 따라 머지않은 곳에 있는 계곡으로 갔다. 덕산저수지에서 흘러내리는 물이다. 그곳은 이미 청소년들이 점령하고 있었다. 특이하게도 모두들 판소리를 하고 있다. 거센 물소리에도 불구하고 이들 목소리가 더 크게 울려 퍼지고 있었다. 계곡 군데군데 앉아 있는 아이들은 남원 〈판소리국악학교〉에 다니는 학생들이었다. 초등학생부터 대학생까지 나이도 다양했다. 동편제의 발상지인 운봉답고 예향인 전라도답다. 소리 한 소절쯤은 해야 대접을 받는다는 이곳 전통이 그대로 살아 있었다.

꼴찌 경쟁

봉우리는 홀로 서지 않는다

〈들꽃민박〉을 떠나 수정봉으로 향한 시각이 오전 4시 35분. 헤드랜턴을 켜고 30분가량 별빛을 바라보며 걷다가 노치마을 샘터에서 물을 길어 언덕으로 난 길로 접어들었다. 한참 오르막길을 걸었더니 호흡이 가빠졌다. 힘겹게 봉우리에 올랐다. 그곳이 중간 목표 지점인 수정봉인 줄 알았더니 그게 아니었다. 봉우리를 여러 개를 넘고서야 수정봉에 도달했다.

우리가 넘어 온 봉우리는 결코 낮은 곳이 아닌데도 이름조차 없는 무명봉이다. 수정봉이 혼자 우뚝 설 수는 없다. 산맥의 흐름을 보면 하나의 거봉 밑에 다른 연봉들이 이어져 있다. 봉우리 하나만 우뚝 서 있는 것은 아주 드물다. 작은 봉우리들이 이어져 큰 봉우리를 만들고 큰 봉우리들이 계속 이어져 마침내 우뚝 솟은 정상을 만든다.

오늘 걸은 고남산도 마찬가지다. 해발 846미터인 이 산도 이 일대에서는 큰 산이다. 이 산에 오르기 위해 많은 산과 봉우리들을 지나야 했다. 급경사 계단도 지나고, 밧줄 타기도 해야 했다. 중간에 '알바 뛰기'도 했다. 나중에는 힘이 들어 고남산이 아니라 '고난산'으로

다가왔다. '고난의 산'이었다. 이렇게 오르기 힘든 높은 산이 있으려면 주변에 수많은 봉우리들이 함께 한다.

이 세상 그 누가 홀로 우뚝 설 수 있나. 사람들은 혼자 힘으로 성취를 하는 줄 알겠지만 막상은 그렇지가 않다. 많은 사람들의 도움이 있어야 가능하다. 혼자 잘나서, 혼자 공부 잘했다고 되는 것은 아니다. 성공하는 사람들 배경에는 많은 사람들의 희생과 지원이 있다. 한편, 훌륭한 사람 주변에는 빛나는 별들이 모인다. 훌륭한 리더는 혼자 돋보이는 게 아니라 차세대 리더를 키워낸다. 훌륭한 장수 밑에 훌륭한 부하들이 있고, 훌륭한 부하들 위에 훌륭한 장수가 있다. 수정봉과 고남산 주변 봉우리들이 이런 진리를 들려준다.

에코 산행
백두대간은 우리나라 최고의 생태 중심지에 난 길이다. 많은 사람이 다니다 보면 훼손되지 않을 도리가 없다. 그래서 처음 〈다섯손가락〉 구성할 때 종주단 규모를 어떻게 할 것인지에 대해 고민을 좀 했다. 널리 알려 많은 사람이 참여할 수 있도록 하자는 의견도 있었다. 종주 계획을 발표한 후에 많은 사람들이 참여 문의를 해 오기도 했다. 참가자를 제한하지 않으면 무리가 따른다는 의견이 있었다. 신청자를 모두 허용할 경우, 종주 의미도 반감되고 백두대간 생태에도 좋지 못한 영향을 줄 것이라는 주장이 설득력을 가졌다. 그래서 종주단을 다섯 명으로 제한했다. 구간별 참여자는 원칙적으로 허용하지 않기로 했다. 이렇게 에코 산행의 원칙을 정했다.

막상 걸으면서 많은 실존적 고민에 빠지게 되었다. 망고를 산 위에서 먹고 난 뒤 과즙이 뚝뚝 떨어지는 껍질을 버리고 가자는 의견에 석 대장은 "야생동물이 먹을지도 모르는데 껍질에 농약이 있을 수 있어 절대 안 된다."라고 했다. 그렇다. 사실 산에는 아무것도 남기지 않아야 한다. 모두 가지고 와야 한다.

리본도 문제다. 백두대간 길에는, 오는 사람들마다 리본을 달다 보니 너무 많다. 백두대간 종주 발표 이후 〈녹색연합〉에서 활동하는 한 분은 "리본은 제발 달지 말라." 하는 부탁을 특별히 했다.

대피소에서는 "아름다운 우리 강산에 아름다운 발자국을 남깁시다."라고 쓰인 비닐 봉투를 나누어 주고 있었다. 산림청과 등산 용품 전문 기업이 함께 하는 캠페인이었다. '아름다운 것'이라 해도 안 남기는 것이 가장 좋은 것인데 이렇게 쓰레기봉투를 나누어 주는 것을 보면 쓰레기를 산에 버리고 가는 사람이 많다는 의미일 것이다. "이 봉투는 광분해성 봉투입니다."라고 쓰여 있기는 하지만 분해되기까지 많은 시간이 소요될 것이니 제한 없이 가져가도록 하는 것이 장려할 일만은 아니지 싶다.

리본과 쓰레기봉투보다 더 문제는 용변 처리하는 부분이다. 정작 화장실이 있을 때는 소식이 없다가 길에서 갑자기 소식이 올 때가 있다. 한두 사람만 그렇다면 문제가 될 것이 없지만 많은 사람들이 용변을 본다면 산은 오염될 것이다.

종주를 해 가면서 에코 산행 방법을 하나씩 개발해 갔다. 처음에는 캔이나 즉석 식품을 많이 이용했으나 무게도 무게지만 쓰레기가 많이 나온다는 사실을 알고는 밀폐 용기로 바꾸었다. 쓰레기가 줄고 무게도 줄었다. 에코 산행을 위한 고민은 계속될 것이다.

만물 유전

산이 광대무변하다는 것을 매일매일 깨닫는다. 끝없이 이어지는 산들의 자태는 조물주의 탁월한 능력에 감탄을 하게 만든다. 그뿐 아니다. 산에서 날씨는 천변만화의 얼굴을 보여준다. 한순간 구름이 몰려와 비가 내리는가 하면, 안개로 가득 찼던 산이 한순간 햇볕으로 가득하다. 하루 종일 수없이 변한다. 인간의 힘으로 도저히 예측하기가 어렵다. 중재에서 육십령까지 가는 구간에 12번이나 비를 만났다. 날씨가 맑아 비옷을 벗는데 순식간에 비가 몰려왔다.

지리산 같은 높은 산에서는 고사목을 쉽게 볼 수 있다. 연유는 알 수 없지만 생명을 다하고 죽은 나무다. 그러나 죽은 나무는 그냥 죽지 않았다. 나무 등걸에는 곰팡이가 피고, 버섯이 자리를 트고, 벌레들의 먹잇감이 되고, 낙엽은 수없이 쌓여 부엽토가 되어 많은 생명들을 움트게 하는 토대가 되고 있다.

숲을 관찰해 보면 고사목이 있는가 하면 아주 큰 나무가 있다. 그 아래로는 이제 움을 틔우는 어린 나무도 있고, 큰 나무 옆에서 햇볕을 조금이라도 더 받기 위해 키 재기를 하는 청년 나무도 있다. 숲은 거대한 하나의 생태계며, 삶과 죽음, 세대의 교체가 이루어지고 있는 또 다른 생명의 향연장이다.

그리스 철학자 헤라클레이토스는 "만물은 유전한다."라는 명언을 남겼다. 식물과 동물, 무생물조차도 끊임없이 변화하는데 사람이 변화하지 않을 리 만무하다. 인간의 육체, 인간의 정신, 인간이 만들어 내는 사회 역시 끊임없이 변화한다. 오늘의 '나'는 내일의 '나'가 아니다. 이 시간을 지나치며 나는 어떻게 변할까? 나에게 질문을 던진다.

꼴찌 경쟁

다섯 명이 걸을 때 선두는 등산에 대해 잘 아는 대장이 맡는다. 대장은 길도 개척해야 하고, 방향이 헷갈릴 때 리본이나 표시, 주변 환경, 지도, GPS(Global Positioning System, 위성 좌표 확인 장치)를 동원해 확인해야 하기 때문이다. 마지막 꼴찌는 부대장이 맡는다. 내 뒤에서 걸음을 격려하거나 이상이 없는지 확인한다. 뒤처지는 대원과 대화도 하면서 덜 힘들게 하려고 노력한다. 나는 중지로서 맡은 임무를 아주 충실하게 수행하고 있었다. 대장이나 부대장은 내 능력을 아직도 믿지 못했다. 낙오를 하거나 길을 잘못 들지 않을까 걱정이 많은 모양이다. 내 뒤에서 따라오면서 확인을 한다.

어느 순간부터 자리를 두고 다툼을 하기 시작했다. 앞장서서 가고 싶어 하는 사람도 있을 테지만 나처럼, 능력도 안 되지만, 뒤에서 쫓아가는 것을 좋아하는 사람들도 있다. 맨 뒤에서 가면 좋다. 숨을 헐떡거리며 오르막에 오를 때 내 뒤에 사람이 있으면 은근히 압박감을 느낀다. 꼴찌로 가면 앞 사람을 열심히 따라가기만 하면 된다. 가는 동안 슬쩍슬쩍 경치도 즐기고 특히 명상에 잠길 수도 있다. 그런데 자꾸 대원들이 내 자리를 넘본다. 내가 누리는 이점을 누려 볼 요량인 모양이다. 꼴찌를 강력히 원하는 경우에는 어쩔 수 없이 양보한다.

하지만 여전히 꼴찌가 좋다.

아버지

하루 종일 걸었는데도 여전히 고원 지대인 남원 운봉이다. 대간 길은 걷다 보면 가끔 산 위에서 내려와 마을을 지나기도 했다. 큰 산 밑에 있는 작은 마을들은 안온해 보인다. 특히 임리라는 마을은 참 아름다워 보였다. 언젠가는 평화로운 이 마을에 와서 살고 싶다. 현실이 절대로 용납하지 않을 것이라는 것을 알면서도 간절한 바람을 가져본다.

임리 마을을 보면서 문득 아버지 생각이 났다. 아버지는 자식을 위해 전 인생을 바치신 분이다. 평생 농촌에서 땅을 파서 농사를 짓고, 소를 키워 나를 뒷바라지하셨다. 그런 아버지는 내게 정직함과 성실함을 큰 유산으로 남겨 주셨다.

어릴 때 집을 옮기는 일로 고민하던 아버지 모습이 떠오른다. 고향, 경남 창녕군 장마면 장가리는 너무 궁벽한 곳이라 자동차 길이 있는 도회지나 좀 더 큰 동네로 옮기고 싶어 하셨던 것 같다. 물론 당신의 생애에 그 일은 이루어지지 않았다. 오히려 자식들은 모두 도회로 나갔고, 지금은 그 집마저 폐가가 되고 말았다.

아버지는 내가 사법연수원 다닐 때 돌아가셨다. 왜 아버지 일대기를 제대로 정리해 놓지 않았을까? 아니, 살아온 이야기를 조금이라도 더 들어 두지 않았을까? 아쉬움이 크다. 일제 시대와 해방 후, 근대화 시기를 온몸으로 겪어 낸 아버지 삶을 기록했다면 그 자체가 중요한 현대사가 되었을 텐데……

여원재 주막

여원재에 도착했다. 이곳에는 오래된 전설이 있다. 고려 말, 왜구가 남원까지 쳐들어왔을 때 이곳 주막 여주인이 왜구한테 겁탈을 당하고 자살했다. 이 왜구를 치기 위해서 온 이성계의 꿈에 나타난 여주인은 이기는 방법을 가르쳐 주었다고 한다.

여원재를 막 내려서는 순간, 〈빨간기와집 민박〉이라는 간판이 보였다. 간판에는 '알바 금지'가 쓰여 있었다. 인상적이다. 다른 민박으로 가서 헤매지 말고 바로 찾아오라는 뜻이다. '민박' 글씨를 야광으로 해 놓았다. 밤늦게 오는 사람도 찾아올 수 있게. 그러니 어떻게 안 들어갈 수가 있겠는가.

민박 집주인은 좀 전까지 길가 밭에서 일하던 아주머니였다. 밭을 매다가 부리나케 집으로 온 것이다. 멀리 밭에서 봐도 자기 집으로 오는 손님은 한눈에 알아본다. 오늘이 중복이니 옻닭이라도 먹으라고 은근히 권했으나 갈 길이 바쁜 우리는 파전과 막걸리만 시켰다.

이 댁 안주인은 경상도 통영 사람인데 이곳 남원 운봉으로 시집을 왔다고 한다. "경상도 여자가 전라도로 시집 와서 괜찮았냐?"라고 누가 물었더니 "지역감정은 정치인이 다 만든 것이지 경상도, 전라도가 웬 말이냐?"라며 통박을 했다. "전라도에는 돈이 씨가 말랐다"라고 하기에 "친정에 가서 돈 좀 가져오라."고 우스개를 했더니 "경상도에서는 시집 간 딸에게는 돈 안 준다."라고 받았다. 이 집에는 주인 부부 외에 손녀딸이 하나 있는데 매일 밤늦게까지 컴퓨터 하다 아침 늦게까지 잔다고 걱정을 한다. 농촌에 흔하다는 조손 가정이다.

〈빨간기와집 민박〉 뒤에는 묘소가 하나 있는데 그 묘 주인 이름이 '박삼순'이란다. 그런데 민박 집 안주인 이름도 박삼순. 여기로 이사를 온 까닭이 유방암 때문에 공기 좋은 곳을 찾다 보니 오게 되었다는데 자기 이름이 쓰여 있는 묘비명을 보았으니 얼마나 놀랐을까! "그래서 지금까지 오래 살고 계신 것 아니냐."라는 덕담을 해 주고 떠났다.

지리산 둘레길을 찾는 사람이 많은 오뉴월에는 수입이 2백만 원 정도 된다고 했다. 집 텃밭에서 나는 고추, 오이 같은 채소와 된장으로 음식을 만드니 순이익이 그 정도란다. 농촌에서는 적지 않은 수입이다. '그린 투어리즘(녹색 생태 관광)'의 가능성을 보여 주는 사례다.

매요리 경로당에서 잠을 청하다

어제 고기리에서 쉬는 동안, 신충섭 씨와 일행 일부가 숙소 문제를 해결하기 위해 차로 이곳을 다녀갔다. 마을 회관 앞, 사방이 유리로 된 작은 한옥 건물이 있는데 다섯 명이 자기에 충분해 섭외를 해 두었다고 했다.

동네 경로당 별실쯤 되어 보이는 장소에 도착해 보니 아직 동네 노인들이 놀고 계셨다. 짐을 모두 내려놓고 저녁 준비를 했다. 그런데 한 노인께서 오시더니 잠은 절대 못 잔다는 것이다. 마을 회관 옆에 있는 공중 보건소 소장이 절대 재워 주지 말라고 했다는 것이다. 대간꾼들이나 둘레꾼들이 와서는 밤새 술 마시고 고성방가에 행패를 부리거나 아니면 떠날 때 쓰레기만 잔뜩 남겨 놓기 때문이라고 한다.

잠시 난감했는데 경로당 총무께서 말씀을 잘 드려 간신히 하룻밤을 머물러도 좋다는 허락을 받았다. 남의 동네에 들어오면 발걸음 소리도 죽인다. 그래도 마을회관 화장실에서 샤워도 하고 빨래도 했으니 감지덕지다.

떠날 때 경로당 총무께 돈을 드렸더니 "돈은 필요 없고 소주나 몇 병 사 두어라."라고 했다. '할매국수'로 유명한 〈매요휴게소〉에서 소주 큰 병 2병과 과자 몇 봉지해서 2만 원 어치를 사다 놓고 왔다. 주인 할머니가 연로해서 이제 국수는 팔지 않고 가게로만 꾸려 가고 있었다.

어차피 대간꾼이나 둘레꾼들이 많이 온다면 비어 있는 동네 방을 조금 꾸며 묵게 하고 공식적으로 돈을 받는 것도 좋지 않을까? 농촌에 작은 수입이라도 되지 않을까? 이런 수입마저 귀찮을 정도로 힘든 농촌 상황을 알지 못해 이런 생각을 하는 건지도 모르겠다.

왜 여기에?

할머니 마을

새소리와 장닭이 홰치는 소리에 잠을 깼다. 운봉읍 매요리는 80세 대나 되는 꽤 큰 동네다. 공중 보건소도 있고, 제법 큰 교회도 있고, 마을버스 정류장도 있다. 마을 회관이 두 채나 있다. 예전 마을 회관은 방치해 둔 채로 바로 옆에 새 마을 회관을 지었나 보다. 마을 회관에는 새마을운동 깃발이 펄럭이고 있다. 마을 집 지붕은 대개 슬레이트였다. 아직도 70년대에 머물러 있는 것 같다. 양철 지붕을 오색찬란하게 칠한 집도 있다. 국적 불명의 주택도 있다. 이제는 비용도 싸고, 농촌 주변 환경에 맞으며 동시에 생태적인 농촌 주택들에 대한 대안을 마련해야 할 때가 된 것 같다.

동네는 분명 큰 동네인데 활기가 없었다. 동네 절반이 할머니 혼자 사는 집이란다. 노인정에서 놀고 있던 소녀도 조손 가정 일원이 아닌가 싶다. 아침에 버스 정류장에서 차를 기다리고 있는 할머니께 말을 걸었다. 홀로 산다고 했다. 자식은 모두 도시에 살고, 농사는 짓지 않는다고 했다. 못 짓는다고 한다. 몸이 안 아픈 곳이 없어 오늘도 읍내에 있는 병원에 간다고 했다. 옆에 앉은, 조금 더 젊어 보이는 할머니도 병원 가는 길이라고 했다. 농촌에서 평생을 산 할머니들 육신은 그 자체가 종합병원이다.

내가 왜 이러고 있지?

김홍석 군이 아침에 일어나더니 뜬금없이 "내가 왜 이러고 있지?" 라는 혼잣말을 했다. 고생을 사서 하는 자신에게 "왜 백두대간을 타고 있는지." 의문을 제기하는 것이다. 사실 홍석 군뿐만 아니라 우리 모두가 하는 질문이자 백두대간을 종주하는 모든 사람들이 던지는 질문일 것이다.

소파에 편안하게 누워 시원한 수박을 먹으면서, 텔레비전을 보면서, 즐겁게 시간을 보낼 수도 있는데 새벽부터 저녁까지 땀을 뻘뻘 흘리며 산을 오르락내리락 하고 있다. 늘 비에 흠뻑 젖어 있거나 땀에 흠뻑 젖어 있다. 저녁이면 기진맥진한 몸을 민박이나 텐트 안에 간신히 누인다. 고양이 세수에 옹색한 양치질. 그것도 하루 이틀이지 몇 십 일 동안 그렇게 하는 것은 참 피곤하고 힘든 일이다.

이런 일을 왜 시작했을까? 왜 도전했을까? 정답은 없다. 사람들은 각자의 사연과 목표를 가지고 이 험한 산을 걷는다. 어쩌면 특별한 사연이나 목표가 없을지도 모른다. 오히려 산에 와서 생각해 보는 경우도 있을 것이다. 산에서 지내는 동안 근원적인 의문을 제기하고 대답을 얻어 갈지도 모를 일이다. 가족과 직장, 세상을 떠나 자신에게만 집중할 수 있는 시간을 누리는 것, 이것이 바로 백두대간 종주가 주는 특혜는 아닐지.

세상과 단절되다

최악의 순간을 맞았다. 비와 습기가 마침내 핸드폰과 카메라를 못 쓰게 만들었다. 어제 고기리에서 매요리까지 올 때 비에 젖을까 비닐로 쌌건만 핸드폰은 전혀 작동하지 않는다. 신충섭 씨가 빌려 준 카메라는 좀 이상해졌다. 사진을 찍어도 제대로 된 모습이 안 나오고 흐려 잘 보이지 않았다.

그동안은 스마트폰을 통해 바깥세상과 활발히 소통을 했다. 트위터twitter는 물론이고 이메일도 확인하고 회신도 가끔 했다. 심지어 카카오톡KAKAO TALK도 했다. 산중에서도 볼 것 다 보고, 알 것 다 알고, 할 것 다 했다. 스마트폰이 먹통이 되는 바람에 완전 세상과 단절이 된 셈이다. 소통할 길이 사라졌다. 물론 석락희 대장이 스마트폰을 통해 확인한 소식을 전달해 주겠지만 직접 챙겨 보는 것은 힘들게 되었다. 이렇게 답답한 노릇이 있나!

전체 거리 10분의 1을 걷다

고기리에서 매요리까지 18.1킬로미터, 30,822보를 걸었다. 최장 거리를 걸었다. 걸음걸이도 조금은 빨라졌고, 체력도 조금 나아진 것 같다. 68.1킬로미터를 걸었으니 전체 거리의 일할 정도를 걸은 셈이다. 벌써 십분의 일이라니, 대견하다.

매요리에서 백두대간 등산로로 들어가려는데 지역을 포함한 여러 동네 이장들이 나와 도로변에서 예초기로 풀을 베고 있었다. 몇몇 사람이 인사를 했다. 길은 물론 동네를 조금이라도 더 예쁘게 만들기 위해 이장들이 먼저 발 벗고 나섰다고 한다.

방사선형 도시의 틀을 바꾸자

매요리 뒷산에서 백두대간 길을 다시 이어 갔다. 해발 고도 618미터인 뒷산을 훌쩍 지나갔다. 그 산을 넘어 한 시간 가량 지나자 88고속도로가 나타났다. 저 고속도로를 횡단해야 한다. 백두대간이 도로에 의해 관통 당하는 경우가 자주 있다. 이곳은 사치재라고 불리기도 한다.

88고속도로는 광주에서 대구로 연결되는 고속도로로 동서 간, 영호남을 연결한다. 고속도로라는 이름을 붙이기에도 초라해 보인다. 왕복 2차선, 요즘 잘 만들어진 국도보다 못하다. 그래서 사고가 많은 고속도로이기도 하다. 더 큰 문제는 이 고속도로를 지나가는 물동량이 적다는 사실이다. 다른 고속도로에 비해 훨씬 교통량이 적다. 산에서 내려다보니까 차가 띄엄띄엄 다니고 있다. 영호남의 교류를 상징적으로 보여 주는 대목이다. 가슴이 아프다.

옆에 있던 석락희 대장은 영호남의 교류 양보다 더 큰 문제는 "우리나라가 서울 중심으로 돌아가는 경제"라고 지적했다. 지방과 지방 간교류는 없고 지방과 서울 간 교류만 있다는 것이다. 그마저도 서울에 집중되고 종속되어 있다는 것이다. 경제뿐만 아니라 교통 체계 역시 서울을 중심으로 한 방사선형 구조를 가지고 있다. 지방에서 지방으로 이동하려면 교통편이 그다지 없기 때문에 서울을 거쳐 가는 것이 오히려 시간이 덜 걸리는 상황이다. 개선이 꼭 필요하다.

악법도 법인가?

88고속도로에 도착했다. 이제 도로를 횡단하는 일만 남았다. 교통량도 적어 횡단을 하고자 하면 크게 어려워 보이지는 않았다. 실제 백두대간을 종주하는 대간꾼들은 건널 수 있는 다른 방법도 없었기 때문에 횡단을 한다고 한다. 대간 길을 직선으로 가야 대간 길에 충실하기 때문이다. 그러나 무단 횡단은 불법이다.

100미터 정도 오른쪽으로 내려가니 작은 터널이 있었다. 사람들은 개구멍으로 부른다. 터널로 가는 길은 억새와 잡풀로 뒤덮여 있다. 길이라고 보기 어려울 정도다. 사람이 거의 안 다닌다는 거다. 사람들은 우리처럼 돌아가기 보다는 그냥 고속도로 횡단을 선택하고 있었다.

고민이 깊어졌다. 대간꾼들에게는 대간을 한 치도 벗어나지 않고 온전히 다 밟아야 한다는 원칙이 있다. 원칙을 지키려면 당연히 우리는 88고속도로를 무단 횡단을 해야 했다. 논쟁 끝에 우리는 법을 지키는 쪽으로 결론을 내렸다. 그리고 개구멍을 통해서 건너갔다.

햇볕이 간절하다

지난 나달간 계속 비가 내렸다. 안개와 구름이 잔뜩 산허리를 휘감고 있다가는 비로 내렸다. 때로는 후드득 떨어지지만 때로는 쏟아붓기도 한다. 무더위와 습기, 구름과 안개, 비는 우리 일행과 함께 하고 있다. 이러다 보니 배낭과 옷, 신발이 마를 날이 없다. 축축한 빨랫감을 계속 입고 다니고, 짊어지고 다니는 셈이다. 무게는 둘째가라 하고 쉰내가 이만저만 고약한 것이 아니다. 검사 시절, 온돌방에서 사망한 지 며칠 된 시체 냄새를 맡았던 적이 있었다. 며칠 동안 밥을 먹을 수 없었다. 지금이 거의 그 수준이다. 우리끼리도 코를 막고 옆사람을 지나다닐 정도다.

온 산이 안개로 자욱하니 저 멀리 펼쳐진 산세를 볼 수 없다. 가까이 있는 산 윤곽 정도만 겨우 볼 수 있다. 그동안 우리가 지나온 산들은 지리산의 위용을 감상하기에 더없이 좋은 곳들인데 구름과 안개 속에 잠깐 나타났다가 사라지는 지리산의 연봉들이 아쉽기만 하다.

비가 계속 내리니 기분도 침울해졌다. 조잘거리던 막내 명근이도, 싱거운 말로 우리를 즐겁게 하던 홍석이도 지금은 조용하기만 하다. 날씨는 사람에게 큰 영향을 주기 마련이다.

아! 이제는 태양을 보고 싶다. 햇볕에 잘 마른 옷과 배낭, 신발. 뽀송뽀송한 느낌을 맛보고 싶다. 너무나 당연했던 햇볕이 오늘 이 순간만큼은 참 간절하다.

사람도 자연의 일부

매요리에서 출발해 618미터에 달하는 뒷산을 넘어 '이름 없는 봉'을 넘고, 다시 사치재(88고속도로)를 통과하고 693고지를 넘어 이곳 새맥이재에 도착했다. '이름 없는 봉'에서 숨을 헐떡이며 넘던 막내 명근 군은 '죽을 봉'이라는 이름을 붙였다. 산을 오르락내리락하다 보니 피곤도 하고 그새 점심때도 되었다. 여기서 배낭을 풀고 점심을 먹기로 했다. 마침 샘도 하나 발견했다. 이미 알려진 샘이기는 하지만 거의 관리는 안 되어 개구리 한 놈이 주인 행세를 하고 있었다. 석락희 대장은 수로를 확보하고 거기에다 댓잎을 연결했다. 금세 훌륭한 샘으로 바꿔 놓았다. 고되게 땀을 흘린 등반 후라 물맛이 일품이었다.

새맥이재는 지금도 임도로 활용되고 있다. 도로처럼 훤하게 뚫려 있다. 솔잎들이 많이 떨어져 있어 바닥이 푹신푹신하다. 침대가 따로 없다. 간이 매트리스 하나씩 깔고 배낭을 베개 삼아 누워 잠이 들었다. 오침은 이제 당연한 일과로 자리 잡아 가고 있다. 잠깐이지만 오침은 지친 심신을 완전히 회복시켜 준다. 새소리에 잠을 깼다. 바람도 좋고 햇볕도 좀 났다. 미처 마르지 않은 빨래를 꺼내 나무 위에 늘어 말린다. 아예 빨랫줄을 하나 만들기도 했다.

손등 위에 나비가 와서 앉았다. 부근에 나비가 좋아한다는 산초나무에 나비가 수십 마리 앉아 있는 것을 보았다. 요즘 산초나무 꽃이 한창이다. 한 놈이 날아와 앉으니 다른 놈들도 날아와 배낭 위에, 옷위에도 앉는다. 이렇게 우리도 자연의 일부가 되었다.

대간 길을 걷다 보면 발아래 수많은 생명을 발견하게 된다. 뱀도 만나고 지렁이도 만난다. 앞서 가는 사람한테 밟혔는지 지렁이가 괴롭게 몸부림치는 모습도 보고, 애벌레가 파닥파닥 움직이는 것도 본다. 개미도 부지기수로 본다. 눈에 미처 보이지 않는 것은 또 얼마나 많을까.

조물주가 부여한 생명을 인간이 뺏을 권리는 없다. 조금만 주의를 기울이면 뭇 생명을 온전히 보호할 수 있는데 사람들은 너무도 쉽게 다른 생명의 목숨을 끊는다. 다른 생명을 경시하는 것은 인간 생명을 경시하는 것으로 이어진다. 인간이 살기 좋은 세상을 만드는 것은 다른 뭇 생명들을 존중하는 것에서 시작되어야 한다. 불살생을 서약한 인도의 자이나교 교도처럼 발걸음 하나도 조심스럽게 떼어 놓는다.

세상을 보는 눈

"모자는 절대 안 씁니다. 갑갑하기도 하고 어울리지도 않고요."

"잘 어울리는데 왜 안 써요? 남 눈에 잘 어울리면 잘 어울리는 거지!"

부대장과 대장이 나누는 대화이다.

스스로 자신이라고 여기고 있는 것이 진정한 자신인가. 아니면 타인에게 보여 지는 것이 진정한 자신인가. 진정으로 자신이라고 할 수 있는 것이 있기는 한가. 타인들의 평가와 반응에 의해 만들어진 것이 바로 우리 자신들 아닐까. 허상과 이미지를 자신이라고 착각하는 것은 아닌지.

산길을 오래 걷다 보면 별별 이야기를 다 나눈다. 그리고 혼자서 '나는 누구인가?', '나는 어떤 삶을 살아왔는가?' 하는 생각도 하게 된다. 평소에는 절대 하지 않는, 아니, 질풍노도의 사춘기 시절에나 해 보았던 이런 주제들이 머리를 차지한다.

내 삶은 그 누구의 것도 아닌 '나의 것'이다. 내 의지대로 살 권리가 있다. 내 방식대로 살면 된다. 남의 눈이 아니라 내 눈으로 세상을 바라보아야 한다. 그러나 동시에 세상은 혼자 사는 것은 아니다. 남의 눈, 보편의 눈, 역사의 눈이라는 것이 있다. 그 관점에서 자신을 돌아볼 필요도 있다. 그렇지 않으면 아집에 사로잡힐 가능성이 높다.

오늘 백두대간의 이 머나먼 길은 단지 나만이 아닌 세상을 함께 고민하는 길이 될 것이다.

모든 봉우리에 이름을 붙여라

하루에도 이름도 없는 봉우리를 십여 개 정도는 그냥 넘는다. 그 봉우리들도 우리의 땀방울을 요구한다. 한 발자국 한 발자국 올라가지 않으면 안 되는 곳들이다. 그런데 그 봉우리들은 이름이 없다.

오늘 새맥이재를 지나 해발 777미터인 시리봉을 올랐고, 해발 780미터인 무명봉을 올랐다. 이름조차 '무명봉'이다. 사실 이름 없는 봉우리들이 너무 많다. 아마도 이름이 없는 것이 아닐 것이다. 이 지역에 사는 사람들이 봉우리 하나하나에 이름을 붙이고, 사연과 전설을 만들었을 것이다. 다만 그것을 기억하는 사람들이 한 사람, 두 사람 사라졌을 뿐이고 우리는 그것을 기억하지 못할 뿐이고, 기록하지 못했을 뿐이다. 세상에 이름을 알지 못하는 들꽃은 있어도 이름 없는 들꽃이란 없는 법이다.

경남 남해에 있는 다랭이마을에 간 적이 있다. 거기에는 논배미가 수백 개인데 그 하나하나에 이름이 다 붙어 있었다. 하물며 삶의 의지처가 되어준 산봉우리에 이름을 안 붙였을 리가 만무하다.

지금이라도 산과 봉우리들에게 잃어버린 이름을 되찾아 주어야겠다. 주변에 사는 마을 사람들, 특히 노인들에게 물어보면 어느 정도 복원이 가능할 것이다. "노인 한 분이 돌아가시면 박물관 하나가 사라진다."라는 말이 있다. 할머니, 할아버지로부터 마을과 주변 지역의 이야기와 사연들을 채록하고 복원하는 것이 참으로 중요한 과제다. 이 땅에서 만들어 온 수천 년의 역사가 송두리째 사라지게 할 수는 없다. 이름을 되찾아 주는 것이 어려우면 지금이라도 새롭게 이름을 지었으면 싶다.

격전지 아막산성

오늘 목적지인 복성이재로 가는 마지막 구간이 아막산성이다. 아막산성은 신라와 백제가 영토 확장을 둘러싸고 늘 공방전을 벌인 곳이라고 한다. 과연 좋은 성터가 될 만한 자격을 갖추고 있었다. 이 지역은 아영고원이라고 하는 고원 지역이다. 그 중에서도 이곳 아막산성은 가장 높은 곳에 있어 사방이 한 눈에 들어온다. 사방이 모두 절벽처럼 되어 있어 적이 쉽게 침공해 오기도 힘든 곳이다. 절벽을 인공으로 만든 것인지 아니면 자연적으로 형성된 것인지 알 수 없지만 난공불락의 요새였다.

이곳에는 성채나 문 일부가 남아 있고, 특히 성안에는 우물터도 있다고 한다. 무너져 내린 성벽 한쪽 귀퉁이에 앉아 땀을 식힌다. 병사들이 분주히 오갔을 그 성 안에는 온갖 잡목들만 가득하다. 1,500년 전 유혈이 낭자했던 전쟁터. 이곳에 지금은 적막만 내려앉아 있다. 그때 동서로 싸웠던 민족이 지금은 남북으로 갈려 싸우고 있다. 먼 훗날 휴전선을 지나는 길손이 오늘 나처럼 처연한 심정으로 땀을 식히겠지.

천천히 가야 보이는 세상

복성이재 〈철쭉민박〉

어느 하루도 피곤하지 않은 날은 없었지만 오늘은 유독 하루가 길었다. 복성이재가 끝나는 지점에 〈철쭉민박〉이 있다고 한다. 오늘은 거기에서 쉰다. 몸은 이미 녹초다. 바로 밑이라고 했는데, 몇 백 미터 밖에 안 된다고 했는데, 왜 이리 먼 것인지! 고갯마루를 내려선지 꽤 되었는데 이 민박 집이 나타나지 않는다.

〈철쭉민박〉 주인아주머니는 참 단아하게 생긴 분이다. 함께 설거지도 하고, 식사 준비도 하면서 들어 보니 남편은 1999년에 병으로 돌아가셨고, 자녀들은 모두 외지에 나가 혼자 지낸다고 했다. 아들은 현재 대기업에 다니고 있고, 딸은 남원으로 시집을 갔다는데 이야기를 들어 보니 참 잘 키웠다. 민박도 하지만 뽕을 심어 누에도 키우는데 술을 담근다고 한다. 누에가 고치를 만들고 나면 곧바로 더운 물에 풀어 누에만 꺼내 술에 담근다는 것이다. 당뇨에도 좋고, 남자에게 좋다고 해서 불티나게 팔린다고 한다.

이곳엔 우리 같은 대간꾼들도 가끔 오지만 이 마을 뒤, 봄에 봉화산 철쭉을 보러 오는 관광객들로 북적인다고 한다. 우리 일행 외에도 백두대간 구간 종주를 하는 한 사람이 묵고 있다. 내일은 외국인이 온다고 한다. 인기 있는 민박임에 틀림이 없다.

산을 좋아하는 주인아주머니는 얼마 전에 한라산도 다녀왔고, 서울 북한산도 올랐다고 했다. 산을 타 본 사람이니 산에서 무엇이 필요한지 잘 알고 있었다. 그래서 우리가 떠날 때 여러 가지를 덤으로 챙겨 주었다.

흥부 자본주의

복성이재 이름에는 설화가 있었다. 이 지역에 변도탄이라는 사람이 살았는데 임진왜란을 예언했다고 한다. 북두칠성 중에 하나인 '복성'이 이곳에 떨어져 그곳에 움막을 짓고 살았으며, 거기에 두었던 쌀가루를 나중에 군량미로 사용했다고 해서 복성이재라고 불린다. 백두대간이 풍성한 것은 곳곳에 이런 이야기들이 살아 있기 때문이다.

복성이재 아래에 성리마을이 있는데 바로 흥부마을이다. 흥부가 놀부에게 쫓겨 와서 자리를 잡은 곳이 바로 이곳이라고 했다. 소설이 실화와 얼마나 일치되는지는 잘 모르겠지만 어차피 이런 전설 같은 이야기들이 사람의 관심을 끄는 것도 사실이다. 매년 음력 정월 초사흘 자시에는 흥부를 위한 당산제가 이곳에서 열린다. 사당으로 가는 길 표지판도 보인다.

유한대학 김영호 총장이 주도하는 '흥부 기행'을 두어 차례 다녀온 적이 있다. 김영호 총장은 흥부 자본주의를 주창하고 있다. 흥부처럼 착하게 기업 활동을 해야 기업도 잘 되고 장수한다는 것이다. 그래서 그는 '기업의 사회적 책임'을 강조하고, 윤리적 경영이 기업의 살길이라고 말한다. 그는 〈한국사회책임투자포럼〉의 이사장이기도 하다.

미국과 유럽 소비자들은 10~15% 정도 가격이 비싸더라도 친환경적이고 인권 존중 경영, 기업 지배 구조가 좋은 회사 상품을 구매한다고 했다. 젊은 인재들도 돈 잘 버는 기업보다 평판 좋은 기업을 선호한다. ISO26000은 착한 기업에 주는 상징인데 이것은 국제적 규범이기도 하다. 착한 기업만이 살아남는다는 김영호 총장 지론에 전폭적으로 동의한다. 흥부가 다시 부각되는 시대가 되었다.

옛날엔 봉수대, 지금은 이동 통신 기지국

봉화산으로 올라가는 길은 긴 오르막이다. 민박에서 하루를 지내며 원기를 보충했는데도 여전히 힘이 들었다. 오르막은 언제나 사람을 지치게 한다. 치재를 지나 꼬부랑재도 지났다. 여기는 철쭉 군락지이다. 사방이 철쭉이다. 지나가는 길은 철쭉 터널이다. 봄에 봉화산은 불타는 철쭉밭이었을 것이다.

또 안개. 때로는 안개가 비가 되기도 한다. 아침에 걷는 대간 길은 자연 샤워장이다. 나무들이 품고 있던 이슬이 모두 우리에게 떨어진다. 온 몸이 흥건하게 젖는다. 매일 이렇게 목욕을 한다.

해발 919.8미터의 봉화산. 동쪽은 경남 함양이고 서쪽은 전북 장수다. 함양에는 최치원의 전설이 있으며, 장수는 논개의 고향이다. 저 멀리 아스라이 장수 번암면이 내려다보인다. 동화댐도 보인다. '하늘

길'을 걷고 있는 느낌이다.

이름처럼 봉화산 정상에는 봉화를 올리던 곳이 있었다. 지금은 봉수대를 일부러 세워 놓았다. 봉화는 전란이나 위기가 있을 때 이를 알리는 신호였다. 소통의 방법이었다. 지금은 또다른 소통 방식인 이동 통신 기지국이 옆에 서 있다. 오늘날 높은 산에는 봉화대 대신에 이동통신 기지국이 서 있다. 덕분에 누구나, 어디서나, 소통을 하는 시대가 되었다. 대단한 기술의 발전이다. 기적 같은 변화와 발전의 격차를, 여기 봉화산에서, 느낀다.

빨래와 전쟁

봉화산 정상에서 20분 정도 잤다. 전망대에 간이 텐트를 치니 안성맞춤의 침실이 되었다. 여기저기 젖은 옷들을 걸어 놓았다. 배낭을 수습해서 막 떠나려는데 비가 후드득 쏟아졌다. 급하게 배낭 덮개를 씌우고 판초를 입었지만 이미 늦었다. 겨우 말라 가던 옷과 신발은 다시 젖었다. 어디서나 쉴 틈만 나면 젖은 옷과 신발 말리는 것이 우리 일과였다.

이번 여행은 비와 전쟁이자 빨래와 전쟁이었다. 빨래가 마를 겨를이 없으니 대장은 아예 '입고 말린다.'는 전략을 택했다. 입고 있으면 마른다는 것이다. 그야말로 인간 건조기인 셈이다. 하기는 비에 젖은 옷을 입고 한 30분만 걸으면 다 마른다. 그러나 젖은 옷을 입고 있는 건 고역이다. 그래서 나는 며칠째 같은 옷을 입는 전략을 선택했다. 옆 사람들에게는 좀 미안하지만 속은 편했다. 산중에서 냄새 좀 나고 더러우면 어떤가! 입산 금지 시킬 것도 아닌데.

사실 옷을 빠는 것도 문제다. 세탁기가 있는 것도 아니고 작은 샘물이나 계곡에서 몇 번 헹구는 것이 전부다. 말려서 냄새를 맡아 보면 쉰내는 그대로였다. 그러니 빨래해서 입으나 안 하고 입으나 그리 큰 차이가 없다. 그냥 기분이다. 박우형 부대장은 뽀송뽀송한 옷 한 번 입어 보는 것이 소원이라고 노래를 한다.

그래도 어제 복성이재 〈철쭉민박〉에서는 주인아주머니가 빨래를 탈수기에 넣어 짜 주었다. 옷을 빨 때 잘 짜는 것이 얼마나 중요한지를 실감했다. 눅눅한 날씨인데도 거의 다 말랐다. 널 때에도 그냥 너는 것이 아니라 몇 번 털어서 남아 있는 물기도 빼고, 잘 펴서 너는 것이 빨래를 빨리 말리는 비법이라는 것도 알았다. 예전에 어머니나 누님이 빨래 널 때 하던 방법이었다. 빨래도 한번 제대로 안 해 보고 산 삶이 부끄럽다.

작고 아름다운 세상에 눈을 뜨다

치재 – 꼬부랑재 – 봉화산으로 오른 다음 매봉 – 다리재 – 광대치 – 월경산(해발 982미터)까지 올랐다. 정신없이 오르막과 내리막을 타다 보면 눈에 보이는 모든 것을 그냥 놓치기 십상이다. 나는 휴식주의자다. 그러다 보니 석락희 대장에게 딴죽을 걸게 된다. 대장은 종주단을 휘몰아 목표 지점에 늦지 않게 도착하도록 하는 것이 임무이다. 내게는 조금 천천히 가더라도 아니 조금 늦게 가더라도 휴식을 갖고, 마음의 여유를 갖는 것이 산행의 목적이다. 이 엄청난 산맥을 즐기고 관조하지 못한다면 뭐 하러 이 고통을 자초한단 말인가.

하루 종일 걸으며 숲의 내밀한 모습을 본다. 파란 애벌레가 올록볼록 배를 내밀며 기어간다. 세상에! 참으로 빠알간 애벌레도 있다. 하늘색 꼬리를 가진 까만색 나비도 있다. 두더지가 곳곳에 숭숭 파 놓은 구멍이 도처에 깔렸다. 여치와 방아깨비도 내 길 앞에 튀어 나온다. 갈색 사마귀 새끼도 보인다. 산초나무에는 나비가 꼬였다.

마주치는 이 숲의 주인이 참으로 많다. 이름조차 알 수 없는 놈들이 스스로를 선보이고는 사라진다. 참 대단한 생태계다. 신기하고 신비로운 세계다. 사람들이 알 수 없는, 짐작조차 할 수 없는 원리가 이 숲을 움직여 가는 것 같다. 그래서 옛날 사람들은 숲에는 요정이나 정령이 살고 있다고 믿었는지도 모르겠다. 지금도 요정이 있는 것은 아닐까?

오직 목표 지점만 염두에 두면 정신없이 걷게 된다. 걷는다기보다는 마구 달리게 된다. 내 곁에 있는 작고 아름다운 세상이 눈에 들어오지 않는다. 달리는 백두대간, 나중에 걸었다는 사실 외에 뭐가 남을까?

문득 인생도 주마간산으로 건성으로 사는 것은 아닌지. 정작 보아야 할 소중한 가치, 진심으로 기억해야 할 것들을 놓치고 살았다. 속도전에 떠밀려 살아왔다. 이제 삶의 숲도 찬찬히 보고 듣고 느끼며 가야겠다.

밤에도 자라는 나무

숲은 어느 샌가 소나무에서 참나무로 바뀌었다. 잘생긴 소나무로 가득했던 정경에서 가늘게 죽죽 뻗은 참나무가 가득한 정경으로 변했다. 참나무는 표고버섯 재배목이나 숯 재목으로 사용된다고 한다.

이제는 우리나라도 숲을 경제림으로 가꾸어야 한다. 잘 조성된 곳도 있지만 잡목만 가득한 산도 많다. 산지가 많은 우리나라에서 산지 활용을 과연 잘하고 있는지? 독일 흑림과 캐나다 로키 산맥을 가 본 적이 있다. 온 산야에 빽빽하게 들어찬 좋은 삼림이 참 부러웠다. 우리나라는 국내총생산(GDP)에서 임업 생산이 차지하는 비율은 매우 낮다.

국토 70%가 산인데도 목재를 수입에 의존한다는 것은 우리 책임이다. 과거에는 홍수방지를 위해 산림녹화 사업을 벌여 우선 심고 보자는 식의 무계획적인 식재를 했다. 그러나 이제는 달라졌다. 좀 더 체계적으로 산림을 가꾸어야 할 때가 왔다.

나무는 한순간도 멈추지 않고 자란다. 예전에 강원도 정선에서 등기소장으로 근무한 적이 있다. 당시 정선의 거부이자 목재상이었던 분이 "나무는 밤에도 자란다."라고 한 말이 기억난다. 나무는 심어 놓기만 하면 자라고, 돈이 된다는 의미다. 숲으로 부자가 될 때가 되었다.

리본에 담긴 사연

지리산에서 하도 혼이 나 그동안 내 짐 일부를 일행에게 맡겼었다. 퍼져서 일정 전체에 영향을 주는 것보다 그 편이 낫다고 판단했다. 오늘은 내 짐을 다 찾아왔다. 뿐만 아니라 일부 식자재까지 내 배낭에 넣을 정도가 되었다. 그래도 내 짐은 여전히 다른 사람보다 훨씬 가볍다.

대간 길을 걸으면서 늘 마주치는 것이 리본이다. 리본은 백두대간 종주의 친구이며 안내자이다. 길이 헷갈릴 때, 방향을 모를 때, 표지판이 되어 준다. 산림청이나 국립공원관리공단에서 설치한 안내판은 띄엄띄엄 있기 때문에 결정적 순간에는 리본이 도움이 되는 경우가 많다.

리본은 단지 방향만 알려 주는 것이 아니다. 리본에는 다양한 사연이 담겨 있다. 사람들은 종주의 목표나 의미를 새겨 놓는다. 그것을 읽는 재미도 크다. "삶이란 무엇인가?" – 이런 화두를 리본 위에 써 놓은 사람도 있다. "내 만나지 못한 그리움을 만나기 위하여"라고 쓴 사람도 있다. 그 그리움의 실체, 대상은 누구일지 문득 궁금하다.

감동적인 리본은 부부나 부자, 부녀 간의 종주길 사연을 담고 있는 것들이다. 정인식·김순 부부는 백두대간과 9정맥을 모두 종주 중인 모양이다. 비실이 부부는 남진 종주를 하는 모양이다. 이들은 카페까지 만들었다. 아빠와 아들 박주형이 함께 종주를 한다는 사연도 있고, '희인·혜인·희라·혜지·객꾼·뚜벅이' 팀은 딸과 아빠가 함께 종주를 하나 보다.

백두대간을 종주하는 동안 함께 이야기를 나누고, 함께 어려움을 견딘 그 아름다운 추억만으로도 그들은 이 세상 온갖 고초를 잘 견뎌 갈 것 같다. 자녀들에게 참 좋은 선물이다. 부럽다.

나도 딸이나 아들, 아내와 함께 걸었더라면 하는 아쉬움에 목이 멘다. 특히 아내는 산을 아주 사랑한다. 등산도 잘하는 편이다. 변호사 시절, 나는 자가용을 타고 다니고, 아내는 '뚜벅이'였다. 함께 등산을 가면 실력 차가 뚜렷했다. 지리산에 가면 아내는 다람쥐처럼 날아다니고 나는 뒤에서 헉헉거리며 따라가기 일쑤였다. 생계를 책임지면서 부터 아내는 바삐 다니느라 자가용을 타고 다녔고 나는 시민운동을 하면서 '뚜벅이'로 다녔다. 사태가 역전되었다. 참 미안한 일이다. 나는 이런저런 일로 자주 등산을 했으나 아내는 바삐 사느라 산에 갈 시간조차 없었다. 이래저래 나는 천국에 가기 힘든 사람이다.

약초 시험장

월경산을 막 넘어오니 반경 1,500미터 정도 되는 장소에 약초 시험장이 설치되어 있다. 어느 기관에서 하는 것인지 정확히 표시되어 있지는 않았다. 이런 약초 시험장이 있다는 것이 무척이나 반가웠다.

평소에도 약초가 한 마을을, 아니 한 지역을, 어쩌면 한 나라를 먹여 살릴지도 모른다는 이야기를 자주 했다. 제약 업계에서 약품 하나로 어마어마한 수익을 올리는 세상이 아닌가.

한 지역에서 생기는 질병은 해당 지역에서 나는 풀과 나무로 치료가 가능하다고 한다. 그동안 우리는 수천 년에 걸쳐 발견하고 연구해 온 우리 민족만의 민간요법을 너무 우습게 보았다. 허준의 『동의보감』이나 『향약집성방』 같은 연구물을 너무 홀대했다. 울분을 느낀 윤구병 선생은 〈민족의학연구소〉를 만들었다. 허준 선생 이후 우리나라의 변화된 생태계와 식물, 약재를 총 정리하는 작업을 하고 있다. 참으로 높이 평가한다.

함양군에 사는 약초꾼 최진규 씨는 지리산을 무대로 약초를 채취하고 있다. 함양군이 이런 약초꾼을 잘 활용한다면 약초 박물관, 약초 학교, 약초 연구소, 약초 식당, 약초 재배장, 약초 공방, 약초 양

조장 같은 곳을 만들 수 있다. 함양 사람들을 살릴 약초가 그곳에서 나온다고 나는 믿는다. 관광객을 모으는 데도 그만일 것이다. 몸에 좋다면 정신을 못 차리는 세태가 아닌가.

숲은 무한한 가능성을 가진 별천지이다. 지구 온난화 시대에 숲은 새로운 에너지원을 제공하고, 새로운 식량의 원천이 될 수 있다. 약재뿐만 아니라 버섯, 나물 등 다양한 먹거리를 제공할 것이다. 깊은 계곡은 소수력 발전으로 인근 동네에 에너지를 공급하는 원천이 될 수도 있다.

숲은 살아 있어서 참으로 많은 것이 자라나고 있다. 연구하고 개척해야 할 것들이 아주 많다. 산림청을 강화하고 산림 연구원을 증설해야 한다. 산림 기업과 산림 단체들을 키워야 한다.

숲을 지나며, 산을 넘으며, 이런 생각에 빠져든다.

귀틀집 처마 밑

오늘 종착점인 중재에 도착했다. 이곳에 물을 얻을 곳이 있다고 한다. 중재에서 오른쪽 계곡을 따라 200미터 정도 내려가면 귀틀집이 나오는데 바로 이 집이다. 수돗가에서 우선 목을 축이고 간단히 세수를 했다. 정신이 든다. 마지막 구간은 항상 피곤이 가득하다. 손가락도 꼼짝하기 싫을 정도로 기력이 바닥난다.

정신을 차리고 찬찬히 집을 살펴보자 주인은 보이지 않고 문은 열려 있다. 집 부근에는 밭도 있고, 논도 있다. 농사를 짓는 것 같다. 큰 나무 등걸로 탁자도 만드는 것 같았다. 화장실은 재래식인데도 의

자를 설치하여 서양식 변기처럼 사용할 수 있도록 한 것이 인상적이다. 집 입구에는 다듬어지지 않은 장승 두 개를 세워 놓았다. 보는 각도에 따라 모습을 달리해 여러 가지로 해석이 되었다. 점점 이 집 주인이 궁금해졌다.

마당에는 아주 그럴싸한 둥그런 돌 식탁이 놓여 있다. 석양을 등에 업고 멋진 저녁 식탁을 차렸다. 그런데 숟가락을 드는 순간 비가 내리기 시작했다. 그 집 처마 밑으로 두 번이나 피신을 하면서 간신히 식사를 마쳤다.

석양은 넘어가고 주인은 오지 않았다. 그런데도 마당에 텐트를 치기 시작했다. 갑자기 비가 쏟아져 말이 아니다. 물바다 속에서 텐트를 간신히 쳤다. 텐트 안으로 들어가 피곤한 몸을 뉘었다. 배낭과 짐은 이 집 처마 밑에 두고 말이다. 어둠이 내리고 개구리 소리가 시끄러웠다. 나는 오늘 하루 동안 있었던 일들을 메모하고 있다.

이곳이 바로 낙원

몸은 지칠 대로 지치고 텐트의 바깥은 물 천지다. 궁상도 보통 궁상이 아니다. 거의 나흘 만에 이를 닦았다. 남의 집 추녀 밑에 허락도 없이 텐트를 쳤는데 주인이 와서 나가라고 하면 어떡할지 난감하기만 하다. 비가 후려치면 텐트는 잘 버틸지 걱정이다. 모두 "비는 그만"이라고 합창을 한다. 그렇지만 이 싱그러운 공기, 저 개구리 울음, 이 빗소리, 저 흙과 하늘을 우리는 만끽하며 걷고 또 걸어왔다.

낙원은 어디에 있을까? 도시의 삶처럼 편리하고 화려한 곳에 있을까? 분명 낙원은 문명으로부터 먼 곳에 있을 것 같다. 비누나 치약, 에어컨이나 TV 같은 문명의 이기로부터 자유로운 곳에. 전기도 들어오지 않고 길에서 한참 걸어와야 하는 그런 곳에. 오늘 이 집과 주인을 생각하면 낙원이 따로 없지 싶다.

이런 생각을 하고 있는데 갑자기 차 소리가 났다. 소리를 귀 기울여 보니 바로 이 집으로 차가 들어왔다. 석 대장과 나는 본능적으로 일어나 텐트 문을 열고 나갔다. 주인 허락도 없이 안마당에 텐트 쳤으니 이해를 구해야 했다. 아니라면 이 오밤중에 우리는 나가서 다른 곳에 텐트를 쳐야 한다.

자동차에서 집주인이 내리는 순간, 우리는 동시에 "죄송합니다. 백두대간을 종주 중인데 여기다 텐트를 좀 쳤습니다."라고 말했다. 주인은 내 얼굴을 바로 알아보고는 "영광입니다."라고 하지 않는가. 놀라 자빠질 일이다. 텔레비전도 없는 이 심심산골에서 사는 분이 나를 알아보다니! 당혹스럽기조차 했다. 큰 덩치에 수염이 난 주인은 불빛에 보니 인자하게 생겼다. 당장 집으로 들어오라고 성화다.

남폿불 아래서 세상을 논하다

밤 9시. 주인 성화에 못 이겨 우리는 귀틀집 안으로 잠자리를 옮겼다. 남자 혼자 사는 곳이라 집안은 엉망이었다. 그래도 있을 것은 다 있다. 큰 호롱불과 남폿불이 인상적이다. 그 남폿불 아래서 소주와 복숭아 효소를 대접받았다. 맛이 좋다.

이 집 주인인 이종원 씨는 〈함양백운농장〉을 꾸려 가고 있다. 대기업 노동자로 노동운동을 하다가 〈부산귀농학교〉 1기로 졸업을 하고는 10년 전에 이곳으로 왔다고 한다. 함양에 연고가 있는 것도 아니다. 지리산 주변을 돌아다니다 땅 값이 제일 싼 이곳에 3천 평을 사 정착을 했단다. 한 평에 1만 원. 이 귀틀집은 〈부산귀농학교〉 졸업생들과 함께 직접 지었다고 한다. 밖에서 보기와는 달리 안은 아주 튼튼했다.

밭을 논으로 만들어 쌀농사도 지어 봤지만 고랭지라 쌀농사는 잘 안 됐다고 한다. 밭을 일궈 오미자도 재배하고 복숭아도 재배해서 '오미자 차'도 만들고 '복숭아 효소'도 만들어 보긴 하는데, 아직 판로가 확보되지 않은 모양이다. 마천에 사는 귀농학교 후배는 효소 팔다가 걸려 벌금을 2백만 원이나 물었다고 한다.

요즘은 함양 읍내로 돈 벌러 다니는 처지란다. 마침 벌목 자격증이 있어 공공 근로 사업에 나가면 일당 4만5천 원 정도 받는다고 했다. 한 달에 1백만 원 정도 버는데 이 돈으로 생활을 유지한다고 했다. 이렇게 살아도 굶어 죽지 않을 자신은 생겼다고 한다.

식탁 위에는 직접 재배한 감, 토마토, 복숭아, 사과가 있다. 돌감, 돌배처럼 아주 작았지만 먹을 만하다. 이 집을 무인 카페나 무인 민박으로 만들어 보라고 권유했다. 부식이나 반찬은 산 아래 굴을 뚫어 석빙고를 만들어 보존하고 밤에는 남폿불을 밝히라고 했다. 전화도, 인터넷도 안 되는 귀틀집이 지닌 운치를 한껏 살려 주는 민박집. 채산성이 높을 것 같다. 여기서 나오는 수입으로 가공 상품을 만드는데 투자를 하라고 했다. 상품이 나오면 지금 시작한 〈희망수레〉

에 납품하라는 조언도 했다. 지난 2006년 이후 나는 전국 도시와 농촌을 돌아다니며 많은 우수 사례를 발굴하고 그 주인공들을 인터뷰하며 우리의 미래 먹거리와 우리 사회의 앞길을 설계했다. 내 인터뷰 상대자는 수천 명에 이르렀고 나는 자연스럽게 컨설턴트가 되었다.

밤이 깊어갈수록 이야기도 깊어져 갔다. 방에 귀뚜라미도, 심지어는 개구리까지 들어와 우리의 친구가 되었다.

놓아 버릴 때 찾아오는 행복

귀인을 만나다

아침에 일어나니 상쾌하기 그지없다. 오랜만에 쾌변을 보았다. 늘 긴장 속에 있다 편안한 시간을 보내니 몸도 반응을 하는 것 같다.

집주인은 새벽같이 일어나 백숙을 만들어 냈다. 혼자 먹으려고 사온 닭을 예정에도 없던 손님들이 와서 먹어 버린 셈이다. 감사하고 미안한 일이다. 거기다 다음 산행 목표 지점인 육십령까지 "배낭을 실어다주겠다."라고 했다. 이미 트위터로 내가 백두대간 종주를 하는 동안 "함께 하거나 도와주겠다."고 했다는데 내가 그 멘션을 못 챙겨 본 것이다. 귀인을 만났음에 틀림없다.

재충전을 한 우리는 해발 1,279미터의 백운산을 향해 길을 나섰다. 백운산은 이 일대에서 가장 높은 산이다. 이제 오르막이다!

이태 선생과 남부군

백운산은 역사적으로도 유명한 산이다. 남로당 전북도당이 있던 곳이다. 1980년대 후반, 베스트셀러였던 『남부군』이라는 책이 있다. 당시 아주 화제가 되었다. 지리산과 백운산 그리고 태백산에서 활동했던 빨치산의 이야기를 다루고 있다. 종군 기자로 전쟁에 참여했던 이태 선생이 이 책 저자이다. <민주사회를 위한 변호사 모임>에서 활동을 하고 있던 나는 이태 선생의 안내를 받아 백운산과 지리산 뱀사골 일대를 답사한 적이 있다. 전북도당이 있던 자리라며 안내를 받은 기억은 있는데 어디가 어디인지 알 수가 없다. 이태 선생은 지난 1997년에 이미 타계하였다. 이렇게 또 한 시대가 갔다.

나약한 지식인이 그 엄혹한 상황에서, 지독한 고난의 현장에서 어떻게 1년 넘게 견딜 수 있었을까? 이태 선생으로 하여금 혹독한 현실을 견디게 한 이념이라는 것이 무엇인지 모르겠다. 목숨을 걸 만한 것인지도 알 수가 없다. 이제 이념의 시대는 사라졌다. 남미 혁명의 상징인 체 게베라는 티셔츠 속 그림으로, 청소년들 책상 앞, 사진 속에 있다. 그날의 고난에 찬 투쟁도, 투쟁의 원천이던 이념도 이제는 푸른 숲으로만 남아 있다.

산림청장님, 초도순시를 산으로 오세요

중재를 지나 2.9킬로미터 지점에 표지판이 하나 서 있다. 이미 중고개재를 지난 지도 거의 1킬로미터나 된다. 그런데도 그 표지판에는 수기로 중재 0.9킬로미터, 백운산 1.8킬로미터라고 쓰여 있다.

"산림청장님, 초도순시를 사무실로 가시지 말고 산으로 오십시오."라고 말하고 싶다. 산림청장이라면 백두대간을 타 보아야 한다. 우리나라 산맥을, 산과 숲을 걸어 보지 않은 사람이 어떻게 산림청장을 잘 할 수 있을까. 현장에 와 보지 않고 어떻게 산림을 잘 챙기겠는가. 그야말로 탁상행정이 될 수밖에 없다. 아마도 산림청장이 백두대간 몇 구간만 종주해도 전체가 확 달라질 것이다. 가지 않는 곳까지. 공무원들이 지적 사항이 없도록 대비할 것이다. 언제 청장이 나타날지 모르니까. 현장으로 가는 기관장, 발로 뛰는 기관장이 우리에게는 필요하다.

비가 가르쳐 준 지혜

맑았던 하늘에서 갑자기 비가 떨어진다. 잠깐 지나가는 소나기인지 아니면 우리를 완전히 물에 빠진 생쥐 꼴로 만들 호우인지 분간이 안 간다. 판단을 해야 빨리 판초를 꺼내 입을지 아니면 배낭 덮개만 하고 갈지를 결정한다. "지나가는 비야!"라고 석 대장이 외쳤다. 과연 조금 있다가 비가 그쳤다. 이제 대장은 천기를 읽는 것이 거의 제갈공명의 경지에 도달한 것 같다.

갑자기 비가 쏟아질 때 빨리 우비로 무장하지 않으면 헛일이다. 그래서 판초를 배낭 위쪽에 둔다. "비 온다."라고 외치면 곧바로 판초를 입는다. 먼저 입은 사람은 채 못 입은 사람이 입는 것을 돕는다. 자주 비를 맞다 보니 이제 거의 매뉴얼화된 동작이 저절로 나온다.

높은 산에서 바라보면 구름은 몹시 빠르게 움직인다. 산마루를 넘어가는 구름 모습이 한눈에 다 보인다. 그래서 산중에서 일기를 예측하는 것은 불가능하다. 맑았던 하늘에서 비가 쏟아지는가 하면 금방 하늘이 개기도 한다. 천왕봉이나 촛대봉에서 일출을 보기가 어려운 이유도 바로 이 때문이다.

약 600미터의 해발고도 차이를 2시간 만에 극복하고 마침내 백운산 정상에 올랐다. 쉬지 않고 거의 날아오다시피 했다. 정상에는 여전히 안개가 걸려 있다. 오면서 비도 여러 차례 맞았다. 영취산 부근에 이르러서야 비가 멎었다. 해가 보인다. 천변만화의 기상이다. 햇살을 놓칠세라 등산화를 벗어 말리고 옷을 넌다. 등산화는 비에 젖어 물이 흥건하다.

해발 956미터인 덕운봉에서 잠깐 쉬었다. 햇볕이 쨍쨍 났다. 걸어온 능선들이 한눈에 들어왔다. 장엄하다. 열두 폭도 더 되는 '산의 병풍'이다.

이제 우리나라는 아열대성 기후로 완연히 가고 있는 느낌이다. 오늘 여기까지 오면서 비를 12번 맞았다. 나중에는 아예 판초를 입는 것조차 포기했다. 이미 옷과 배낭은 젖었고 등산화 안에는 물이 그득했다. 흠뻑 젖었다. 비가 언제 올지 몰라 애를 태우지 않아도 되고, 비가 오면 빨리 판초를 챙겨 입어야 한다는 초조함도 사라졌다. 이제 모든 걱정과 번잡함으로부터 해방되었다. 포기하고 나니 그저 편안하고 행복하기만 하다. 도저히 어떻게 해 볼 방법이 없을 때는 아주 놓아 버리거나 포기해 버리면 평안이 찾아오기 마련이다.

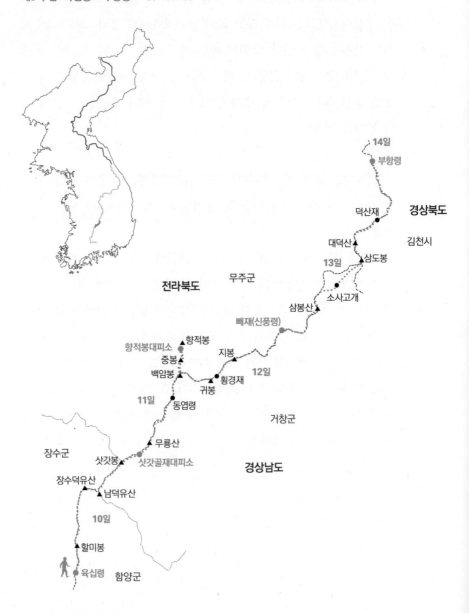

그래도 시간은 흐른다

도적 소굴 육십령

육십령, 많이 들어는 봤지만 정확히 그 유래를 몰랐다. 이 고개를 넘으려면 60명은 모여야 넘을 수 있다는 데서 나왔다고 한다. 이 지역에 산적이 너무 많았기 때문에 그 정도 모여야 안심을 했다는 것이다. 그런 이야기가 충분히 나올 정도로 산이 험하고 숲이 깊다.

도적이 창궐하는 시대가 있다. 역사적으로 보면 정치 문란과 대중의 삶이 피폐할 때 나타나는 현상이다. 악정의 소산으로 기민들이 극한 상황에서 도적으로 둔갑한다. 먹고 살기 위해 도적이 된다. 그런데 진짜로 비난 받아야 할 큰 도적은 절대로 도적이라 불리지 않는다. 『장자』 도척 편에 공자가 도척이라는 도적을 설득하러 갔을 때 이야기가 나온다. 도척은 졸개 구천 명을 거느리고 제후들의 영토를 침범하고 약탈을 일삼았다. 그런 도척을 만나러 간 공자의 기개가 대단하다. 공자는 두 번 절하고 말하기를 "장군은 용모와 지혜, 용기, 세 가지 덕을 갖추고 있습니다. 사방이 수백 리가 되는 큰 성과 수십만 호의 읍을 만들어 장군을 제후로 삼고자 합니다."라고 말했다. 공자가 제후로 삼겠다고 했는데 도척은 오히려 크게 화를 냈다. "지금 그대가 큰 성을 쌓게 한다느니 백성들을 모아 준다느니 하는데, 그것은 이익으로 나를 기망하는 것이다." 공자는 말문을 잃었고 도척의 훈계는 계속됐다. "지금 그대는 헛된 말과 거짓 행동으로 천하의 임금들을 미혹시켜 부귀를 얻으려고 하고 있다. 도둑치고는 그대보다 더 큰 도둑이 없는데 세상 사람들은 어째서 그대를 도구盜丘라 부르지 않고 나를 도적이라고 부르는 것이냐."

혼란스러운 질문이 아닐 수 없다. 우리 시대의 진정한 도적은 누구인가?

무거운 짐을 지고 지리산에서 덕유산으로

등산 전문가들은 일반적으로 어제 지나온 중고개재까지를 지리산 권역으로 치고 그 이후를 덕유산 권역으로 분류한다. 이미 우리는 덕유산 권역으로 들어온 것이다. 구간으로 치면 우리는 2구간을 끝내고 3구간을 시작하고 있다.

덕유산의 의미는 바로 덕과 여유다. 그러나 덕유산은 해발고도가 높은 큰 산이다. 새로운 도전에 설레기도 하지만 동시에 긴장도 된다. 지리산을 다시 가는 느낌. 그 고통을 기억하기에 더욱 두려움이 없지 않다. 할미봉 해발 1,206미터, 장수덕유산 해발 1,492미터, 남덕유산 해발 1,508미터, 삿갓봉 해발 1,418미터이다. 고봉이 기다리고 있다.

오늘은 배낭이 더 무거웠다. 비를 맞은 짐들은 덜 말랐고, 신발도 아직 축축하다. 양말은 덜 마른 것을 신었다. 기분이 참 묘하다. 물론 내 발은 축축함을 말리겠지만. 어제 맛난 부식을 제공 받은 것은 큰 힘이 되겠지만 그것도 무게다. 내 짐은 지리산을 출발할 때만큼 무거웠다.

할미봉까지는 계속 오르막이다. 해발 700미터인 육십령에서 해발 1,026미터 할미봉까지 수직 상승이다. 이것이 다가 아니다. 갈수록 태산이다. 남덕유산까지 계단이 많아 무릎에 무리가 갈 정도다. 백두대간은 그 어느 구간도 마음 편하게 걸을 데가 없다. 어렵고 힘든 길이다. 그러나 봉우리 오를 때마다 느끼는 작은 성취감, 시원한 바람에 땀을 식히며 저 멀리 지나온 산하를 바라보는 작은 행복감이 있어 이 길을 포기하지 않는다.

인생은 무거운 짐을 지고 먼 길을 가는 나그네 길. 그 길에서 만나는 작은 행복들이 있어 인생은 아름답다. "이제 그만 쉬고 떠납시다."라는 말이 언제 떨어질지 몰라 초조하지만 그래도 이 순간 나는 행복하다.

쓰레기를 줍기 시작하다

육십령에 올 때까지 쓰레기가 밟혔다. 여기저기 있는 쓰레기가 눈에 띄었다. 숨이 차오르는 상황에서 주울 여유가 없었다. 이런 내가 한심하다. 그래서 육십령부터 쓰레기를 주워 보기로 했다. 혁대 왼쪽에 쓰레기를 담을 비닐 봉투 하나를 달았다. 그리고 쓰레기를 주웠다. 금방 봉투가 가득 찼다. 걷는데 계속 거치적거린다.

석 대장은 생수병이나 큰 쓰레기는 휴게소나 폐기장까지 가져가기 힘드니 가벼운 비닐 종류만 주우라고 했다. 내가 보기에도 모든 쓰레기를 다 줍는 건 역부족이다. 그래서 부피가 큰 쓰레기나 썩는 것은 줍지 않았다. 대신 과자봉지, 초콜릿 봉지, 나일론이나 비닐로 된 리본이나 봉투 등을 주웠다.

참 쉽지 않았다. 쓰레기를 줍는 순간, 발걸음이 흐트러진다. 때로는 힘이 들어 어깨를 구부릴 수가 없었다. 그러나 이미 결심했으니 어쩔 수 없다. 이제 육십령부터 백두대간 길이 조금은 깨끗해질 것이다.

모은 쓰레기를 삿갓재 휴게소에 갖다 주었더니 담당 직원이 그린 포인트를 주겠다고 한다. 자기 쓰레기를 휴게소까지 가져오면 포인트를 주고, 누적된 포인트에 따라 국립공원 내 주차장, 대피소, 야영장을 무료로 이용하게 하거나 기념품 같은 것을 준다고 한다. 어차피 그런 것을 바라고 한 것이 아니니 포인트에는 관심이 없다. 대신 내일 쓰레기 담을 비닐 봉투나 하나 달라고 했다. 작은 에코 산행 실천에 스스로 행복하다.

백두대간 종주 시계는 '재깍재깍'

백두대간 종주 10일째. 육십령까지 총 108.9킬로미터, 171,100보를 걸었다. 거의 60분의 10이 지났다. 다들 "벌써 그렇게 걸었냐?"라고 반문한다. 신기해 한다. '시간은 가는구나. 결국 가기는 가는구나.' 하는 생각이 들었다. 김홍석 군이 "60분의 10이라고 하면 아직 한참 남았다는 생각이 든다."라고 하면서 즐거운 판을 깼다. '6분의 1이 지났다.'고 하는 것과 '60분의 10이 지났다.'고 하는 것은 느낌이 다르다.

사람들은 힘든 시간을 잊고 있거나 극복하기 위해 지나간 시간을 계산한다. 학생 시절, 감옥에 있을 때 봤다. 단기수들은 감방 벽에 달력을 그려 놓고 하루 지나면 날짜를 지운다. 흔히 "징역을 깬다."라고 한다. 솔제니친의 『수용소 군도』에도 비슷한 장면이 나온다. 매일 같은 작업을 시키면 인간은 절망하기 마련이다. 그래서 그 절망을 지우고 희망을 만드는 방법을 개발한다.

지금까지 걸어온 길을 가늠을 해 볼 수 있는 것은 이만큼이나마 걸어왔기 때문이다. 지금의 힘든 상황이 위로가 된다. 조금씩, 조금씩 목표에 다가가고 있다는 희망도 품게 된다. 목표 지점이 까마득하면 희망을 잃기 쉽다. 여섯 개 중에 하나는 이룩했으니 나머지도 가능하리라.

백두대간 종주 시계는 이렇게 재깍재깍 가고 있다.

전설을 만들다

오랜만에 꿈을 꾸었다. 꿈을 안 꾼 지가 오래되었다. 그런데 간밤에는 아주 긴 꿈을 꾸었다. 다 생각이 안 나는데 선명한 것은 한 여성이 나를 따라다니며 구애를 했다는 사실이다. 참 이상하다.

중고개재에서 잠깐 쉴 때 소변을 보러 갔다. 수풀 건너편 고목이 서 있는데 그 모습이 완전히 여성의 그것을 닮았다. 깜짝 놀라 소변을 멈췄다. 한참을 걸었다. 그런데 이번에는 남근석이 턱 하니 서 있는 것이 아닌가! 할미봉에서 장수덕유산으로 가는 길 오르막 오른편에. 불현듯 그 여성목이 생각났다. 남근석을 스틱으로 탁 치고는 여성목 쪽으로 밀어 보내는 시늉을 했다. 두 남녀의 산신령이 합궁을 할 수 있도록.

오늘, 나는 전설 하나를 만들었다.

어릴 때 어머니가 정자나무나 별이나 보름달을 향해 정화수 떠 놓고 비는 모습을 많이 보았다. 그 추운 겨울날 새벽, 목욕재계하고 절을 하는 모습도 보았다. 오직 자식 잘되라고 비는 그 기도를 보면서 어찌 한눈을 팔 수 있었겠는가.

고목이나 자연의 사물에게 진실로 영혼이 있다고 어머니는 믿고 계셨다. 어머니가 정성을 드리던 그 대상들을 나도 소홀히 할 수는 없다. 그래서 정자나무도, 별도, 달도 내 가슴속에 들어와 있다.

산의 열병식

지리산 구간을 지나고 만복대, 정령치, 고리봉, 수정봉, 고남산, 봉화산을 오를 때까지는 안개 때문에 전체 경관을 거의 볼 수가 없었다. 오늘은 날이 맑아 할미봉, 남덕유산, 삿갓재에서 웅장하게 열병한 산을 볼 수 있었다.

산악 국가답다. 산 뒤에 산이 있고 산 앞에 산이 있다. 열두 폭도 더 되는 산 병풍이 겹겹이 쳐 있다. 특히 덕유산 마루금에서 바라보면 사방이 다 산이다. 할미봉에서는 저 멀리 지리산 천왕봉과 우리가 걸어온 봉화산도 보인다. 곧 지나게 될 장수덕유산과 남덕유산도 보인다. 산이 열병식을 하고 있는 것 같다. 위대한 서사시이다.

세계에 이름 난 산 – 알프스, 몽블랑, 융프라우, 인터라켄, 체르마트 - 을 오른 적이 있다. 캐나다 로키 산맥은 헬리콥터로 돌아보았다. 남아프리카 공화국에 있는 테이블 마운틴도 가 보았다. 일본 후지 산은 중턱까지는 가 보았다. 그러나 백두대간에서 바라보는 산들만큼 웅장하거나 위대하지는 않았다.

이 유장한 산맥 저 아래, 물이 흘러 개울과 강이 되고 사람들은 거기에 의지해 길을 만들고 마을을 만들었다. 자연과 사람은 그렇게 어우러졌다. 하나가 되었다.

오늘도 '하늘길'을 걷는다. 황홀하다.

샘을 찾는 사람

장수덕유산과 남덕유산 정상에 노란 원추리 꽃이 끝없이 피어 있다. 저 아래 계곡까지 노란 꽃들이 산을 가득 메우고 있다. 이 높은 곳에서 세찬 바람을 맞으면서도 저렇게 예쁘게 피어나다니. 원추리 꽃잎이 더없이 사랑스럽다.

높은 봉우리를 오르락내리락 했더니 지친다. 남덕유산에 물이 있다고 했는데 그것도 못 찾았다. 갈증은 나는데 물이 없으니 더 힘이 든다. 물이 완전히 다 떨어진 사람도 있고 내 물통에도 조금밖에 없다.

우리는 두 조로 나누었다. 엄청나게 무거운 짐을 지고도 늘 비호같이 달리는 석락희 대장과 비 오듯이 땀을 흘리면서도 힘차게 달리는 김홍석 군이 선발대로 가서 삿갓재 대피소에서 방을 배정 받고 식사 준비를 하기로 했다. 늘 뒤처지는 나와 홍명근 군을 책임질 박우형 부대장이 후발대가 되었다. 후발대의 임무는 가능한 한 빨리 산장에 도착하는 것이다.

멀리서 우리를 부르는 소리가 들린다. 부지런히 가 보니 선발대가 물을 찾았다. 길 위에 배어 있는 물 흔적을 보고 석 대장이 팠단다. 맑은 물이 솟아나고 있다. 대나무 잎으로 대롱을 만들어 물을 받았다. 벌컥벌컥 몇 잔이나 마셨다. 물통도 가득 채웠다. 이만큼 포만감을 느낀 적은 지금까지 없었다. 이 길을 오는 다른 등산객에게도 이 시원한 물이 생명수가 되리라.

석 대장은 중재에 있는 밭 한가운데에서도 샘을 찾은 적이 있다. 그런데 이 귀한 샘에 표지판이 없다는 것이 놀랍기만 하다. 긴 산행에서 물은 생명수다. 아마도 이 물을 발견하지 못했다면 삿갓재대피소까지 못 왔을지도 모른다.

삿갓봉이 대체 몇 개더냐?

"이것도 아닌가벼!" 탄식이 저절로 나왔다. 남덕유산을 우회하고 있는데 봉우리들이 계속 나타났다. 아마도 스무 개 정도는 넘은 것 같다. '여기겠지.' 하고 넘어가면 또 봉우리가 있다. 삿갓재는 도대체 어디 있는가?

비까지 내린다. 온몸은 젖었고 배낭은 무거워졌다. 판초를 입는 것도 포기한 지 오래다. 냉기까지 느껴진다. 피곤하니까 잠까지 몰려온다. 혼자였다면 분명 여기 어딘가에 주저앉아 스르르 잠이 들었을 거다. 여름 산에서 저체온증으로 죽는 사람들 이야기가 남일 같지 않다. 나라고 그 지경이 되지 말라는 법이 없다.

젖 먹던 힘을 다해 걷고 또 걷는다. 2.9킬로미터 남았다는 표지판을 보고 한참을 걸었다 싶은데 2킬로미터 남았다는 표지판이 또 나왔다. 기력이 바닥난 상황에서 1킬로미터는 정말 긴 거리다. 드디어 1킬로미터 남았다는 표지판을 보았다. 다시 힘을 내 걸었지만 1킬로미터가 10킬로미터처럼 느껴졌다. 뚜벅뚜벅 발걸음이 천근만근이다.

저 아래쪽에서 사람 소리가 들렸다. 불빛도 보인다. '이제 살았구나!' 하는 느낌이 들었다. 대피소에 겨우 도착했다. 양발에 물집이 잡혔다. 온통 쓰라렸다. 배낭을 내려놓고 누우니 잠이 밀려왔다.

시시포스sisyphos, 그 운명의 길

자화상

삿갓재대피소 입구에는 큰 거울이 걸려 있었다. 문득 거울 속의 나를 보았다. 내가 아니었다. 육십령을 넘던 산적 두목처럼 보였다. 얼굴은 검게 그을렸고 수염이 얼굴을 뒤덮었다. 흉측하다.

자기 얼굴에 만족하는 사람은 없다. 고흐는 오죽하면 귀를 잘라버렸을까? 나는 고흐를 좋아한다. 그의 그림을 좋아한다. 미친 그의 눈에 비친 자연도, 세상도 미쳐 있었다. 그래서 강렬하고 인상적이다. 고흐는 자신을 좋아하지 않았다. 결국 자살로 생을 마감했다. 나는 그의 무덤을 찾아가 추모했다.

인간은 누구나 자신을 사랑하는 동시에 미워한다. 오늘 거울에 비친 내 모습은 자연으로 돌아간 순수한 모습이어서 좋았고 동시에 흉측해 보여 싫었다. 사람들 눈에는 내 모습이 어떻게 보일까? 산중에서 이런 나를 알아보는 사람이 있다는 것이 신기하기만 하다. 이 얼굴로 서울에 나타나면 사람들은 어떤 반응을 보일까? 두 달 후, 내 모습에 대한 사람들 반응이 벌써 궁금해진다.

산장, 칭찬 두 가지

이곳 삿갓재대피소에는 산장 이용자들이 사용할 수 있도록 빗물을 저장해 놓았다. 식수는 따로 떠 와야 하지만 손발을 씻을 수 있는 물이 제공되니 참 좋다. 이왕이면 이 물을 식당까지 연결해 바로 설거지를 할 수 있으면 더 편리할 텐데……. 하기는 산이 너무 편하면 많은 사람들이 올 것이고 그럼 산을 망치는 결과를 낳을 테니 적당히 불편한 것이 나을지도 모르겠다. 식당과 방도 비교적 깨끗하게 잘 정리되어 있다. 잔반 처리통도 식당 안에 있다. 화장실은 완전 발효되는 시설로 만들어 그다지 냄새도 안 났다. 이렇게 높은 곳에서 화장실을 깨끗하게 유지한다는 것이 어려울 텐데 깨끗해서 좋다.

어떤 조건에서도 잠을 잔다

다음 날 아침, 삿갓재 대피소에서 향적봉 방향으로 출발한 우리는 무룡봉에 이르러서야 10분간 휴식을 취했다. 여기도 원추리 군락지가 있다. 안개 속에 노랗게 피어 있는 예쁜 원추리 꽃이 환상적이다. 마치 우리를 환영하듯 활짝 피어 있다.

'1,433봉'이 나타났다. 산 이름이 높이에서 유래되었다. '무명봉'에서도 말했지만 봉우리마다 제대로 된 이름을 지어 주거나 찾아 주면 좋겠다. 발에는 물집이 잡혀 있고 등과 팔에는 땀띠가 나 있다. 쓰라리고 가렵다. 육체가 서서히 한계를 드러낸다. 산사람이 되어가는 적응 과정일 수도 있다. 땀띠는 어릴 때 나곤 했는데 한동안 모르고 살았다. 덥고 불결하면 돋는 것인가 보다.

동엽령에서 간단하게 점심을 먹었다. 식사 후에 마침 잘 만들어진

전망대에서 판초로 그늘을 만들었다. 그리고 오침을 즐기려 했다. 그런데 웬 날벼락인가! 갑자기 비가 내렸다. 잠은커녕 전부 판초를 들고 있어야 했다. 뚫려 있는 판초 목 부분으로 물벼락이 떨어지기도 했다. 내가 마침 거기에 앉아 있었다. 비가 조금 잦아진 틈을 타 웅크린 채로 잠이 들었다. 코까지 곤 사람도 있었다고 한다. 어떤 순간에도 잘 수 있다는 것을 보여 주었다.

하긴 이 분야에서는 내가 나름 도사다. 차를 타고 다닐 때는 물론이거니와 회의를 하면서도 잠을 잔다. 한쪽 눈은 감고 한쪽 눈은 뜨고 있다. 뇌 절반은 자고 절반은 깨어 있는 것이다. 10~20분만 자고 나도 심신 상태가 아주 좋다.

'우리도 오후 2시나 3시쯤에 스페인의 시에스타처럼 점심 먹고 잠깐 자는 제도가 있으면 좋겠다.' 하는 생각을 가끔 한다. 졸린 것을 억지로 참거나 적당히 조는 것보다 잠깐이지만 자는 시간을 갖는다면 오후 업무 효율이 몇 배로 높아질 것 같다. 잠은 참으로 중요하다.

운명의 재발견

'백두대간이란 무엇인가?'라는 물음에 깨달음을 얻었다. '끝없는 오르막과 내리막을 타는 것'이었다. "조금만 가면 종착지가 나타난다."라는 말은 새빨간 거짓말이다. 그런 날은 결코 없었다. 무조건 걸어야 했다. 정량을 이행하지 않으면 절대로 목적지에 도달할 수 없다. 가쁜 숨을 몰아쉬며 무조건 한 걸음, 한 걸음, 앞을 향해 내디뎌야 했다.

고통스럽다. 스스로 고통을 선택한 것은 운명이다. 산 위로 돌을 굴려 올라가면 다시 떨어지고, 그것을 다시 굴려 올라가야 하는 시시포스의 운명처럼 봉우리를 걸어 올라가면 다시 내려오고, 또 다시 올라가야 한다. 계속되는 이 고난을 '운명'으로밖에 설명할 수 없다.

이 기분 나쁜 축축함, 가쁜 호흡과 땀 그리고 끝없이 펼쳐지는 대간 길. 쉬지 않고 걸어야 하는 것은 내 운명의 일부가 되었기에 이제 도망칠 수도, 거부할 수도 없다.

그동안 살면서 하고 싶은 일만 했다. "평양 감사도 제 싫으면 그만"이라고 검사도, 변호사도 그만두었다. 세상이 선호하는 직업군을 스스로 내던졌다. 이후 많은 단체를 만들었다. 좋아서 하고, 원해서 한 일이다. 그런데 지금은 거부하고 싶지만, 하기 싫지만, 할 수밖에 없는 일을 이렇게 하고 있다.

운명의 재발견이다.

매미 함부로 대하지 말라

앞에서 걷던 박 부대장이 탈피 직전의 매미를 막내 명근이에게 보여 주었다. 매미는 10년 동안 땅 속에서 나무 수액을 먹으면서 유충으로 살다가 지상으로 올라와 성충이 된 다음 겨우 열흘간 살다가 죽는다. 이 매미는 곧 탈피를 하고 성충이 된 다음 열흘간 신나게 노래하다가 생을 마감할 것이다.

고작 열흘을 살기 위해 10년을 기다린 매미. 어찌 가볍게 다루겠는가. 매미를 함부로 잡을 수 있겠는가. 그 기나긴 인내의 시간을 어찌 함부로 하겠는가. 어릴 때 곤충 채집을 하면서 매미를 잡아 바늘로 꽂아 채집통에 담아 두었던 일이 후회가 된다. 그 매미에게 용서를 빌 뿐이다. 하기는 세상에 귀하지 않은 식물과 곤충의 삶이 어디 있겠는가?

박봉진 대장과 향적봉대피소

향적봉대피소에 가까워지면서 주목들이 나타났다. 흔히 주목을 "살아 천 년, 죽어 천 년"으로 부른다. 그 귀한 나무가 군데군데 고목으로 서 있다. 향적봉대피소가 저만치 보였다. 임정엽 완주 군수와 일행이 마중을 나와 있었다. 그는 내 배낭까지 뺏어 가 짊어진다. 이틀을 함께 걷기로 했는데 약속대로 이렇게 왔다.

향적봉대피소는 물이 풍성해 등산객에게는 그만인 곳이다. 임 군수가 이곳 향적봉 대피소 박봉진 대장을 소개했다. 한눈에 봐도 산사람이라는 것을 알 수 있는 강렬한 인상의 소유자다. "산이 좋아 산에서 산다."라는 박 대장은 이곳을 위탁 운영하고 있다. 국립공원관리공단에서 민간인에게 위탁 운영하는 몇 안 되는 곳 가운데 하나라고 한다. 박 대장 부인은 매점을 운영하면서 남편을 뒷바라지하고 있는데, 두 사람은 산에서 만났다고 한다. 만남이 극적이다. 칠선계곡을 등반하고 있는데 중봉 쪽에서 돌이 떨어지더란다. 낙석을 안고 넘어지면서 구한 여성이 바로 지금의 부인이라는 것이다. 산이 맺어준 인연이다.

주변 사람들로부터 '산고집'으로 통하는 박 대장 신조는 "내 생명 다하도록 산과 함께 산다."라는 것이다. 남을 도울 수 있는 힘이 있는 한 이 일을 하겠다고 한다. 인공호흡으로 살려낸 생명도 숱하게 많다고 한다. 과거에는 운동화에 청바지 입고 산을 오르는 젊은이들이 많았다고 한다. 그만큼 등산 장비가 허술했던 시절이라 사고도 많았고, 사고를 도맡아 처리했다고 한다.

물을 만나면 백두대간이 아니다

산에서 행정 혁신을 논하다

오랜만에 임정엽 완주 군수를 만났으니 이런저런 생각을 나눈다. 완주군은 〈희망제작소〉와 함께 농촌형 커뮤니티 비즈니스community business 사업을 가장 성공적으로 추진해 온 지방 자치 단체다. 지속적인 거버넌스governance 체제를 갖추고 마을과 지역을 살리는 '마을 회사 만들기' 사업을 해 왔다. 지금 완주는 전국적으로 커뮤니티 비즈니스, 마을기업의 성지로 탈바꿈했다. 임 군수는 여기에 만족하지 않고 그간의 경험을 토대로 새로운 미래를 구상하기 시작했다고 한다. 이에 나는 두 가지 사업 – 〈농촌디자인센터〉와 〈희망수레〉 사업을 제안했다.

농촌에서 산출되는 다양한 상품에 옷만 잘 입히면 차원이 달라진다. 농촌 디자인은 국가 지원도 받을 수 있는 일이며, 다른 지역의 수요까지도 창출해 낼 수 있는 사안이니 선점해 두라고 조언했다. 또 하나, 가을부터 내가 본격적으로 시작할 〈희망수레〉에 대해 설명했다. 재래시장이 많이 쇠퇴한 것은 사실이니 거기에 〈희망수레〉가 입점하여 완주군 및 전라북도에서 생산되는 토산물이나 작은 기업들의 상품을 팔아 보자고 했다. 완주뿐 아니라 서울과 수원의 재래 상권에서도 시도해 볼 계획이라는 말도 했다.

임 군수와 걸으면서도 계속 사업 이야기를 했다. 고속도로 인터체인지에 대한 의견도 나눴다. 인터체인지 간 간격이 넓고, 인터체인지를 지을 때 너무 크게 짓는다는 데 의견이 일치했다. 당연히 비용도 많이 든다. 외국처럼 고속도로에서 쉽게 빠져나가도록 간단한 시설로 대체하면 건설 비용도 줄이고, 많은 차들이 멀리 돌아가는 것을 방지할 수 있으며 비용을 절감할 수 있다는 결론을 내렸다.

혁신 아이디어는 끝이 없다. 검침원이 전기나 수도 계량기를 검침하고 비용을 청구하고 있다. 그런데 중앙 본부에서도 각 가정이나 사업장에서 사용하는 양을 확인할 수 있다는 것이다. 많은 검침원을 보다 창조적인 업무로 전환할 수 있으리라 생각된다. 최근에 이 아이디어가 받아들여져 일부에서는 시행하고 있다. 이런 일이 어디 한두 가지일까?

바람같이 달리다. 그러나 엉뚱한 곳으로!

향적봉대피소에서 중봉, 백암봉, 귀봉, 횡경재까지 6킬로미터를 2시간 반 만에 주파했다. 바람같이 달렸다. 뒤에서 쫓아가기가 너무나 힘들 정도였다. 원래 목표했던 빼재를 넘어 소사고개까지 가는 것으로 수정할 정도로 빨리 갔다. 선두를 이끄는 사람들 전부 산에 정통한 전문가들이었기 때문이다. 임정엽 군수만 해도 지리산만 무려 50여 차례 다녀왔다고 했다. 보름달 아래서 혼자서 야간 산행을 즐긴 적도 있다고 한다. 완전 산행 전문가이다. 함께 한 네 사람도 백두대간을 종주한 경험이 있는 프로들이다.

횡경재에서 우리는 사정없이 아래로 내달렸다. 심한 급경사여서 스틱을 잘 이용해야 했다. 숨을 헐떡이며 따라가는데 너무 많이 내려온 것 같았다. 내가 석락희 대장에게 "너무 많이 내려온 것 아니냐? 리본을 하나도 못 봤다."라고 했다. 국립공원 안에서는 "관리공단에서 표지판을 잘 붙여 놓기 때문에 리본을 안 붙이는 경우가 많다."라고 했다. 그러고도 30분 남짓 더 내려갔다.

마침내 계곡이 나왔다. 즐거운 마음으로 세수도 하고 손도 씻었다. 그런데 한 사람이 "백두대간은 계곡을 건너지 않는데 좀 이상하지 않느냐?"라고 의문을 제기했다. 그제야 석 대장이 GPS를 통하여 위치 확인을 했다. 이곳은 백두대간 길이 아니라 송계계곡이었다.

백두대간은 한 걸음도 벗어날 수 없으므로 우리는 횡경재로 다시 돌아가기 위해 거의 직등 수준의 오르막을 오르기 시작했다. 표지판에는 1.2킬로미터라고 되어 있는데 실제로는 2킬로미터도 넘는 것 같았다. 횡경재로 올라왔을 때는 이미 모두들 지쳐 있었다. 더구나 원래 정상궤도를 걸은 것이 아니라 '알바를 뛴 것'이라 더욱 힘이 빠졌다. 목표를 다시 원래대로 빼재(신풍령)로 수정했다.

전문가를 너무 믿지 말라

횡경재에 올라와서 확인해 보니 주변 안내판이 표지판을 조금 가리고 있어 혼동할 만했다. 혼동을 하지 않도록 조금 더 확실히 표기해 주는 것이 필요할 듯하다. 그러나 조금만 자세히 살펴보면 원래 백두대간 방향과 횡경재 아래 방향은 엄격히 구분할 수 있었다. 결국 우리가 선두를 너무 믿었던 탓이다. 이 지역을 잘 안다고 생각했기 때문이다. 전문가를 너무 믿으면 이런 일이 벌어지는 것이다. 뿐만 아니라 합리적 의문을 여러 번 제기했는데도 무시되었던 것도 문제였다. 이상해서 두 차례나 근거를 들어 지적을 했는데도 깊이 받아들이지 않았던 것이다.

누군가가 조직이 정한 목표와 방법에 이의를 제기할 때는 심각하게 들어야 한다는 것을 절실히 깨닫는 계기가 되었다. 뒤따라가는 사람들에게도 책임이 없는 것은 아니다. 앞에서 어련히 알아서 가겠거니 하고 그냥 따라간 것이다.

모두들 많이 지치긴 했지만 배운 것이 참 많다. 남은 여정에 많은 도움이 될 것이다. 표지판을 좀 더 면밀히 보고, 갈림길을 선택할 때는 더욱 신중해질 것이다. 시행착오는 미래의 더 큰 잘못을 예방하는 데 중요한 자료가 되는 법이다.

백두대간 종주는 마루금을 걷는 것

이번에 또 하나 배운 것은 백두대간의 진정한 의미다. 백두대간 종주는 마루금을 걷는 것이다. 빗방울이 내가 걷는 발 오른쪽으로 떨어지면 낙동강으로 흘러가고 왼쪽으로 떨어지면 금강으로 흘러가는 것을 의미한다. 즉 백두대간은 지질학적으로 설정된 개념이 아니라 철저히 강물의 시원을 이루는 물줄기에 따라 설정된 개념이다. 우리 전통적 지리학이 정말 대단하다는 것을 이번 백두대간 길에서 다시 한 번 절감했다.

백두대간 길에서는 계곡을 만나지 않는다. 물을 건너지 않는다. 이것은 바로 '마루금'이라는 것과 연결되어 있다. 마루를 따라 만들어진 길이므로 물길을 건널 수 없다. 또한 백두대간은 인문학과 주거, 사람의 관점에 기반을 두고 있다. 산과 물줄기를 따라 길을 내고 마을을 만들기 때문이다.

백두대간의 개념 안에서는 산과 사람, 산과 강, 산과 마을이 다르지 않다. 참으로 독특한 지리학적 접근법이다. 실제로 백두대간을 걸어보니 넓은 평전이 나오기도 하지만 많은 경우에 좁다란 길이 많다. 양쪽에 계곡이나 산을 두고 마루금을 따라 걷는다. 대부분 높은 곳에서 산과 강, 마을을 바라보면서 걷는다. 그래서 나는 이 길을 '하늘길'이라 부른다.

백두대간은 조선 시대에 체계화되고 간행된 『산경표』라는 지리서에서 유래된 것이다. 『산경표』는 우리나라 산이 어디서 시작해서 어디서 끝이 나는지, 족보 형식으로 도표화한 책이다. 백두산에서 지리산에 이르는 기둥 줄기를 백두대간이라 하고, 기둥 줄기에서 뻗어나간 산줄기를 정간·정맥으로 분류했다. 우리나라 산줄기를 1대간·1정간·13정맥으로 체계화했다. 대간과 정간, 정맥에서 갈라져 나간 크고 작은 산과 고개 그리고 일반 지명을 산줄기 별로 분류하여 도표로 만들었다.

편집 체제가 마치 족보 같다. 백두산을 1대 할아버지로 친다면 지리산은 123대 손이며 가장 길게 뻗어나간 줄기의 마지막 자손은 전남 광양의 백운산으로 171대 손이 된다. 『산경표』는 한 마디로 우리나라 산의 족보라고 할 수 있다. 새삼 우리 조상이 위대해 보인다.

원칙은 지킨다

　송계계곡에서 백두대간 길로 돌아오는 길은, 사실, 여러 가지다. 계곡을 따라 계속 올라갈 수 있는 길도 있다. 그것이 더 간단하고 빠를 수도 있다. 그러나 우리는 온 대로 되짚어 갔다. 길을 잘못 들어섰던 횡경재까지 다시 갔다. 그래야 한 걸음도 틀림없이 백두대간 길을 밟는 것이다.

　백두대간을 종주하는 사람들은 이 원칙을 지킨다. 원칙을 지키지 않는다고 큰 일이 나는 것은 아니다. 적어도 한반도 등줄기를 제대로 걸어보겠다고 결심한 사람이라면 누가 만들었는지도 모르는 이 원칙을 지킨다. 우리도 예외는 아니다. 몇 차례 알바를 뛰고, 잠깐 행로에서 이탈해 민박을 했지만 늘 전날 끝낸 지점에서 다시 출발했다.

　원칙은 지킬 때 비로소 의미가 있는 것이다.

거창군 구제면 면사무소 신성범 씨

　오늘 마지막 구간에서 물도 떨어지고, 탈진하는 사람이 생기는 사태까지 벌어졌다. 백두대간 종주를 한 적이 있다는 완주군 직원인 송용환 씨가 짐에 눌려 탈진을 했다. 물병을 10여 개나 넣고 텐트까지 지고 다녔으니 탈진할 만하다. 임정엽 군수는 바위에 무릎을 부딪쳐 절뚝거렸다. 오늘 산행에 악전고투라는 말보다 더 잘 어울리는 말은 없다. 그러나 팀워크 정신이 돋보인 하루이기도 했다. 서로 짐을 져주고, 선발대 역시 지쳐 있었을 텐데 뒤에 처진 사람들을 위해 시원한 물을 받아 왔다. 그것도 꽤 경사가 심한 언덕을 타고 말이다. 심지어 신풍령휴게소에서 주스까지 사다가 나르기도 했다. 서로를 위하는 마음으로 무사히 빼재(신풍령)에 도착했다.

임 군수 친지가 우리가 온다는 소식을 듣고 빼재 아래 무주구천동에서 달려왔다. 별명이 '덕유산 산신령'인 이 분은 이 지역 사회 어른이었다. 이 분도 생수를 들고 마중을 나와 계셨다. 휴게소에 거의 다 내려온 지점에 화장실 하나를 가리키며 "거창군 공무원한테 배우라."고 했다.

화장실을 들어가 한참 살펴본 다음에야 그 의미를 알아차릴 수 있었다. 공중화장실에는 휴지가 비치되어 있었다. 이렇게 외떨어진 곳에 휴지가 떨어지지 않도록 늘 챙기는 것은 공무원들이 배워야 하는 일이다. 사실 시설물을 설치하기는 쉬워도 제대로 관리하는 것은 힘든 법이다. 화장실 입구에 보니 담당자 이름이 적혀 있었다. "거창군 구제면 면사무소 신성범". 그를 칭찬하고 싶다.

〈대자연식품〉의 가시 오가피주

빼재(신풍령)는 거창과 무주를 가르는 재이다. 과거에는 차량 통행이 많았으나 지금은 대진고속도로(대전-진주)가 생기는 바람에 바람만 지나가는 길로 쇠퇴하고 말았다고 한다. 그리고 나서 주유소와 휴게소마저 운영이 어려워 문을 닫았다고 한다. 주유소가 있었던 자리는 백두대간을 타는 사람들이 텐트를 치는 장소가 되고 말았다. 휴게소 자리에는 〈대자연식품〉이라는 간판만이 크게 붙어 있다.

우리 일행이 그 집 앞에서 가져온 막걸리와 파전을 먹고 있었으나 주인아주머니는 싫은 내색을 하지 않았다. 도리어 먼저 도착한 일행들에게 찬물까지 주었다는 것이다. 뿐만 아니라 화장실과 샤워실도

쓰도록 배려해 주었다. 참 고마운 분이다. 대간 길을 오가는 사람들
이 쓰레기만 남겨 놓고 간다는 데도 싫은 소리 한마디 안 했다.

　가게 안에는 각종 가공식품들이 있었다. 가시 오가피로 술이나 주
스를 만들어 놓았고, 산에서 나는 각종 나물류로 식품도 만들어 놓
았다. 기계를 들여와 여러 가지 실험을 하고 있는 단계라고 한다. 새
로운 상품을 개발하면 〈희망수레〉에도 입점해 보라는 권유도 했다.
산행 중에도 나는 사업을 추진하고 있다.

37번 국도의 운명

　빼재는 무주 구천동과 거창을 연결하는 37번 국도에 있다. 옛날부
터 구천동 사람들은 무주보다는 오히려 가까운 거창으로 가서 물건
을 샀다고 한다. 무주군에서는 무주 사람들이 거창으로 못 가도록
하기 위해 이 구간을 포장하지 않고 있었다는 이야기까지 있다. 그러
나 이제는 그마저도 소용없는 일이 되었다. 대진고속도로가 생기면
서 이곳은 완전히 황폐해졌다. 전국적으로 이곳과 비슷한 상황에 처
한 곳들이 많을 것이다.

　개발로 말미암아 종전 상권이나 마을이나 길이 쇠퇴해 버린 현상
말이다. 이런 경우, 개인의 운명에 맡기지 말고 다른 방법으로 재개발
하거나 복원하는 방법을 찾아보아야 한다. 비록 길은 제 기능을 상실
했지만 새로운 사업이나 축제, 기념물로 휴게소 기능을 되살리는 방
법을 고민해야 한다는 이야기를 임정엽 군수와 나눈다.

　'소셜 디자이너'로서 치유불능의 병이다.

산꾼이 백두대간 타는 법

산꾼 김창수

오늘은 김창수라는 산꾼과 산행을 했다. 어제 우연히 산에서 만나 인사를 나눈 사이다. 한눈에 산꾼임을 알아볼 수 있을 정도로 구릿빛 얼굴과 강인한 체격이 돋보인다. 선한 눈과 소박한 웃음을 가졌다. 9정맥을 모두 종주하고 백두대간 종주를 하는 중이라고 했다. 산에 매료된 이유를 "운명으로밖에 설명할 수 없다."라고 한다. 이런 것이 '산꾼'이라는 말을 쓰기 위한 조건이겠다는 생각이 들었다.

그의 배낭을 보면 기가 딱 질린다. 나는 들 수조차 없었다. 65리터 짜리에 방수천을 덧대 확장한 것이다. 더 큰 것을 쓰면 잡풀에 걸리기 때문에 거기에다가 비박용 텐트라든지 다른 것들을 위에 올린다고 했다. 85~90리터 정도 배낭에 버금가는데 무게가 35킬로그램 된다고 했다. 배낭이 무거운 이유는 간단하다. 혼자서 모든 것을 해결해야 하는 '단독 종주'이기 때문이다. 열흘 치 식량을 짊어지고 다녀야 하고 물이 떨어지면 계곡까지 무거운 배낭을 메고 내려가야 한다. 산 아래 있는 계곡까지 그 무거운 짐을 지고 내려왔다가 다시 능선으로 올라선다는 것은 무척 힘든 일일 텐데 마루금을 타기 위해서 그 정도의 투자는 한다는 것이다. 무조건 산에서 자는데 가다 보면 감이 온다고 했다. 때로는 플라이만 치기도 하고 또 어느 때는 제대로 텐트를 치기도 한단다.

무거운 배낭을 지고 산꾼 김창수 씨는 한 걸음, 한 걸음 걷는다. 무게 때문에 빨리 못 간다고 말하나 우리보다 훨씬 빨리 걷는다.

하늘이 다 보고 있다

김창수 씨는 9정맥을 다니면서 참 많은 난관에 만났다고 한다. 길이 제대로 표시되어 있지 않아 "알바 뛰기"가 일쑤고 지도 독해도 어려웠다고 한다. 길을 제대로 찾지 못한 경우, 그냥 새로운 길로 가 버려도 그만이겠지만 그는 "하늘이 다 보고 있다"고 했다. 단 한 마루금도 놓치지 않고 원래 마루금을 다 밟았다고 한다.

무서운 말이다. 누가 보지 않아도 한 치 어긋남 없이 9정맥의 마루금과 백두대간의 마루금을 걷는다는 것이다. 하늘을 속이고, 양심에 어긋난 짓을 하는 것은 산꾼의 자세가 아니다. 오늘 나는 그를 통해 '하늘'의 무서움과 '양심'의 엄격함에 대해 배운다.

백두대간과 9정맥을 타면서 이 땅에 살고 있다는 것이 행복하다고 했다. 이 축복 받은 땅에서 국운이 떨쳐 일어나는 것을 몸으로 알아차릴 수 있다고 했다. 내가 보기에도 이렇게 웅장하고도 아름다운 산하는 우리 민족에게 특별한 선물이 아닐 수 없다.

숙제하는 사람들

신풍령에서 출발해서 소사고개를 거쳐 해발 1,250미터의 삼도봉,

해발 1,290미터의 대덕산 같은 큰 산을 넘어 덕산재를 지나 부항령까지 걸었다. 유명한 산이나 국립공원 지역을 벗어나면 사람 만나는 일이 드물어진다. 하루 종일, 한 사람도 못 만나는 경우도 허다하다. 어쩌다가 산행하는 사람을 만난다. 대개 구간 종주를 하는 사람들이다. 보통은 그룹으로 백두대간 종주를 하는데 개인 사정으로 빠진 구간이 있는 경우, 휴가나 주말을 이용하여 빠진 구간을 보충하는 이른바 '숙제'를 하는 사람들이다.

구간 종주가 연속 종주를 하는 것보다 더 어려울 듯하다. 백두대간을 보통 24개 구간으로 나누는데 매주 주말에 한 구간씩 걷는다고 해도 6개월이 걸린다. 주말마다 한 구간씩 걷는 것이 어렵기 때문에 1~2년 걸쳐 하는 경우가 많다고 한다. 매주 시간을 내기란 쉽지 않은 일이다. 힘들지만 내가 연속 종주를 하기로 결심한 이유가 바로 여기에 있다. 나는 일단 시작한 일이면 무엇이든 곧바로 집중해서 뿌리를 뽑아야 직성이 풀린다.

얼음골 약수터

대덕산을 내려오다 보면 중턱에 얼음골 약수터가 있다. 대간꾼들에게 물은 소중하다. 샘 위치가 종주 일정을 좌우한다. 아주 중요하다. 샘도 없으면 구간 동안에 마실 물을 미리 준비해야 한다. 샘을 만나면 물을 가득 채우는 것은 기본이고 실컷 마셔서 갈증도 미리 해소해 두어야 한다. 얼음골 약수터는 오래된 곳이고 수량도 풍부하다. 이 샘터에 이런 글이 적혀 있다.

사랑 하나 풀어 던진 약수터에는
바람으로 일렁이는 그대
넋두리 한 가닥 그리움으로 솟아나고...
우리는 한 모금의 샘물에서 우리를 구원하는 이 산임을 인식합니다.
우리는 한 모금의 샘물에서
여유로운 벗이 이 산임을 인식합니다.

"대덕산 얼음골 약수터를 사랑하는 사람들"이라는 명의로 된 이 글에서 샘과 그 샘물의 중요성을 새삼 깨닫는다.

어느새 사방에 어둠이 내렸다. 가로등이 켜진 부항령 국도로 내려서면서 오늘 일정을 끝냈다. 우리는 두 번째 휴식을 맞아 마중 나온 신충섭 씨의 차를 타고 무주에 있는 〈섬민박〉으로 떠났다. 산꾼 김창수 씨는 이곳에서 야영을 한다고 한다. 이번 종주 중에 다시 만날 수 있을지 잘 모르겠다.

문명 세상과 결별하다

꿀 같은 휴식 시간

8월 초는 여름휴가의 절정기이다. 신충섭 씨는 부항령 부근에서 민박 집을 구해 보려고 했지만 실패했다. 모두 예약이 되었거나 사람이 묵고 있었다고 했다. 여기저기 수소문하다 무주구천동 초입에 있는 민박에서 겨우 방을 하나 구했다고 한다. 텐트도 쳐야 한다고 했다. 나제터널에서 1킬로미터 정도 떨어진 곳이다. 무주구천동으로 가는 길목에 있는 민박 집 〈섬〉은 섬은 아니지만 개울 건너 호젓하게 있어 번잡스럽지 않고 참 좋아 보인다.

어제 저녁 늦게 도착했기 때문에 서둘러 텐트부터 쳤다. 비가 부슬부슬 내려 서두르지 않으면 안 되었다. 그런데 텐트 밑바닥에 물이 새서 텐트를 교체해야 했다. 오늘 밤까지 묵고 내일 아침 일찍 부항령으로 떠날 예정이다.

1주일 정도 걷고 나면 체력이 소진되어 초보자들은 하루 정도 쉬어야 할 뿐만 아니라 나는 종주기를 써야 한다. 고기리에 이어 두 번째 맞는 휴식일이다. 영양 보충도 좀 하고, 밀린 빨래도 하고, 생각을 할 여유도 가진다. 모두들 기다린, 꿀같이 단, 시간이다.

매번 느끼는 것이지만 우리가 만나는 사람들은 친절하고 좋은 사람들이었다. 〈섬민박〉 주인인 김복곤 할아버지와 따님도 마찬가지다. 손수 농사를 지은 것이라며 옥수수도 삶아 주었다. 수박도 썰어 주고, 세탁기도 사용하게 했다. 다양한 사람들을 손님으로 맞는 일종의 대중 업소 주인인데 이렇게 인간적이고 착하다니 의아했다. 착한 사람들이 많이 사는 세상이다.

과거에 여기는 도로가 주차장이다시피 했단다. 그만큼 민박도 잘되었다고 한다. 대진고속도로가 나고 무주구천동 손님들이 바로 가는 바람에 이곳은 한산하게 되고 말았다고 한다.

내가 보기에는 이 집은 천국이다. 개울과 산이 예쁠 뿐만 아니라 산에서 내려오는 수도도 일품이고, 외따로 떨어져 있어 며칠 쉬어 가기에는 그만이다. 할아버지와 함께 농장도 돌아보니 제법 넓다. 밭에는 없는 것이 없다. 언젠가 다시 와 보고 싶은 집이다.

또 탈이 난 스마트폰

핸드폰과 카메라가 고장이 났다는 소식에 〈희망제작소〉 사무실에서 새로운 스마트폰과 카메라를 장만해 보내 주었다. 사실 핸드폰, 트위터, 이메일, 페이스북facebook, 카메라 없는 세상을 상상하기 어려웠다.

언젠가 내 생일에 〈희망제작소〉 연구원들이 생일 선물이라며 노트북을 빼앗아 갔다. 그리고는 조용한 음악을 틀어 주었다. 몇 시간을 그렇게 보내라고 했다. 아무것도 하지 말고 음악만 듣고 있으라니 참으로 고통스러웠다. 조금 있다 애원을 해서 컴퓨터를 되찾아 왔다. 선물이 아니라 고문이었다.

새로 갖고 온 스마트폰을 살짝 떨어트렸는데 핸드폰 몸체, 뒷부분 유리가 잘게 금이 가고 말았다. 속이 쓰렸다. 카메라도 새로 산 것인데 액정에 습기가 있었다. 둘 다 돌려주면서 점검을 받아 달라고 했다. 아무래도 '세속의 일은 모두 잊으라.' 하는 두 번째 경고인 것 같다.

백두대간 종주를 타면서 트위터를 하고 이메일을 주고받다니. 기술적으로 불가능한 것은 아니겠으나 백두대간을 타는 의미를 반감시키는 일이다. 그래서 '스마트폰 없는 세상, 카메라 없는 세상에서 지내보겠다.'고 결심했다. 이제 나는 확실히 속세를 버렸다.

가정을 떠난 아빠

산 위에서 높이 맞닿은 하늘과는 인사를 나누셨어요?
올라가신다고 한 게 엊그제 같은데
벌써 지리산과는 작별을 고하고 또 다른 산들을 마주하고 계시다니,
역시 산 위에서의 시간은 사람을 위대하게 만든다는 걸
다시금 느끼고 있어요.
아빠가 걷는 한 걸음 한 걸음이
그리고 백두대간 모퉁이마다에서 만나는 사람들 한 명 한 명이

아빠 삶에 하나의 전환점이 되어
새로운 세상을 열어 주리라고 믿어요.
더 힘을 내서서 다음 세상을 인도하는 길을 내어,
아빠 뒤를 따라 걷는 이들에게
지금까지와 같이 많은 영감과 희망을 주세요.
저도 차분히 제 걸어온 길을 반추하고
이제 내딛는 새로운 걸음, 그 걸음이 흐트러지지 않도록 노력해
아빠에게 부끄럽지 않은 딸이 될게요.

"사랑하는 아빠"라는 제목으로 쓰인 편지를 받고 잠깐 눈시울이 뜨거워졌다. 하나뿐인 딸이 머나먼 외국에 유학을 가는데 손 한번 잡아 주지 못하고, 따뜻한 격려의 말 한마디 못했다. 그런데 오히려 아버지를 격려하고 위로하는 편지를 받다니…….

어차피 '좋은 아버지'가 되기는 글렀지만, 그리고 '자상한 아버지'로서 제 역할을 못한 것은 어제 오늘의 일은 아니지만 지금 이 순간만은 마음이 편하지 않다.

60여 일에 걸친 백두대간 종주 – 보통 사람들이 엄두를 내기 힘든 여정이다. 직장인이나 가장으로서 그렇게 긴 시간을 어떻게 비울 수 있겠는가? 산에서 만나는 사람들에게 연속 종주를 한다고 하면 "백수냐?" 아니면 "이혼했냐?"라고 묻는 경우도 있다.

새로운 세상을 만들기 위해 꿈꾸고 실천하는 특수한 직업을 가진 것일 뿐 백수는 아니다. 집에 들어가는 시간이 적고, 가족과 함께 있

는 시간이 적은 것은 사실이지만 그렇다고 가족들을 사랑하지 않는 것은 더 더욱 아니다.

사실 가장으로서 제 역할을 다 못하니 아내와 자식들이 어려움과 고통을 겪을 것이다. 가족에게 소홀한 만큼 사회를 위해 열심히 일하고 있는 것을 모르는 것 아니니 기꺼이 이해하고, 인정하고 있을 것이라고 믿는다. 아내는 말할 것도 없고, 아이들조차 철이 나면서부터는 내가 하는 활동에 한 번도 이의를 제기하거나 반대한 적은 없기 때문이다. 늘 고맙다.

제4 구간 I 부항령 - 개머리재 • 2011. 8. 2 - 8. 6

개머리재　　　　　　윗왕실재
　　　　백학산
　　　　19일
　　　　　　개터재
　　　　　　회룡재
상주시
　　　　　　큰재
　　　　　　국수봉
용문산
　　　　18일
　　　　작점고개
눌의산　추풍령
　　　　사기점고개
17일
가성산

충청북도
　　　　괘방령
영동군　　여시골산
　　　운수봉
황악산
백운봉　　경상북도
16일
　　바람재
　　삼성산
우두령
화주봉
　　　김천시
삼도봉
15일　　　
전라북도
무주군　　백수리산
　　　부항령

118

다람쥐야, 너라도 보렴

불가능은 없다

오늘은 부항령에서 우두령까지 걷는 날이다. 출발 전에 박우형 부대장이 석락희 대장에게 우두령에 가면 물은 있는지, 세수할 정도는 되는지를 물었다. 보급을 책임진 부대장으로서는 물을 언제, 어디서, 얼마나 준비해야 하는지를 알아야 한다.

부대장 물음에 대장은 이렇게 대답했다. "물은 있고, 코펠로 받아서 세수할 수도 있고 등목도 할 수도 있다. 정 안 되면 수건을 물에 축여 온 몸을 닦을 수도 있다. 불가능이란 게 어디 있냐. 산중에 물이 풍부한 곳이 어디 있겠느냐. 안 된다고 생각하는 게 문제지."

백두대간 길에서 계곡을 만나는 법은 없다. 그러다보니 늘 작은 샘에 의지해 길을 걸어야 한다. 댓잎 하나에 의지해 물을 받아야 한다. 쫄쫄 나오는 샘물 가지고도 뭐든지 다할 수 있다는 것이 석 대장의 지론이다.

고등학교 시절에 법철학자 황산덕 박사가 하는 강의를 들은 적이 있다. 강의 제목이나 강의 내용은 잊어버렸지만 "사과를 먹다가 컵이 필요해서 찾았는데 없었다. 사과 가운데를 파서 컵으로 썼다."라

119

는 구절은 남아 있다.

생각만 바꾸면 불가능한 일들이 가능해지는 경우가 많다. 특히 산에서는 부족한 것 투성이고 모자라는 것이 너무나 많다. 어떻게 하든 변통을 해야 한다. 석 대장의 이야기는 바로 이 변통에 관한 것이다.

희망수레 깃발을 꽂고 걷다

어제 신충섭 씨를 통해 〈희망수레〉 깃발을 전달 받았다. 〈희망수레〉에서는 전국 농민 소기업, 사회적 기업, 장애인 소기업, 청년 소기업, 문화예술인들이 꾸려 가는 소기업의 유통과 홍보 그리고 판매를 도맡아 할 것이다.

널리 알리고 싶으나 산중에서 할 일이 없으니 일단 깃발이라도 배낭에 꽂고 걸으려고 부탁을 했다. 한 사람도 못 보는 날도 있으니 홍보가 될 리 없으나 그래도 '이 순간 할 수 있는 일을 하자.'는 평소 지론을 실천할 것이다.

나는 "지성이면 감천이라."는 말을 신봉하는 사람들 가운데 하나다. 일의 크기, 일의 효율성을 따지기 전에 작은 일부터 성심성의껏 하다 보면 알아주는 사람이 생기고, 도와주는 사람도 생기고 마침내 큰 일이 된다는 믿음을 갖고 있다. 이 산중에서 아무도 알아주지 않겠지만 〈희망수레〉의 깃발을 바람에 휘날리며 걸을 것이다. 숲 속을 노니는 저 다람쥐라도 볼 수 있게 말이다. 언젠가는 대한민국의 소기업이 들꽃처럼 만발해 소기업 천국이 되는 날을 꿈꾸면서.

너는 독버섯이 아니야!

아침 8시, 부항령에는 비가 내린다. 경사가 급한 고갯길이 나타나면 겁부터 덜컥 난다. '언제 저 고개를 넘나.' 싶어 힘이 다 빠진다.

해발 1,034미터인 백수리봉으로 가는 길에 유난히도 버섯이 많았다. 비가 온 후라 그런지 온갖 종류의 버섯이 지천으로 피어 있었다. 특히 쌀 튀밥 같이 하얀 놈들이 군락을 이루고 있었다.

먹을 수 있는 거라면 좀 따다가 점심때 국에 넣어 먹기라도 할 텐데……. 옆을 지나가던 석 대장이 "저건 식용이 아니고 독버섯이야." 라고 말했다. 신영복 선생이 자주 인용하는 독버섯 우화가 생각났다.

어떤 아버지가 아들과 숲길을 가면서 작대기로 길가의 버섯을 가리키며 "저건 먹을 수 없는 독버섯이야!"라고 했다. 독버섯이라는 말은 들은 버섯은 절망한 나머지 식음을 전폐했다. 옆에 있던 친구들이 "너는 독버섯이 아니야. 그건 인간들이 하는 이야기일 뿐이야." 라고 했다.

인간의 식탁에 오르지 못한다는 이유만으로 독버섯으로 규정되었다. 그러나 인간의 관점이 아니라 다른 생명의 관점에서 보면 달라진다. 인간이 '독버섯'이라고 부르는 것을 민달팽이가 맛있게 먹고 있는 것을 몇 차례 봤다. 민달팽이 관점에서는 아주 훌륭한 식용 버섯이다. '자기 관점을 갖고 살라.'는 교훈을 주는 우화를 산에서 되새긴다.

흉물스런 용 세 마리

이곳 소백산 기슭 삼도봉(1,176미터)은 충북·전북·경북 세 도의 분기
점이다. 삼한 이래 삼도봉을 사이로 촌락을 이루어 한때는 독립 국
가로서 자웅을 겨루기도 하였고, 세시풍속 또한 달랐으나 백성들은
서로 이웃하여 그 인정을 연연히 하여 왔으며 국난 시에는 삼도에
구심점으로 결속하는 장이 되어 왔었다. 우리 3군은 지역 간의 교
류를 통해 군민 상호간의 우의를 돈독히 하고 이의 발전을 추구, 모
색하는 데 최대한 노력을 경주하기로 하고……

삼도봉에 서 있는 큰 기념탑에 새겨진 글의 일부다. 1990년 10월
10일에 영동군 군수, 무주군 군수, 금릉군 군수(나중에 김천시에 통합)
가 세운 기념비다. 지역감정이 망국병이라고 하는 상황에서 세 도와
세 군이 교류와 우의를 다지는 것은 참으로 의미 깊은 일이 아닐 수
없다. 그런데 이 기념탑의 모습이 너무도 안 어울린다. 용 세 마리를
조각했는데 삼도봉 정상에 세워 놓기에는 너무나 크고 흉물스럽다.
좀 작게 만들더라도 예술성이 살아 있게 했으면 좋으련만 왜 이렇게
용을 크게 새겨 놓았는지 모르겠다. 더구나 부실공사인지 기념탑의
난간은 뒤틀려 있다.

백두대간은 분수령이어서 산맥이 갈리고 강이 갈리니 당연히 행정
구역을 나누는 데에도 큰 영향을 주었다. 삼도봉을 중심으로 충청도,
전라도, 경상도로 나뉜 것은 당연한 자연의 이치이기도 하다. 이 삼

도봉은 백두대간 중에서도 중요한 위치를 차지하고 있다. 조금은 더 세련된 안내와 기념비가 필요하다. 그리고 좀 더 깊은 교류와 우의를 실제로 쌓아 갔으면 한다.

아름다운 청년, 김홍석

　밀목재 구간을 통과하고 있다. 잡목구간이다. 넝쿨이 우거져 정글을 방불케 한다. 억새풀도 대단하다. 얼굴을 치고, 목을 휘어 감고, 다리를 걸고, 정말 야단이다. 맨 앞에서 가는 박 부대장 얼굴에는 거미줄이 걸려 있고, 몸은 자연 샤워를 한다. 그래도 서늘하고 등산하기에 좋은 날씨다. 세상에 모든 것이 다 좋기를 바랄 수는 없다. 과욕은 늘 불행을 낳기 마련이다.

　오후 7시 20분경에서야 오늘 종착 지점인 우두령에 도착했다. 날은 이미 어둑어둑하다. 완전 녹초가 되었다. 안개 때문에 앞이 보이지 않는다. 우두령 도착 지점에서 왼쪽 아래 100미터 지점에 무인 피크닉 지역(김천 마산쉼터)이 있다. 그곳에 급하게 텐트 두 동을 쳤다. 들짐승들이 많은지 쓰레기통과 쓰레기 봉지를 마구 파헤쳐 놓았다. 음식도 모두 텐트 안으로 들여놓았다.

　네 번째 손가락 김홍석 군은 우리 쓰레기는 물론이고 이런 쓰레기들도 깨끗하게 치운다. 시키지도 않았는 데도 말이다. 여러 차례 해외 봉사 여행을 다녀온 그에게 어울리는 행동이다. 칭찬할 만한 젊은이이다. 녹초가 된 몸으로 남이 버리고 간 쓰레기, 마구 흩어져 있는 쓰레기를 비닐에 담아 한곳에 잘 정리해 둔다는 것이 어디 쉬운 일인가!

아직도 어설픈 초보 종주단

에코 브리지

밤새 비가 왔다. 그래도 텐트에서 잘 잤다. 피곤이 숙면에는 특효약이다. 서울은 지금 무더위가 기승을 부린다는데 아침에 일어나니 춥다. 여기는 여름이 아니라 가을이다. 하기는 우두령 높이가 해발 720미터다. 서늘한 바람, 지저귀는 새소리, 조용한 사위 — 천국이 따로 없다.

우두령은 포장이 잘되어 있는 901번 지방도로다. 이 좋은 도로에 지나다니는 차량은 그다지 없었다. 아침에 산책하러 나온 관광객 한 사람을 만났을 뿐이다. 우리나라는 도로와 포장의 왕국이다. 어디나 길을 뚫고 도로포장을 한다. 구태여 이런 길까지 다 포장해야 했는지 모르겠다. 사실 이런 도로를 하나 만들면 이 지역의 생태계는 아주 큰 손실을 입는다. 우선 동물들 경우에는 이동에 제한을 받는다. 물론 이 도로에는 동물들 이동 경로를 확보해 준다며 에코 브리지eco-bridge를 만들어 두고, "동물 이동 경로이니 조심하라."고 써 놓은 경고문도 있다. 이게 전부다. 그런다고 사람들이 여기서 자동차를 저속으로 운전할까? 기대하기는 힘든 일이다. 이른바 로드 킬road-kill

이 다반사다.

유감스럽게도 eco-bridge를 eco-bridg라고 써 놓았다. 'e'자가 빠졌다. 작은 것 하나가 큰일을 그르치기란 그다지 어렵지 않다.

수납학 강의

막내 명근 군이 아침에 다용도 칼을 꺼내는데 가방 다 뒤지는 사태가 벌어졌다. 물건 하나 찾는데 온 배낭을 다 뒤집는 것이 다반사다. 대원들이 이럴 때마다 대장은 잔소리를 한다. "자주 쓰는 것은 맨 위에, 어쩌다 쓰는 것은 맨 아래에."라고 말한다. 무엇보다 나누어 준 주머니에 분류를 잘 해 정리하는 것이 중요하다고 한다. 일정한 곳에 늘 보관해야 바로 물건을 꺼낼 수 있다는 것이다. 늘 같은 곳에 넣어 두어야 기억을 잘 할 수 있다는 말이다. 이런 것을 제대로 못하는 대표적인 사람이 바로 나다.

오늘 우리는 아주 훌륭한 수납학 강의를 들은 셈이다. 석 대장은 대기업에서 오래 일을 했다. 평소 그는 3S를 주장한다. 단순함simple, 표준standard, 신속speed. 업무를 단순화하고 표준화하면 일이 빨라진다는 것이다.

초보 등산객들이 조금씩, 조금씩 산꾼이 되어가고 있다.

김천 산꾼들은 예술가

김천시에 포함되어 있는 백두대간의 총 둘레만 해도 62킬로미터에 해당한다. 삼도봉, 우두령, 황악산, 추풍령이 모두 김천에 있는 유명한 산과 재이다. 이 산과 봉우리에는 아주 특별한 표지석들이 서 있다. 작고 아담한 돌에 정겨운 필치로 산 이름과 높이를 적어 놓았다. 자세히 보면 참 정성스럽게 준비한 것이라는 걸 알 수 있다. 글씨도 예쁘려니와 산마다 특색 있는 글씨로 개성 있게 파 놓았다. 바람재의 경우 마치 바람에 누운 억새풀처럼 글씨를 비스듬히 써 놓았다. 높이를 뜻하는 'M'의 경우 조금 더 눕혀 'M'자가 마치 산처럼 보인다. 보통 이렇게 높고 큰 산에 무지막지하게 큰 자연석을 깎아 만들어 놓은 것에 비해 작고 소담하게 만들어 놓아 정겹고 아름답다. 고마울 따름이다.

작고 소담한 표지석은 '김천산꾼들'이라는 단체에서 만들었다고 한다. 이 표지석들을 보면서 '김천산꾼들'은 분명히 예술가들일 것이라 생각했다. 사실 산을 좋아하고, 산을 열심히 타는 사람들은 예술가가 될 수밖에 없다. 산을 타는 것은 자연의 일부가 되어야 하는 일이니 말이다. 산림청, 국립공원관리공단, 지방 자치 단체들이 세운 그 어떤 표지석도 '김천산꾼들'이 세운 표지석보다 더 좋은 것을 아직 보지 못했다.

산림청이나 국립공원관리공단, 지방 자치 단체에서 만든 표지석은 하나같이 크기만 했다. 한참 위로 올려다보아야 하는 거대한 기념석이었다. 이것이 또 다른 자연 훼손이 아닌가. 영마다 재마다 서 있는 표지석을 볼 때마다 거대 물신주의의 표본을 보는 것 같아 편치 않았다.

천사들을 만나다

직지사로 유명한 황악산 정상을 향해 오른다. 해발 1,111미터. 이 지역에서는 높은 산이다. 오르고 또 오르는데도 꼭대기가 안 나타난다. 거기다 물마저 없다. "마지막 순간까지 물을 다 먹어서는 안된다. 조금은 남겨 두어야 한다."라는 대장의 엄명에도 불구하고 물을 다 마셨다. 당장 목구멍이 포도청인데 남길 물이 어디 있는가. 갈증이 심각해진다. 그렇다고 표시를 낼 수도 없다. 주변에 물을 구할 샘도 없다.

황악산 정상 부근에서 한 그룹의 중년들이 점심을 먹고 있었다. 용기를 내서 "물 좀 얻어 마실 수 있을까요?"라며 말을 걸었다. 생수통을 통째 내주면서 마시라고 했다. 덥수룩하게 자란 수염이나 행색을 보니 불쌍해 보였는지 물통까지 채워 주었다. 얼음까지 둥둥 떠 있는 물을! 갈증도 해소하고 동시에 물통에 물까지 채웠다. 순간 행복했다. 창원에서 왔다는 이들은 우리가 미안해 하니 "우리는 그냥 내려가기만 하면 돼요."라는 말까지 덧붙였다. 천사가 따로 없다.

백운봉에서 운수봉으로, 다시 여시골산을 넘나들다 보니 그 물조차 거의 바닥이 났다. 덥고 갈증이 심한 날이다. 간신히 오늘의 종착점인 괘방령에 도착했는데 샘이 보이지 않는다. 김천 쪽으로 조금 내려가니 괘방령쉼터가 잘 만들어져 있었다. 먼저 도착한 대장은 물을 찾으러 가고 뒤늦게 도착한 후발 주자들은 평상에 앉아 있었다. 승용차 한 대가 멈추더니 우리가 앉아 있는 평상에 다가오는 것이 아니겠는가? 부부인 두 사람도 잠깐 쉬고 가려고 왔다면서 목말라 하는 우리를 보고는 차에서 큰 생수통을 꺼내 왔다. 물병째로 주고 가는 것이 아닌가.

오늘은 천사를 여러 명 만났다.

"실크로드가 힘들어요? 백두대간이 힘들어요?"

하루가 힘들었던 막내 명근 군이 대장에게 "실크로드가 힘들어요? 아니면 백두대간이 힘들어요?"라고 물었다. 석 대장은 작년에 나와 함께 우루무치를 중심으로 톈산 산맥과 타클라마칸 사막을 오가는 긴 여행을 한 적이 있다. 그 이야기 끝에 던진 질문이다. 오죽 힘들었으면 이런 질문을 했을까! 석 대장 답이 걸작이다. "요즘 실크로드야 차를 타고 다니니…… 하기야 차도 너무 오래 타니 힘은 들더구먼."

버스를 여덟아홉 시간 이상 타는 것도 쉽지는 않았다. 한참을 달려 도착한 곳에서 겨우 흙무더기로만 남은 유적 하나 보고 다시 여덟 시간 이상 버스를 타야 하는 길이 실크로드였다. 하기는 그런 길을 버스는커녕 걸어서 간 사람들이 있었다. 가도 가도 사막뿐인 곳에서 이정표라곤 앞서 간 사람의 해골바가지뿐인 그 길을. 말은 통하지 않았을 테고 풍토병은 창궐하는 상황이었을 텐데도 현장은 구법 여행을 다녀왔다. 타클라마칸이라는 뜻이 "살아서 돌아올 수 없는 곳"이라고 한다.

실크로드 여행도 힘들었지만 걸어 보니 백두대간 길도 참 쉽지 않다. 막내 명근 군에게는 더욱 그럴 것이다. 곱상하게 생긴 이 청년이 아직 잘 견디고 있는 것이 신기할 따름이다. 가끔 농담을 한다. "아직 안 내려갔냐?"라고 농담을 하면 "아니, 친구들한테 종주한다고 이야기 다 하고 왔는데 어떻게 그만둬요."라고 한다. 대견하다.

이 먼 산길을 걷는 것은 누구에게나 도전이고 큰 실험이다. 나는 대한민국의 모든 청년들에게 백두대간 종주를 권하고 싶다. 한번 도

전해 보라고 추천하고 싶다. 대간 길은 민족의 길이고 인문의 길이며 삶의 길이다. 또한 시련과 도전, 끈기와 성취, 성찰과 미래로 향하는 길이기도 하다.

왕초보 〈다섯손가락〉 종주단

백두대간 종주를 하는 사람들이 거치는 단계가 있다고 한다. 대개 주말을 이용해 서울 근교에 있는 산을 오르다 등산객이 되고, 그 다음엔 지방에 있는 명산을 찾아 산행을 하고, 그 다음에 백두대간 구간 종주를 하고, 자신감이 생기면 소구간을 타고 그 다음에 백두대간 연속 종주에 도전을 한다고 한다.

이번에 구성된 〈다섯손가락〉 종주단은 그런 과정 없이 바로 백두대간 종주에 도전했다. 그것도 연속 종주라는 최고 단계에 도전한 것이다. 석 대장은 "있을 수 없는 일이다."라고 한다. 석 대장은 종주를 해 본 경험이 있고, 박우형 부대장은 백두대간 구간 종주를 몇 차례 해 보았다고 했다. 나와 두 청년은 백두대간은 말로만 들어본 왕초보들이다. 배낭 싸는 것부터 배우고 있다.

대원들이 초보들이니 대장 혼자 이리 뛰고 저리 뛴다. 방향을 확인도 해야 하고, 먼저 산장에 도착해서 야영장도 확보하고, 물도 뜨러 다닌다. 특히 명근 군과 나는 뒤따라 걷는 것만으로도 허겁지겁한다. 그래도 아직 도망간 사람이 없다는 것이 신기하다. 오늘로 183킬로미터나 걸었다고 한다. 4분에 1을 훨씬 넘었다고 한다. 내가 대견하다. 우리 대원들이 대단하다!

인간의 뇌는 위대한 컴퓨터

한 걸음, 한 걸음 내딛을 때면 문득 사람 머리가 참 대단하다는 생각이 든다. 발을 디딜 때마다 뇌는 종합적인 판단을 한다. 어떤 돌을 밟는 것이 적절할지, 저 돌을 밟아도 안전할지, 미끄럽지 않을지에 대해 순간적으로 판단을 할 것이다. 그 다음에는 발은 어디에 놓을지, 스틱은 어디에 짚을지를 판단할 것이다. 이 과정을 거쳐 최고로 안전한 지점을 선택해 발과 스틱을 놓게 된다. 순간 판단이 잘못되면 넘어지거나 휘청한다. 무릎에 무리가 가거나 발을 다치게 된다. 모든 주변 정황을 머릿속에 넣고 종합적인 판단을 하는 인간의 머리는 참으로 위대한 컴퓨터다.

따지고 보면 인생길도 매 순간마다 크고 작은 판단을 내려야 한다. 한순간의 잘못된 선택이 인생 전체를 무너뜨린다. 한순간의 선택이 큰 어려움에 봉착하게도 한다. 산길에서 잘 판단을 하는 것처럼 인생길도 잘 판단했으면 하는 바람이다.

힘들어도 전진

열 가지 즐거움

힘겹게 백두대간을 오르락내리락 하는 것은, 산을 타다 잠깐 쉬는 그 맛을 느껴본 사람만이 아는 즐거움이 있기 때문이다. 땀을 뻘뻘 흘리며 산을 넘어설 때 불어오는 바람은 그야말로 꿀맛이다. 늘 땀을 뻘뻘 흘리는 홍석 군은 바람을 만나면 가슴을 열어젖히고 쉬곤 한다. 혹시 이 글을 보고 누군가가 백두대간 종주의 꿈을 포기할까 두려워 사족을 붙인다. 고통스러운 여정이지만 이 길에서 만나는 즐거움도 많다.

첫 번째, 먹고 싶은 음식을 그려 보는 것이다. 마을로 내려가면 '무엇을 먹을까?' 하는 상상을 해 보는 것만으로도 다리에 힘이 난다. 국수나 시원한 냉면 한 그릇을 생각하면 없던 힘도 솟는다.

두 번째, 종주가 끝나는 날을 상상하는 것이다. 향로봉에서 종주를 끝내고 속초로 내려가 척산온천에서 깨끗하게 단장을 하고 바닷가에서 회 한 접시를 먹는 날을 그리는 것이다.

세 번째, 높은 산에서 천하를 굽어보는 것이다. 끝없이 펼쳐지는 산의 향연을 말없이 바라보는 것은 땀 흘린 자만이 누릴 수 있는 특권이다.

네 번째, 아주 드문 일이기는 하지만 석간수를 발견하고는 차가운 물을 실컷 들이켜는 것이다. 물통까지 가득 채우면 마음까지 그득해진다.

다섯 번째, 힘겹지만 오르고 또 올라 마침내 그날의 목적지에 도착하는 즐거움이다. 결코 끝날 것 같지 않았던 여정에 마침표를 찍을 때, "다 왔다."라고 외치는 동료의 목소리를 들을 때 느끼는 그 즐거움은 어디에도 비견하기 어렵다.

여섯 번째, 산행 중에 잠깐 즐기는 낮잠이다. 시원한 그늘에서 잠깐 눈을 붙이는 일은 고난의 길인 백두대간 종주를 포기하지 않게 하는 즐거움이다.

일곱 번째, 산줄기에 서서 시원한 바람을 맞는 일이다.

여덟 번째, 길을 걸으며 추억을 되새기며 옛날로 돌아가는 것이다. 현실에 여러 어려움을 생각하는 것은 골치 아픈 일이다. 그러나 가슴 한편에 아껴 둔 추억을 되새기며 반추하는 즐거움은 백두대간 기나긴 길을 걸을 때만 가능한 일이다.

아홉 번째, 좋은 사람을 만나는 것이다. 팀워크가 좋은 일행과 나누는 사소한 대화가 소중하고, 스쳐 지나가는 사람과 주고받는 한마디도 소중하다.

열 번째, 아직은 오지 않은 미래를 꿈꾸는 것이다. 이것이야말로 최고 즐거움이다. 종주를 끝내고 살아야 하는 인생은 이전의 삶과는 완전히 다른 것이리라 믿는다. 내 앞에 펼쳐 있는 새 도화지에 그림을 그리는 기분으로 살아갈 수 있을 것 같다. 그것을 느끼고, 생각하는 것만으로도 즐겁다.

잘 익은 과일들의 유혹

눌의산부터 또 비를 만났다. 쫄딱 비를 맞았다. 오후 4시쯤 되면 비가 온다는 사실을 알았다. 물이 길을 타고 흘러 시내가 된다. 신발이 물에 젖어 철벅거린다. 스펀지를 하나 깐 것 같아 차라리 편하다.

드디어 추풍령. 멀리서 굉음이 들린다. 경부고속도로가 저만치 보인다. 마을로 들어서니 과수원들이 줄줄이 있다. 영동군은 우리나라 최고의 과수 생산지이자 최대의 과수 생산지다. 복숭아, 포도, 배, 자두가 먹음직스럽다. 주인이 있다면 사기라도 하겠지만 어디에도 보이지 않는다. 울타리도 없다. 하나 딴들 표시도 안 날 것 같지만 차마 그럴 수가 없었다.

옛날에는 서리가 애교로 통용되었지만 지금은 인심도 달라졌다. 그래서 무인 판매대를 두면 어떨까 싶었다. 포도농장일 경우, 한 송이 가격을 적어 놓으면 한 송이 따 먹고 돈을 두고 가면 되지 않을까 싶다. 이제는 우리 사회도 이 정도의 품격과 도덕을 자랑하는 그런 나라가 되어야 하지 않을까? 김구 선생이 만들고 싶었던 강한 도덕의 나라를 추풍령 과수원을 지나며 꿈꾸어 보았다.

사람이 주인 되는 세상

추풍령 아래 첫 동네 은편. 눌의산이 저만치 보이는 아름답고 조용한 마을이다. 이런 곳에 민박 집이 있으면 좋으련만 없다고 한다. 마을 만들기, 마을 경제를 생각한다면 민박도 수월찮은 수입이 될 텐데 안 하는 이유가 무엇인지 궁금하다.

경부고속도로 아래로 난 터널을 지나 직진하니 막힌 과수원 길이다. 돌아 나와 다시 우측으로 난 길을 따라 가다가 다시 국도 아래 있는 터널을 건너 비로소 영동군 추풍령면으로 들어왔다. 표지판 하나 제대로 없다. 차가 지나는 길은 위에, 사람이 지나다니는 인도는 지하에 배치한 것이 이해할 수 없다. 자동차가 사람을 밀어내고 도로의 주인이 된 지 오래다. 지하 인도에는 물이 스며 나와 바닥에 이끼가 가득하고 미끄럽기조차 했다. 사람이 토끼굴로 다녀야 하는 세상이다.

요즘 농촌 지역에 만들어진 수많은 국도에 인도가 없다. 그렇다고 사람이 안 다니는 것도 아니다. 농민들이 경운기도 몰고 가기도 하고 걸어 다니기도 한다. 그래서 이런 국도에서 사망하는 사고가 많다고 한다. 도로를 사람들, 지역 주민들에게 돌려주는 운동이 그래서 필요하다.

카리브의 초승달

이틀을 야영하고 비를 맞았기 때문에 오늘은 민박을 찾아 묵기로 했다. 빨래도 하고 젖은 옷을 좀 말려야 한다. 찾은 곳 이름이 〈카리브모텔〉이라고 했다. 유일한 숙박 장소라고 한다. 입구에 김홍도의 춘화가 걸려 있어 러브호텔쯤 되는 줄 알았는데 백두대간 종주자들이 묵어가는 곳이라고 했다. 일종의 쉼터이자 대피소이다. 주인은 아주 젊은 여성이었는데 인수할 당시 그대로를 사용하고 있다고 한다. 이름까지도.

옥상에 가보니 양쪽이 다 산이다. 앞산은 우리가 내려온 눌의산이고, 뒷산은 내일 우리가 올라야 할 산이다. 눌의산 위에 초승달이 떴다. 달의 색깔이 특이하다. 빨갛다. 구름에 잠겼다가 다시 나타나기를 되풀이 했다. 몽환적 분위기를 연출하고 있다. 바람이 불어 모기도 없다. 평상이 비에 젖어 여기서는 자기가 어려울 듯하다.

소통이 필요하다!

갑자기 바깥에서 큰소리가 들렸다. 석락희 대장에게 자초지종을 들어 보니 당초에 얻은 방 말고 박우형 부대장이 다른 방을 하나를 더 얻었다고 한다. 선발대로 도착한 석 대장이 방은 하나만 얻고 옥상에 텐트를 치는 것으로 결정을 하고, 다른 대원들에게 그렇게 고지했다. 그런데 박 부대장은 이틀이나 비를 맞은 젊은 대원들을 텐트에서 자게 하는 것은 맞지 않다는 생각에 상의도 없이 방을 또 얻었다는 것이다.

막상 방을 보니 조금 좁게 자면 다섯 명도 충분히 잘 수도 있을 것 같다. 또 방이 비좁아 일행 중 누군가가 자야한다면 내가 먼저 자원할 수도 있는 일인데…… 상의를 하면 되는 일인데, 그런 절차가 없었기에 생긴 일이었다.

모두 불렀다. 자초지종을 듣고서 서로 오해를 풀었다. 이어서 다섯 명이 모두 모인 자리에서 그동안 갖고 있던 불만이나 바라는 점들을 이야기하게 했다. 그리고 김홍석 군이 제안한 "매일 출발하기 전에 전날 산행 평가를 하고, 그날 일정을 공유하는 자리를 만들자는 것"과 "매주 휴식을 취할 때 서로 고민과 희망 사항들을 이야기할 수 있는 자유로운 자리를 마련하자."라는 의견이 받아들여졌다.

당연히 필요한 것인데 정신없이 달려오다 보니 서로 의견을 개진하는 자리가 없었다. 민주주의는 〈다섯손가락〉 종주단 안에서도 필요한 것이다. 매일 얼굴을 맞대고 밥 먹고, 이야기를 나누어도 부족한 것이 소통이자 그 기술이다. "비가 온 뒤에 땅이 굳는다."라고 한번 부딪치므로 우리 동지애는 더 굳건해졌다. 〈다섯손가락〉 종주단의 민주주의도 함께 진보하고 있다.

오늘은 작은 다툼도 있고 해서 분위기를 일신하고 단합을 다짐하기 위해 회식을 하기로 했다. 모텔 너머 김천 쪽으로 30미터만 넘어가면 〈할매집〉이라는 식당이 있다. 막내 명근 군의 손놀림이 빨라졌다. 돼지 갈비를 굽기가 바쁘게 사라졌다. 돼지 갈비가 눈 깜짝할 사이에 사라지는 식욕을 과시해 두고두고 화제가 되었다. 이제 26살, 그 나이에 무거운 짐을 지고 매일매일 걸으니 당연한 일이다.

오늘로 전체 종주 거리 200킬로미터를 넘어섰다. 내일이면 일정 3분의 1을 돌파한다. 시간은 가고 있다. 달이 저 산 위에 걸려 있는 즐거운 밤이다.

표고 352미터의 차이

어제 잠을 잔 우두령이 해발 720미터인데 오늘 자는 괘방령은 해발 368미터로 약 352미터의 차이가 난다. 이 표고 차가 굉장히 많은 변화를 만들어 내는 것 같다. 해발 700미터가 넘는 고지에 살다가 해발 300미터 대인 저지대(?)로 내려오니 우선 잠을 이룰 수가 없다. 무엇보다도 모기가 많다. 그리고 덥다는 것을 확연히 느낄 수 있다. 텐트 플라이의 모기창을 내놓고, 양쪽에 바람이 통하게 한 다음 간신히 잠들 수 있었다. 어느새 고산 지역의 기후에 익숙해진 모양이다.

괘방령 국도에는 차가 많이 다닌다. 마을 가까이에 있다 보니 통행량이 많은 것일 테다. 까마귀와 매미 소리에 잠을 깼다. 아주 높은 산에서는 매미가 우는 것을 거의 보지 못했다. 마치 높은 산에 사는 신선으로 있다가 속세로 내려온 느낌이다.

위파사나 수행을 하다

처음보다 나아지기는 했지만 앞 사람이 산 오르막을 저만치 올라가는 것을 보고 있으면 숨이 턱 막힌다. 그때 속으로 구령을 붙인다. 스틱을 앞에 꼽고 난 뒤 하나, 둘 하면서 스틱에 힘을 주면서 발을 앞으로 내밀고 셋, 넷 하면서 스틱을 지나 앞으로 나간다. 그렇게 몇십 번 하다 보면 오르막이 끝나곤 한다.

이 방법과 더불어 혼자 위파사나 수행을 한다. '위vi'는 '뛰어나다.', '다양성'을 뜻하고, '파사나passana'는 '살핀다.'를 뜻한다. '뛰어난 관찰'로 자신을 객관적으로 살필 수 있는 힘을 키우는 수행법이다.

이 수행법을 한 6개월 정도 하다 말았는데 이 연습을 한번 해 보았다. 가쁘게 숨을 쉬며 산 위를 올라가고 있는 자신을 관찰한다. 말처럼 쉬운 일이 아니다. 스스로 자신을 잘 알아차린다는 것, 그것도 매 순간 그렇게 할 수 있다는 것은 도의 경지이다.

그래도 힘드니까 힘든 것을 객관화해서 고통스런 느낌에서 벗어나기 위해 시도하는 것이다. 물론 고통뿐만 아니라 즐거움과 환희도 마찬가지일 것이다. 함몰되지 않아야 잘 관찰할 수 있을 것이다. 이런 생각을 하며 발걸음을 앞으로 내딛는다.

탈진

상대성 원리

오늘은 추풍령에서 큰재까지 거의 18킬로미터를 걷는 날이다. 먼 길을 걸어야 한다. 대장은 "각오하라."라며 미리 경고를 한다.

새벽 4시에 일어나 정리정돈을 하고 주먹밥 싸서 5시 30분에 어젯밤에 묵었던 숙소에서 나왔다. 처음에는 헤드 랜턴을 켜고 걸었다. 잠깐 잡목지대를 거치며 없는 길을 만들다시피 지났다. 얼마 후 좋은 길이 나타났다.

금산을 거쳐 해발 502미터 무명봉에 올랐다. 고도가 높은 산은 아니나 워낙 고도가 낮은 추풍령에서 걷기 시작했기 때문에 새벽부터 땀을 엄청 흘렸다.

결국 모든 것은 상대적이다. 상대성을 인정해 주지 않으면서 '공평'을 말할 수는 없는 법이다. 오늘 올랐던 산들이 기껏해야 해발 700미터에 불과하지만 다른 고산을 오르는 것 못지않게 힘이 들었다. 더구나 바람은 없고, 모기와 벌여야 하는 추격전은 다시 계속되었다.

모기연구소? 버섯연구소?

끈질기게 따라붙는 모기를 보면서 '도대체 무엇이 모기를 이렇게 강하게 만드는가?' 하는 의문이 들었다. '사람 체취를 어떻게 맡고 숲에서 모기들이 몰려드는가?' 하는 궁금증도 생겼다. '모기는 그 작은 날개로 사람의 빠른 걸음을 어떻게 따라잡을까?' 하는 점도 궁금하다.

연속적으로 떠오르는 궁금함들. 문득 모기를 연구하면 거기에서부터 배울 점이 많을 것 같다는 생각이 들었다.

오늘은 영지버섯을 많이 보았다. 군락지도 있었다. 노란 꽃처럼 보이는 영지를 하나 캐 보니 향도 좋았다. 영지버섯뿐만 아니라 거의 수백 종에 이르는 버섯들이 숲 속에서 자라고 있다. 식용 버섯이 아니더라도 연구를 해 보면 식용으로 전환하거나 약재로 사용할 수도 있지 않을까? 약과 독은 한 치 차이라는데.

독일에 있는 유명한 〈막스플랑크연구소〉를 방문한 적이 있다. 노벨상 수상자를 여럿 배출한 이 연구소는 산하에 수백 개에 달하는 각 분야별 연구소가 있다. 종합 연구소다.

일본에 있는 〈이화학연구소〉 역시 물리학, 화학, 의학, 공학, 생물학 등 다양한 이종 학문 전공자들이 함께 연구를 하는 종합 연구소다.

이제 우리도 이런 연구소를 만들어야 하지 않을까? 그때 모기 연구소, 버섯 연구소도 만들어 보면 좋겠다.

멧돼지 화장실

사기점 고개는 예전에 사기그릇을 만들고 파는 가게가 있었던 것 같다. 잘 닦인 길이나 비포장인 길을 지금은 임도로 사용하고 있는 모양이다. 여기서 아침을 먹는다.

그런데 새 잡으러 간(화장을 고치러 가는 경우를 우리는 이런 은어로 부른다. 큰 새는 큰 것, 작은 새는 작은 것을 의미한다.) 막내 명근 군이 기겁을 하며 외쳤다. 바로 거기가 멧돼지 화장실이었던 것이다.

나중에 보니 사기점 고개 일대가 멧돼지 똥으로 가득하다. 어릴 때 많이 봤던 쇠똥보다 훨씬 더 굵고 크다. 냄새도 쇠똥은 풀 냄새가 나는데 비하여 멧돼지는 아무래도 잡식 동물이니까 조금은 더 고약하다. 마치 경계 표시를 해 둔 것처럼 이 지역은 온통 멧돼지 똥이다. 지뢰밭이 따로 없다.

그동안 곳곳에서 멧돼지 짓으로 보이는 행패를 많이 보았다. 이놈들이 파헤친 곳들이 길가에도 많았다. 멧돼지가 좋아한다는 둥굴레 뿌리를 파먹기 위한 짓이라고 한다. 멧돼지는 민가에도 내려와 고구마나 곡식들을 거의 포클레인으로 파듯이 다 파먹는다고 한다.

우리가 잤던 우두령이나 부항령 등에서는 밤마다 멧돼지를 쫓기 위한 총포 소리가 3분마다 울렸다. 물론 가짜 총포 소리를 녹음해서 들려주는 것이다. 멧돼지보다 먹이사슬 상위에 있는 호랑이나 표범이 사라지면서 생긴 현상이다. 생태계의 질서가 온전한 것이 얼마나 중요한지를 보여 주는 한 가지 작은 사례일 뿐이다.

"밥심으로 가는 것"

작점고개에 오면 물이 있다고 했는데 결국 못 찾았다. 민가에 가서 물을 구해 왔다. 이 고갯마루에 있는 팔각정에서 점심을 먹고 오수도 좀 즐겼다. 팔각정 마루도 깨끗했고 바람도 잘 불어 쉬기에 정말 안성맞춤이었다.

오후 산행을 이어갔다. 구간이 길기도 하려니와 높은 산들이 많았다. 점심때까지만 해도 괜찮았는데 용문산을 오를 때 상당히 힘들었다. 갑자기 온 몸에서 힘이 빠져 나가는 느낌이 들면서 걷는 것이 힘들어졌다. 그동안 체력 소진이 누적된 탓도 있을 것이다. 나중에 동료들에게 들으니 내 얼굴이 갑자기 하얗게 변했다고 했다. 탈진을 한 것이다.

공진단 한 알을 먹었다. 그리고 잠깐 쉬었더니 얼굴색이 돌아오고 화기가 돌았다. 효과는 즉각적이었다. 내 짐 중 일부를 동료들이 가져갔다. 그동안 석 대장은 계속 "밥심으로 가는 것이니 밥을 많이 먹으라."고 권했다. 그런데 산에서 먹는 밥과 국, 반찬은 아직까지도 입에 잘 안 맞다. 먹기가 힘들었다. 조금밖에 못 먹으니 체력은 소진되고 영양은 부족해진 탓이 아닌가 싶다.

산에서 지내는 일상은 원시적이고 거칠다. 아직 일정이 40여 일이나 남아 있는데 백두대간 길에 대한 자신감이 조금 엷어졌다. 다시 정신을 차리고 안간힘을 다해 걷는다. 해발 705미터인 국수봉을 넘었다. 오늘 목적지인 큰재에 먼저 도착한 석 대장은 음료수를 사 들고는 거꾸로 산을 타고 왔다. 석 대장의 헌신과 도움으로 산행을 마무리할 수 있었다.

나무도 전설이 된다

조악한 숲 체험장

어제 우리가 묵은 곳은 폐교를 청소년 체험 시설로 만든 곳이다. 원래 옥산초등학교 인성분교였는데 폐교가 되자 상주 시청에서 〈백두대간 숲 체험장〉으로 개조했다고 한다.

처음 계획은 이 부근에 텐트를 치려고 했는데 관리인이 "이 부근에는 야영은 안 되며 대피 시설로 만들어 둔 곳이 있으니 그곳에서 자야 한다."라고 했다. 한 사람당 만 원을 받았다.

안내를 받아 들어가 보니 숙소가 완전히 운동장이다. 에어컨도 있고 샤워 시설도 있다. 묵는 사람은 우리 일행 다섯 명뿐이다. 이 운동장처럼 큰 방을 다섯 명만 쓰다니 낭비가 이만저만이 아니다. 왜 이런 발상을 했을까?

더 안타까운 점은 소박하고 아름다웠을 폐교는 원형을 찾아보기 어려울 정도라는 것이다. 이 지역과 상황에 별로 어울리지 않을 건물과 나무, 조경을 해 놓았다. 백두대간 개념에 맞게 좀 더 소박하고 아름답게 꾸몄더라면 좋았을 텐데 아쉬움이 크다.

수령 530년의 감나무

이 숲 체험관 전시관 중앙에 모델이 하나 있는데 바로 상주시 외남면에 있는 530년이나 지난 감나무이다. 우리 조상들이 생육접목 기술을 보유하고 있었음을 알려 주는 나무라고 한다. 원래 야생인 고염나무는 병충해에 강하고 생명력이 강한데 여기에 감나무를 접목하면 좋은 감이 열린다. 상주, 영동, 완주 등에서는 옛날부터 이런 접목을 통하여 좋은 감나무를 많이 키웠기에 이쪽 지방 곶감이 유명해진 것이라고 한다. 접붙이는 기술은 우리나라가 세계 최고라고 한다.

상주에는 수령 350년이 된 은척 뽕나무도 유명하다. 상주 은척면 두곡리에 있는 이 뽕나무는 우리나라 최고 뽕나무로서 지방 기념물 1호로 지정 보호하고 있다. 나무 높이가 12미터, 나무 둘레가 2.7미터나 된다고 한다. 상주가 양잠 본산지임을 증명하는 대목이다.

사람의 역사만이 역사는 아니다. 나무도 역사가 되고 전설이 된다. 나무 하나에 얽힌 사연은 어찌 역사가 아니겠는가? 나무도 인간과 함께 살아가는 존재로서 기록하고 기념할 만한 가치가 생기는 것이다.

백두대간 박물관을 만들자

백두대간은 그 넓은 품 안에서 참으로 많은 것들을 키워 왔다. 간단히 생각해 보아도 백두대간에 얽힌 전설, 영과 재 이야기, 마을 이야기, 종교, 계곡과 강 이야기 등 다양한 시각과 주제에 따라 분류하고 분석하고 정리할 것들이 많을 것이다.

지역 주민의 말에 따르면 우리가 묵은 이 큰재를 비롯하여 충북 보은과 상주를 오가며 동학의 최해월 선생 등이 포교를 했다고 한다. 이 재와 영들은 당시 동학 전파로인 셈이다. 실제 보은 북실전투에서는 동학교도 2,700명이 몰살 당했는데 대부분 상주사람이라고 한다.

백두대간 주변의 이런 역사와 설화를 제대로 정리할 필요를 느낀다. 다큐멘터리 작가, 사진작가, 문필가, 향토 사학자들이 아직 할 일이 참으로 많다. 많은 백두대간 전문가들이 나타나 우리의 지역학, 인류학, 지리학, 인문학이 좀 더 풍성해졌으면 한다. 그러면 우리도 제대로 된 백두대간 박물관을 하나 지을 날이 오지 않겠는가?

간밤에 조영래 변호사를 만나다

간밤에 조영래 변호사 10주기를 준비하는 꿈을 꾸었다. 사실 얼마 전에 20주기가 지났는데 꿈에서는 10년 전으로 되돌아간 것이다. 자세한 내용은 기억나지 않지만 조영래 변호사의 아버님을 붙들고 "조 변호사님이 살아 있었다면 한국은 지금과는 완전히 다른 나라가 되었을 것"이라며 통곡한 장면만은 또렷이 기억났다.

꿈에서 한 말은 평소 내 지론이기도 하다. 조영래 변호사가 존재하는 대한민국과 그가 존재하지 않는 대한민국은 엄청난 차이가 있을 것이다. 지금보다는 훨씬 더 품격 있는 나라가 되었을 것이다.

지난 1980년대 나라가 온통 군사독재정치로 신음하고 국민이 고통을 겪을 때 그는 민주주의와 인권을 향해 민족의 활로를 뚫는 다양한 활동을 벌였다. 옆에서 나는 그의 통찰력, 명석함, 결단력에 늘 감동했다. 그가 그립다.

아직도 내 머리 속에는 비우지 못한 세상사가 가득한 모양이다. 백두대간 길은 아직도 많이 남아 있으니 남은 시간 동안 선인의 경지로 나아가 봐야겠다.

아름다운 낙동강의 시원

회룡재, 개터재까지는 너무나 평탄한 길이다. 농로도 만나고 개 짖는 소리, 심지어 차 소리도 들린다. 보이는 거라곤 산밖에는 없고, 들리는 거라고는 벌레 소리밖에 없던 길을 걸어왔던 터라 이런 세속의 소리들이 낯설기만 하다. 이 지역을 흔히 중화지구대라고 하는데 그만큼 고도가 낮고 민가나 농경지들이 많다는 의미가 될 것이다.

윗왕실재까지는 붉은 황토가 인상적이었다. 어제 걸었던 국수봉, 용문산에는 마사토가 많았다. 낙동강 주변 산에는 모래를 만들어 내는 바위들이 많다고 한다. 이것이 낙동강으로 흘러가 아름다운 강변을 만드는 것이다. 이 아름다운 강변이 4대강사업으로 사라지게 되었으니 언제쯤 이 산들의 모래와 흙들이 낙동강의 원상을 회복할 수 있을지?

작년쯤 지율 스님과 함께 상주에서부터 안동까지 낙동강을 걸은 적이 있다. 낙동강은 세계적으로 예쁜 모래가 유명하다고 한다. 특히 안동 병산서원 앞 모래밭은 환상적이다. 거기는 꽤 많은 군중이 모일 수 있는 큰 모래밭이 있다. 거기서 4대강을 지키는 사람들 수만 명이 모여 음악회를 여는 상상을 해 보았다.

"우리 동네 물맛이 최고"

윗왕실재에서 점심을 먹기로 했다. 당연히 물을 떠 와야 한다. 박부대장과 막내가 물을 뜨러 간 마을에서 만난 할머니가 "우리 동네 물맛이 최고야."라고 자랑을 하더란다. 그동안 여러 곳에서 민박을 하거나 물을 준비했는데 다들 하나 같이 "우리 동네 물맛이 최고"라고 자랑을 했다. 하기는 백두대간 주변 마을이야 어느 곳 할 것 없이 물맛이 좋을 수밖에 없지 않을까.

백두대간 인근 마을이나 민가는 대체로 우물보다는 산에서 내려오는 샘물이나 계곡물 등을 그대로 먹는 경우가 많다. 안전하게 먹으려면 당연히 수도 시설을 해서 정수 장치와 시설을 통과하여야 하겠지만 사실 백두대간 언저리에 있는 샘물만큼 좋은 물이 어디에 있겠는가?

영국이나 프랑스에서는 중세부터 치료로 잘 알려진 유명한 샘들이 있다. 이 샘들은 지금은 관광지로도 이름이 나 있기도 하다. 우리나라의 경우라고 물맛이 특별하고, 치료 효과가 있는 샘을 발굴하는 것이 어렵지 않을 텐데 구태여 온천이 아니더라도 명천(유명한 샘)을 찾아보고 발굴하고 홍보하면 어떨까?

'힘 남으면 일이나 하지!'

백두대간 길에서 농부나 마을 주민들을 만나면 신기한 눈초리로 우리를 바라본다. '힘이 남으면 일이나 하지 왜 저런 힘든 짓을 골라 가면서 할까?' 하는 눈초리다. 사실 따지고 보면 대간종주는 호강이고 호사이다. 이렇게 긴 시간을 내서 종주를 할 수 있는 사람이 얼마나 되겠는가? 직장인들은 꿈도 못 꿀 일이다. 지금 농촌에서 일하는 농부들, 노동 현장에서 일하는 노동자들, 잠시도 틈을 내기 힘든 자영업자들에게 백두대간 종주는 상상하기 힘든, 실행하기 힘든 일이다. 참으로 죄송한 마음이 든다. 그런 마음으로 다시 길을 재촉한다.

오감으로 자연과 교감하다

윗왕실재에서 점심 먹고 낮잠을 잤다. 일어나니 벌레 소리가 온 골짜기에 가득하다. 어느 소리가 어느 놈의 것인지 분간이 안 간다. 서로 목청을 자랑하듯 고음이다. 하기야 고음만 잘 들리는 것인지도 모르겠다. 그래 봐야 여름 한철이다. 이 짧은 삶, 계절을 즐기는 그들을 우리가 막을 이유가 없다.

우리가 걸어가는 숲 속에는 온갖 모습이 보이고 온갖 소리가 들린다. 동물과 식물, 곤충들이 살아가는 모습이 가까이 보인다. 때로는 혼자만 내는 내밀한 소리로, 또 어느 때는 합창이 되어 들린다. 자기들끼리 구애하는 소리도 있고, 대화하는 소리도 있다. 사람이 길을 내고 집을 짓고 농토를 개간하면서 나무가 잘리고 숲이 사라지면 이들은 아픔의 소리를 낸다. 자신들의 주거지가, 서식지가 사라지는데 아프지 않을 리가 있나. 그 아픈 소리를 들어 주고, 봐 주고, 공감해 주는 것이 인간의 일인 것 같다. 인간이 자연과 교감하고 공존의 묘법을 찾을 때 인간 역시 가장 행복할 것이다.

백학산은 오늘 일정 중에서 가장 높은 산이다. 해발 615미터밖에 안 되지만 워낙 이 지역 전체 고도가 낮기 때문에 군계일학처럼 보인다. 닭 가운데 있는 학은 빛나 보이기 마련이다. 막상 백학산 정상에는 나무들이 우거져 있어 전망은 별로 좋지 않다. 보통 바위산은 정상이 우뚝 솟아 있고, 그러니 조망도 좋을 수밖에 없다. 백학산은 육산이라 정상이 숲이다.

백학산 정상에서 내려오는데 옆에서 물소리가 난다. 백두대간 길에 이런 물소리를 듣는다는 것은 참 희귀한 일이다. 늘 마루금을 걷기 때문이다. 마루금 옆에 작은 개울이 흐르고 있다. 그냥 지나칠 수가 없다. 등목도 하고 발도 닦았다. 손수건도 빨아 나뭇가지에 걸었다. 그런데 갑자기 천둥번개가 요란하게 쳤다. 순간 하늘을 보니 아직은 맑다. 완전히 '마른하늘에 날벼락'이다. 정말 몇 분이 안 되어 갑자기 먹구름이 몰려오더니 후드득 비가 쏟아지기 시작했다. 등목을 한 것이 아무 소용이 없어졌다. 비가 온몸을 적셨다. 결국 오늘도 비를 맞고 말았다.

10분도 안 돼 비가 그쳤다. 파란 나무 잎사귀 사이로 스며드는 햇살이 영롱하다. 대지는 아까보다 훨씬 서늘해졌다. 세상은 완전히 새 옷으로 갈아입은 듯하다. 저 숲 속에 새로운 생명이 움트고 있는 것이 느껴진다.

지극 정성

드디어 오늘 목적지인 개머리재가 저기 보인다. 늘 마지막은 지치고 힘들다. 게다가 비까지 맞았다. 그런데 저만치에 반가운 얼굴이 있다. 휴일을 맞아 지원을 나온 〈아름다운가게〉 신충섭 팀장이다. 대원들은 신충섭 씨 얼굴만 보면 화색이 돈다. 늘 시원한 음료수와 맛있는 과일을 메고 오기 때문이다. 그도 비를 홀딱 맞았다. 시원한 음료수와 과일을 먹고 힘을 내서 산행을 마무리했다. 우리가 묵을 농막도 물색해 놓았다고 한다.

개머리재에는 민가가 한 채 있긴 한데 주인 할아버지가 물은 떠가도 되지만 집 안에서 야영은 안 된다고 했단다. 얼마 전 늦은 밤에 허영호 대장 일행도 이 지역을 지나갔는데, 마당에서 밥만 지어 먹고 떠났다고 한다. 그래도 좀 이따가 다시 가서 비까지 맞은 우리 사정을 말해 보겠다고 한다. 결국 거절을 당하고 왔다. 그 대신 옥수수 다섯 개를 얻어 와 잘 먹었다.

소쩍새가 운다

우리가 묵을 농막은 바로 포도밭 옆에 있다. 아마도 농사를 지으면서 중간에 밥도 해 먹고, 더위도 피하고, 휴식도 취하는 곳인 모양이다. 간단한 농기구와 자재들도 있다. 거기에 평상이 하나 있어 그 위에서 4명이 자고, 바로 옆에 텐트를 치고 두 사람이 자기로 했다. 젖은 옷이나 양말, 수건 등은 포도나무 지지대에 걸어 놓았다. 바람이 살랑살랑 불어 잘 마를 것 같다.

밥을 해 먹고 자리에 누우니 소쩍새가 운다. "소쩍, 소쩍……" 소리가 아주 가까이에서 들린다. "소쩍소쩍" 하는 소리가 '솥 적다.'에서 유래했다는 해석이 있다. 다시 말해 빈곤한 농촌 사정을 담고 있다는 이야기이다. 오늘날 농촌 사정도 크게 달라지지 않았다. 선진국치고 농민이 가난한 나라는 없다는데 우리 농촌은 언제쯤이면 사정이 좋아질지 여기서도 걱정이다.

제4 구간 II 개머리재 - 은티재 • 2011. 8. 7 - 8. 10

악휘봉
은티재
장성봉
괴산군
버리미기재
대야산
23일
충청북도
조항산
문경시
청화산
늘재
밤티재
문장대
22일
경상북도
천황봉
피앗재
보은군
형제봉 ● 갈령삼거리
21일
비재
봉황산
화령재
상주시
윤지미산
무지개산
신의터고개
20일
지기재
개머리재

- - - 통제 구간

152

백두대간 '궁상'

선유동 사람들

새벽 5시에 일어나 6시에 농막을 출발했다. 농로와 산 사이를 오가며 걷고 있는데 어떤 할머니가 우리를 보고 "백두대간은 저쪽인데……."라고 한다. 어느새 농로를 걷고 있었던 것이다. 산길을 놓치고 그냥 농로로 접어든 것이다.

백두대간 길을 안내하는 리본을 동네 사람이 제거한 것이라는 이야기도 있다. 백두대간을 다니는 사람들을 안 좋게 보는 것이다. 쓰레기나 쌓아 두고 가고, 동네 물건이나 훼손하고, 농작물이나 따먹고 한다면 누가 좋아하겠는가? 대부분은 그렇지 않겠지만 개중에 한두 명이라도 그러면 마을 사람들은 선입견을 가질 것이다. 어제 개머리재 민가도 그래서 우리를 거부한 것이 아닐지.

백두대간 길을 알려 준 할머니가 사는 동네 이름이 선유동仙遊洞이다. '신선들이 노니는 곳'이다. 백두대간 길에 있는 마을이 다 그렇듯이 공기 좋고 물 좋은 곳이니 그렇게 불릴 만하다. 할머니는 "예전에는 부자동네인데 다 죽어 버렸어."라고 했다. 사방이 포도밭이다. 부자 동네임에는 틀림없다. 그러나 이제 농사를 짓던 노인들은 세상을 뜨고 그 농사마저 지을 사람이 없다고 한다. 우리가 지나가고 있던 밭은 묵밭이었다. 사과 과수원인 것 같기는 한데 사과가 제대로 열리지 않았다. "예전에 묘지기가 관리하던 밭인데 그 사람도 죽었어. 그 이후에는 묵밭이지."라고 한다. 작은 자두만 한 사과는 이미 자연산 사과가 되어 버린지 오래인 듯하다. 그래도 최근에 젊은이들 서너 가구가 귀농을 했다는 것이 작은 희망이라고 했다. 앞으로 좀 더 귀농 인구가 늘어나기를 바란다.

궁상도 여러 가지

한 시간도 안 되어 지기재에 도착했다. 아침 7시 반. 여기서 아침을 먹는다. 그런데 여기는 완전히 국도다. 비가 올지도 몰라 천정이 있는 버스 정류장에 식탁을 차렸다.

일요일이고 백두대간 벽지니까 차가 자주 올 리도 없을 거라 생각했다. 생각보다는 차량이 자주 오간다. 특히 트럭이 계속 지나간다. 아주머니 한 사람은 버스를 기다리러 왔다가는 우리를 보고 그냥 되돌아간다. "자리를 비켜드리겠다"라고 했는 데도 말이다.

궁상도 참 여러 가지다. 온전한 사람으로서의 모습을 잃은 지 오래다. 닥치는 대로 먹고 자고 걷는다. 〈1박2일〉이라는 텔레비전 프로그램에서도 버스정류장에서 라면 끓여먹는 장면이 나왔다고 한다. 품위를 따질 형편이 아니다.

1592년 4월 25일

1592년은 우리 민족사에서 잊을 수 없는 해이다. 임진왜란이 발생한 해이다. 파죽지세로 몰려오던 왜군에게 관군 역시 추풍낙엽처럼 괴멸되고 말았다. 참으로 대단한 일은 관군이 없는 그 자리를 민간의병이 메운 것이다.

우리가 지나가는 신의터재에서는 김준신이 지역 주민들을 600명이나 모아 관군 60명과 함께 북상하는 왜군을 맞아 상주성을 지키고자 나섰다고 한다. 왜군이 자그마치 17,000명이나 되니 그야말로 중과부적이었을 것이다. 그는 장렬히 전사했다고 한다. 바로 1592년 4월 25일의 일이다. 이것은 왜군을 맞아 벌인 본격적인 첫 전투로 기록되어 있었다. 김준신은 "남아는 마땅히 죽어야 할 자리에서 죽어야 한다."라고 말했다고 한다. 실제로 그는 자신이 마땅히 죽어야 할 자리라고 판단한 곳에서 죽었다.

한 나라의 국민으로서, 한 사회 지식인으로서 해야 할 바가 무엇인지 생각하게 하는 재이다.

종주 이후

가끔은 이 백두대간 이후를 생각한다. 심신도 단련되었고, 산 맛도 들었으니 백두대간만으로 끝낼 수는 없지 않을까 하는 생각이 든다. 신충섭 씨의 친구인 김남희 씨는 직장을 그만두고 해남에서부터 휴전선까지 걷고는 그 이야기를 책으로 묶었다고 한다. 그 후 본격적인 산악인으로 성장해 갔다고 한다. 한반도를 걷거나 자전거로 도는 것, 그것도 해 볼 만한 일이다.

신충섭 씨는 나폴레옹이 태어난 코르시카 섬에 있는 산맥을 횡단해 보고 싶다고 했다. 한 지인은 몇 년 전부터 사하라 사막 마라톤이나 타클라마칸 사막 마라톤에 참가해 보라고 권하고 있다. 사실 얼마 전만 해도 엄두가 안 났는데 이제 조금씩 자신이 생긴다. 히말라야 안나푸르나 트래킹에도 관심을 갖게 된다.

사람 욕심은 끝이 없나 보다. 하나를 누리면 다른 것도 누리고 싶은 모양이다. 더구나 새로운 여정들을 꿈꾸는 것은 현재 처해 있는 힘든 여정을 조금은 즐겁게 만들어 주는 것이라 자꾸 상상해 보게 된다. 한번 먹은 생각을 실현하고야 마는 것이 내 성격이니 언젠가 히말라야를 등정하는 날이 올지도 모를 일이다.

부드러운 갈비

갈비하면 혹시 고기를 연상할지도 모르겠다. 경상도에서는 소나무의 마른 이파리를 솔갈비라고 부른다. 어릴 때, 이 갈비는 아주 중요한 연료였다. "나무하러 가는 것"이 중요한 일과고 업무였다. 나 역시 동네 아이들이나 누나들하고 뒷동산에 가서 갈비를 잔뜩 해 오곤 했다. 가까운 산에 없으면 먼 산에까지 가야 했다. 갈비는 밥을 하거나 군불 땔 때 그만이다.

나무를 해다가 파는 나무장수까지 있던 시절, 연료가 부족한 그 시절에는 생솔 가지를 꺾어 와 때기도 했다. 생솔 가지에 불을 붙이면 온 집안이 연기로 가득했다. 당국에서 불법으로 나무를 하지 않았는지 검사를 하러 나오곤 했다.

그런데 지금은 산에 갈비가 지천이다. 얼마나 지천인지 푹신푹신할 정도다. 옛날에는 갈퀴로 긁어모아야 했는데, 지금은 수북이 쌓여 있다. 강산이 변하고 세상이 변했다.

자연의 위대한 순환

종주 20일. 수염이 자라 인상이 바뀌었다. 살도 빠졌다. 얼굴뿐만 아니라 온몸의 살이 빠졌다. 하루에 15킬로미터는 너끈히 걸을 정도도 되었다. 그러나 육체적으로 피곤하고, 힘도 소진되고, 한계도 느낀다. 옷이 흥건히 젖을 정도이니 하루에 흘리는 땀이 몇 리터는 될 것 같다. 좀처럼 땀을 흘리지 않는 체질인데 변한 모양이다. 수많은 세월 동안 쌓였던 노폐물이 한꺼번에 다 쏟아져 나오는 느낌이다. 노폐물이 빠져 나간 자리에 상쾌한 공기를 채운다. 그리고 여유와 청명함, 정결함으로 마음을 채운다.

이런 생각을 하는 사이에 어느 사인가 잡목 구간으로 들어서고 있었다. 하늘이 안 보일 정도 쑥쑥 자란 풀이나 넝쿨, 나무들이 진로를 방해하고 있다. 숲 한가운데 새털이 수북이 쌓여 있었다. 무슨 새인지는 모르겠으나 잡아먹힌 것이 틀림이 없다. 이 조용한 숲 속에서도 이렇게 생존경쟁의 법칙은 적용되고 있다.

길에서 마주친 산개구리를 보면서 '저것이 언제고 뱀을 만나면 졸지에 먹이가 될 것인데……' 하는 생각이 들어 안쓰러웠다. 이 숲 안에 사는 모든 생물이 다 그런 운명에 처할 수 있다. 하루하루, 순간순간이 운명의 기로다.

나무가 죽고 나면 그 등걸에 의지해 버섯이 자란다. 그 버섯에 다시 곰팡이가 핀다. 그래서 마침내 완전히 분해되어 흙으로 돌아간다. 그 흙은 또 다른 생명을 피워 내는 원천이 된다. 다른 생명이 그 속에서 잉태된다. 저 조용한 숲 속에서 삶과 죽음이, 자연은 쉼 없이 순환하고 있다.

대령정에서 하룻밤

마지막 구간은 늘 힘이 들었다. 4킬로미터가 남았다. 마지막 관문인 윤지미산, 고도가 낮은 구간이지만 그래도 산은 산이다. 오늘은 19.4 킬로미터를 걸었다. 대전에서 상주로 난 고속도로 터널 위도 통과했다. 드디어 오늘 종착점인 화령에 도착했다.

화령은 국도가 지나가고 있고 그 옆에는 팔각정이 서 있다. 어디서든 팔각정은 우리 차지다. 팔각정을 올라가 보니 대령정大嶺停이라고 이름을 붙여 놓았다. 이 지역 주민들이 이 고갯마루인 화령의 역사와 변천을 기록하고, 이 정자를 설치한 과정을 설명해 두었다. 이 설명에 따르면 이곳 주변에는 신라, 고구려, 백제의 격전장이 많다고 한다. 임진왜란 때는 정기룡 장군이 왜적을 격파했다고 한다. 6.25때 여기서 벌어진 화령장 전투 역시 유명하다고 한다. 전쟁 상흔이 이곳에 알알이 새겨져 있다.

화령에서 가장 높은 전망 좋은 곳에 설치된 이 팔각정이 비어 있었기에 얼른 그곳을 점령했다. 여기서 비도 피할 수 있다. 태풍이 북상 중이라고 한다. 바람이 이미 드세다. 팔각정은 바람이 몰아치는 제일 높은 곳에 있기 때문에 그 밑에 텐트를 두 동 쳤다. 그래도 안심이 안 된다. 혹시나 텐트가 날아갈까 아주 단단히 고정시키고 돌도 올려 놓았다.

이런 사람이 있어 편히 잠든다

잠이 안 와서 바깥에서 앉아 있는데 차 한 대가 멈춘다. 어떤 사람이 내리더니 이 고갯마루에 있는 전봇대와 시설들을 살펴본다. 누군가 했더니 한국전력공사에서 나온 직원이다. 한전 상주 지사에서 일하는 사람이다. 내일 태풍이 온다고 이 고갯마루까지 와서 일일이 점검을 하고 있는 것이다. 참 성실한 사람이다. 정말 꼼꼼하게 점검을 했다. 다가가 "참 훌륭하십니다."라고 칭찬을 하자 무척 부끄러워했다. 그 모습이 더욱 인상적이었다.

마침 가스가 부족해 주변에 가게가 있느냐고 물었더니 15분쯤 가면 슈퍼마켓이 있다고 했다. 데려다 주겠다고 해서 막내 명근 군이 따라 나섰다. 가스를 산 다음 다시 여기까지 데려다 주고 갔다고 한다. 고마운 사람이다.

희망은 포기하지 않는 사람에게만 온다

아침에 나타난 귀인

그래도 우리는 살아남았다. 간밤에는 폭풍우가 지나갔다. 밤새 텐트를 날려 버릴 듯한 강한 바람과 세찬 비 때문에 전전반측했다. 그런데도 텐트에 물 한 방울 스며들지 않았으니 우리나라 텐트 기술력도 대단하다.

어제가 칠월칠석이라고 했다. 견우와 직녀가 만나는 날이니 어찌 눈물바다가 되지 않았겠는가! 아침에 일어나니 먼 산은 구름에 잠겨 있고 바람은 미풍으로 변해 있었다. 팔각정에서 바라보는 산의 모습이 참 아름다웠다. 누가 간밤에 태풍이 지나갔다고 할까. 자연의 섭리는 참 알다가도 모를 일이다.

아침 밥 해 먹고, 옥수수 쪄 먹고 그러고 나니 해가 났다. 이곳 화령과 팔각정은 한산한 국도 변에 있기는 하지만 그래도 사람들이 쉼 없이 오간다. 이른 아침인데도 아저씨가 트럭을 세워 놓고 담배를 피우고 있었다. 화령 바로 아래에 있는 신봉 2리에 산다는 이 농부는 밭에 일하러 왔다가 잠깐 쉬는 중이라 했다. 밭 1,520평에서 농사를 짓지만 이것으로는 먹고 살기가 어렵다고 한다. 그래서 축사를 전문적으로 짓는 건축 일도 함께 한다고 했다. 그런데 구제역 때문에 축사 신축이 거의 없다고 한다. 2백5십만 원에서 3백만 원 정도 나가던 소 값이 지금은 2백만 원으로 떨어져 축산 농가가 모두 울상이라고 한다. 구제역 이후 외국에서 소를 수입을 많이 하다 보니 농민들은 이래저래 손해만 본다.

이런 대화를 나누고 헤어졌는데 좀 있다 와서 옥수수 한 포대를 우리에게 주고 가는 것이 아닌가. 그러면서 바로 이 아래 밭이 자기 밭이니 고추를 좀 따 가라고 했다. 시골 인심은 아직 이렇게 살아 있다. 아침부터 귀인을 만났다.

마대 재활용법

아저씨가 주고 가신 옥수수는 잘 삶아 먹었다. 그런데 옥수수를 담아 온 마대가 멀쩡했다. 쓰레기로 버리고 가기는 너무 아깝다. 가지고 가자니 이미 비닐봉투나 자루가 충분했다. 그냥 두고 가면 사람들은 쓰레기로 알 것이고……. 그래서 '여기에 쓰레기통 외에 별도로 재활용 박스를 하나 만들어 두면 좋겠다.'는 생각을 해 보았다. 쓰다가 남은 것이지만 다른 사람이 재활용을 할 수 있는 것들은 거기에다가 담아 두고 가는 것이다. 접착용 메모지에 "이 마대는 옥수수를 한 번 담았을 뿐이니 깨끗합니다. 재활용할 수 있을 듯합니다. 잘 쓰시기 바랍니다."라는 내용을 써 놓으면 될 것이다.

이곳뿐만 아니라 많은 공공장소, 휴게소에 이런 시설이 필요하다.

사람들이 많이 오가는 곳에서는 버리지 않아도 되는 것들을 버려야 할 경우가 허다하다. 〈아름다운가게〉를 만든 사람이라 드는 어쩔 수 없는 생각이다.

이것도 병이다!

시골 마을 독거노인

아침에 출발하기 전에 물을 채워야 한다. 오늘 아침 당번은 나와 홍석 군이다. 화령에서 상주 화서면 면사무소는 지척 간이다. 그쪽으로 100미터만 걸어가면 왼쪽으로 작은 마을이 나온다. 마을로 접어들어 두 번째 집으로 들어가 식수를 구했다.

집주인 할아버지가 마룻전에서 작업을 하고 있었다. 자세히 보니 자식들에게 보낸다며 옥수수와 감자, 또 이런저런 푸성귀를 포장하고 있었다. 큰아들은 서울에 살고, 다른 자식들은 청주, 대구에 살고 있다고 했다. 미수, 여든여덟 나이에 혼자 사는 할아버지 행색은 말이 아니다. 연세로 보아도, 혼자 사는 홀아비로서도 그럴 수밖에 없다. 집도 행랑은 거의 무너져 내렸다. 돌볼 사람이 없는 상태다. 할머니는 오래전에 돌아가셨다고 한다. 참 슬픈 장면이다.

발톱을 헌납하다

발에 물집이 생기더니 그것이 곪았다. 아주 아팠다. 항생제 연고를 바르고 반창고도 붙여야 하는 악전고투가 지난 며칠 동안 이어졌다. 그래서 그동안 등산화 대신에 등산용 샌들을 신고 다녔다. 오늘 보니 곪은 데는 아물었지만 상처 주변에 못이 박이고 있어 다시 등산화로 바꿔 신었다. 등산화는 웬만한 충격에도 끄떡없으니 이제 마음대로 발을 내디뎌도 되지 싶다. 대신 등산화는 바람이 통하지 않아 열기가 후끈후끈해 자주 바람을 쏘여야 했다.

쉬는 시간에 등산화를 벗고 양말을 벗고 보니까 오른쪽 두 번째 발가락 발톱이 저절로 빠졌다. 지리산을 지날 때 이미 빨갛게 멍이 들어 있었는데 저절로 물러졌던 것이다. 아직도 오른쪽 발톱 2개, 왼쪽 발톱 3개가 피멍이 들어 있다. 이것들도 언젠가는 저절로 떨어져 나갈 것이다. 그나마 다행인 것은 발톱이 빠진 그 자리에 새로운 발톱이 자라고 있다는 사실이다.

재생하는 힘은 이렇게 크고 위대하다. 발톱 하나가 멍이 들어 빠지려는 그 순간에 새로운 발톱을 키우고 있었으니까 말이다. 발톱이 빠진 채로도 이렇게 꿋꿋하게 등산을 계속할 수 있는 것도 바로 이 재생하는 힘 때문이다. 발톱만이 아니다. 피로에 찌들고 모든 힘을 다 쏟아 부은 것 같은 데도 다음 날 아침이면 다시 힘이 솟고 다시 길을 떠난다.

무서운 사람

언젠가부터 우리는 40분 내지 50분을 걷고 10분을 쉰다. 이 시간 체크를 김홍석 군이 맡았다. "휴식 10분 전"이라고 그 걸걸한 목소리로 예고를 한다. '이제 10분만 가면 쉴 수 있겠다.'라는 생각에 우리 발걸음에는 힘이 실린다. 그런데 막상 좀 쉬려고 하면 "2분 남았습니다.", "2분 후에 출발입니다"라고 말한다. 도착해서 배낭 풀고, 스틱 꽂고, 신발 벗으면 몇 분이 그냥 지나간다. 가쁜 호흡을 좀 가다듬을 만하면 2분 남았다고 예고를 한다. 더구나 늦게 도착한 사람에게도 일률적으로 적용한다. 늘 늦게 도착하는 나는 아주 불리하다. 갑자기 김홍석 군의 목소리가 무섭다.

출발을 예고하기 전에 내가 농담을 했다. "2분이 남았어도 이제 9분 남았다고 해라. 그러면 너도 조금 더 쉬고 좋지 않냐?"라고 했더니 모두들 웃는다. 어차피 시간을 재려고 하는 것이 아니니 홍석 군의 재량에 달린 것인데 고지식하게 원칙대로 하는 네 번째 손가락에게 사탕이라도 뇌물로 주어야 할 모양이다.

〈다섯손가락〉 중 네 번째 손가락인 김홍석 군은 '포스트 박원순'을 꿈꾸는 야심찬 젊은이다. NGO를 이끄는 지도자가 되겠다고 한다. 그런 그에게 "무슨 '포스트 박원순'이냐? '김홍석 시대'를 열어야지."라고 했다. 대학 1학년 때인 2008년에는 케냐에서 한 달 동안 봉사했고, 캄보디아에서도 봉사 활동을 했다고 한다. 이미 국제적 경험도 갖춘 젊은이다. 백두대간 종주에 합류하기 전에는 반 년 정도 교육행정직 시험 공부를 했는데 이번 종주는 부모님이 반대를 해서 간신히 설득을 했다고 한다. 이 종주가 끝나면 세계 일주 여행을 할 계획이라고 한다.

구두 닦는 무기수

이제 봉황산을 거쳐, 비재, 못제로 가고 있다. 참 힘든 일정이다. 언덕과 봉우리가 끝없이 나타난다. 아마도 바람조차 불지 않았다면 거의 초주검이 되었을 것이다. 오르막을 오를 때마다 시원한 바람이 우리를 살려 주었다.

또 물이 문제다. 날이 맑고 햇볕이 나니 물 소요량이 급속히 늘어났다. 사람들 물통이 전부 비었다. 박우형 부대장이 기절하는 사태가 벌어졌다. 공진단의 약효가 유감없이 드러났다.

견훤의 전설이 얽힌 못제에 도달했다. 물은 있었지만 그것은 연못에 불과했다. 석 대장이 '샘을 찾는 탁월한 기술'로 노력을 다해 보았지만 헛수고였다. 이때 석 대장이 "무기수 중에서 끝까지 살아남는 사람은 들어오자마자 구두를 닦는 사람"이라는 말을 했다. 출소해서 신을 가능성이 없는 신발이지만 언젠가는 오게 될지도 모를 그날을 위해 노력하는 사람이기 때문이란다. 다시 말하면 그는 희망이라는 단어를 품고 사는 사람이기 때문에 오래도록 잘 견디고 결국 살아남는다는 것이다. 이 순간 우리도 희망을 품고 걷는다.

기적의 샘물

어기적어기적 걸어간다. 속도가 아주 느려졌다. 다들 힘이 빠졌다. 벌써 오후 6시가 훨씬 넘었다. 암릉 구간을 앞두고 밧줄이 보인다. 저 밧줄을 타고 힘겹게 기어 올라가야 한다. 그때 앞서 가던 박 부대장이 "물기가 보인다."라고 외쳤다. 그러자 뒤에 오던 석 대장이 치고 나가 으레 '샘물 파기' 작업에 돌입했다.

나무뿌리를 타고 내리던 물방울들을 모아 작은 샘물이 되게 하고 거기에다가 나뭇잎을 박아 물을 받을 수 있게 한 것이다. 바위틈에서 흘러나오는 물이니 석간수임에 틀림이 없다. 차고 맛있는 물이다. 5분 정도 받으면 1리터는 될 양이다. 물이 해결되었으니 만사가 해결이다. 선발대는 먼저 가서 갈령삼거리에 텐트를 치고 후발대는 모든 용기에 물을 가득 담아가기로 했다.

갈령삼거리는 의외로 가까웠다. 암릉 구간 바로 위였다. 만약 이 샘물을 발견하지 못했다면 갈령까지 1.3킬로미터를 더 가서 물을 구해야 했다. 아마도 모두 녹초가 되었을 것이다. 이렇게 기적이 우리를 찾아왔다.

이것은 눈물이다

갈령삼거리 산속의 별

간밤에 텐트를 친 곳은 고도가 703미터인 갈령삼거리였다. 그야말로 산중에서 잔 것이다. 바람이 많이 불어 춥기조차 했다. 멀리 달이 구름 속에서 숨바꼭질을 했다. 숨었다 나타나기를 되풀이하고 있다. 검은 나무들 사이로 달과 별을 보는 우리도 덩달아 숨바꼭질을 했다.

경사가 조금 심한 곳에 텐트를 친 때문에 계속 몸이 미끄러져 밤새 몸을 곧추세워 올리느라 선잠을 잤다. 새벽 3시에 잠을 깼다. 큰일을 보러 숲으로 갔으나 결국 실패하고 총총한 별만 보았다. 왕방울만한 별들이 나무 사이로 떠 있다. 시원한 새벽바람이 온 가슴에 불어왔다. 새벽하늘 별처럼 내 마음도 맑아진다.

문득, 임마누엘 칸트의 묘비명이 떠올랐다. "생각하면 할수록 놀라움과 경건함을 주는 두 가지가 있다. 하나는 내 위에서 항상 반짝이는 별을 보여 주는 하늘이며, 다른 하나는 나를 항상 지켜 주는 마음속에 도덕률이다." "하늘엔 별, 내 마음속엔 도덕률"로 요약되는 이 명언처럼 내 마음도 저 별과 같이 명징한 상태가 지속되기를 발원해 본다.

찬란한 일출

새벽에 출발한 우리는 형제봉을 거쳐 피앗재로 가고 있다. 아주 높은 고지라 일출을 볼 수 있을 것이라고 기대를 했지만 구름이 많아 일출을 보는 것이 가능할지 의문이다.

그런데 드디어 일출이 시작되었다. 동쪽 하늘이 붉게 물들기 시작했다. 첩첩산중이 윤곽을 드러내며 밝아온다. 여명이 산중을 깨운다. 동시에 새도 깨어났다. 구름이 짙게 드리우고 있으나 동쪽 하늘만은 비어 두었다. 온 세상 생명의 원천이며 빛의 시원인 태양이 찬란하게 떠오른다. 소원도 함께 빌어 본다. '어느 누구만 잘되는 그런 세상이 아니라 그 누구든 골고루 잘되는 세상, 모두에게 광명이 비치는 세상을 만들어 달라.'는 소원을 빈다. 온 누리에 밝은 빛이 가득하길 이 순간 소망한다.

우리에게 잠깐 자신의 모습을 보여 주던 붉은 태양은 다시 구름 뒤로 숨고 말았다. 그러나 세상은 완연히 밝아 오고 있다. 구름마저도 저 광명정대한 태양을 온전히 가릴 수는 없는 법이다. 오늘 태양은 그렇게 우리 위로 떠올랐다.

속리산도 울고 나도 울었다

배낭을 다 뒤져 보아도 누룽지 2인분밖에는 없다. 이것은 중대한 착오다. 점심까지는 산에서 먹어야 우리는 속리산 문장대까지 올라갔다가 법주사까지 내려갈 수 있다. 그런데 계산 착오로 누룽지 2인분밖에 안 남았다. 이것으로 오늘 끼니는 종료되는 것이다. 그래도 일단은 피앗재에서 누룽지 2인분을 끓여 배를 채웠다.

일어서자 곧바로 비가 내리기 시작했다. 엄청난 비다. 비를 맞으며 걸은 지 4시간. 우비를 입었지만 우비 안으로 물이 스며든 지 오래고, 등산화에는 물이 가득 차서 철벅거린 지 오래다. 저만치 천황봉이 보인다. 비는 그칠 줄을 모른다. 빗속에서 속리산을 걷는 사람은 우리밖에 없다. 천황봉이 가까워질 무렵 갑자기 '아니, 이것은 비가 아니지.'하는 생각이 들었다. 이것은 눈물이었다. 비가 아니고 눈물이라는 것을 문득 깨달았다.

전라도와 경상도, 충청도를 걸어온 지난 석 주 동안 계속 비가 내렸다. 그냥 비인 줄만 알았다. 무지하게도 그것이 그냥 비인 줄만 알았다. 그때는 진정 몰랐다. 소스라치게 놀랐다. 이것은 바로 눈물이라는 것을 깨달으면서 참으로 크게 놀랐다. 이 땅에 사는 모든 생령들의 아우성이고 외침이다. 분노이고 절망이다. 그리고 눈물이다. 생존과 주거지를 잃어버린 모든 것들의 원한이고 분노이다. 산에서, 강에서, 마을에서, 농촌에서, 도시에서, 자신의 생명과 재산과 삶의 터전을 빼앗긴 모든 것들의 한숨이다.

내가 직접 보고, 만나고, 들었다. 지역과 지역, 마을과 마을을 돌며 애써 희망을 보려하였지만, 그리고 희망의 단서들을 발견하려고 했으나 이 삼천리강토는 아비규환이고 깊은 한숨으로 뒤덮여 있다. 애써 외면하고 또 외면했는데 오늘에서야 비로소 이 한반도에 사는 모든 슬프고 억울한 생령들의 눈물을 마주하고 말았다.

4대강사업 때문에 얼마나 많은 동물과 식물, 그리고 곤충들이 서식지를 잃고 마침내 생명을 잃었는가! 구제역 때문에 소와 돼지 수백만 두가 살 처분 당하고, 생매장을 당했다. 농촌과 농민, 재래시장과 전통 상권의 상인들, 장애인과 혼자 살기 힘든 사람들, 가난한 이들, 중소기업가들이 모두 시름시름 죽어 가고 있는 실정이다. 양극화는 심각해지고 불의가 횡행하는 사회, 바로 오늘날 우리의 자화상이다. 어찌 하늘도 눈물을 흘리지 않겠는가?

속리산도 나도 그렇게 내내 울었다. 주체할 수 없을 정도로 눈물이 났다. 비인지 눈물인지 분간이 안 되었다. 끝없이 쏟아진 폭우로 동료들 눈치를 보지 않고 그렇게 하루 종일 울었다. 그러면서 한반도의 눈물을 그치게 하기 위한 내 자신의 역할과 운명에 대해 묵상하고 또 묵상했다. '이제 무엇인가를 해야겠다.'는 생각에 몸이 부르르 떨렸다.

많아지는 방문객

밀린 숙제하는 날

오늘은 종주단이 쉬는 날이다. 꿀 같은 휴식일이다. 옷을 빨고 말리고, 영양 보충을 하고, 남은 일정을 계획하는 소중한 시간이다. 다음 산행에 필요한 식자재를 공급 받는 날이기도 하다. 속리산 주차장 바로 뒤에 있는 민박 마을에 방을 하나 구했다.

쉬는 날이면 중요한 임무가 주어진다. 지난 열흘간 산행을 글로 쓰는 일이다. 평소에 산에서는 메모만 하기에 메모를 글로 옮긴다. 그런데 손님들이 오면서 계획에 차질이 생겼다.

종주가 중반으로 접어들면서 방문객도 늘어나고 있다. 우려했던 바가 현실이 되고 있다. 〈희망제작소〉 인턴인 김온누리와 부탄에서 온 처녀 소남, 〈아름다운재단〉 간부 네 명이 위로 방문을 했다. 얼마 되지도 않는 월급을 털어 모금을 해 왔다고 한다. 염치는 없지만 오늘 민박 요금과 밥값에 사용해야겠다. 동영상으로 응원 메시지도 보내왔다. 신입 간사가 보낸 편지도 있다.

……오랜 시간동안 변함없이 많은 이들에게 꿈을 심어 주시고, 놀

라운 아이디어로 끊임없이 새로운 길을 제시해 주시는 변호사님! 바쁘신 와중에 '백두대간 종주'를 하신다는 놀라운 소식을 전해 듣고선 다만 며칠이라도 하고 싶다는 생각을 하긴 했습니다만 결국 먼 발치에서 바라보고만 있네요. 그래도 마음만은 늘 함께 하고 있다는 점 잊지 말아 주세요!

석락희 대장 친구들 – 종자 박사인 이왕영 박사, 충주에서 농촌 목회를 하고 있는 이인수 목사도 방문했다. 생식을 한다는 이 목사는 모습이 도인 같다. 이분들은 저녁도 사 주고 산행에 필요한 밑반찬과 과일들을 가져왔다.

손님들이 찾아오니 자동적으로 글 쓸 시간이 줄어들었다. 지난 며칠간의 기록을 결국 미완으로 남겨 놓을 수밖에 없었다. 다음 주에나 완성할 수 있을 것 같다.

출장 이사회

몇 년째 덕성학원 이사로 일해 왔다. 교육부에서 임명한 임시 이사 가운데 한 명이다. 다른 대학들은 새로운 정식 이사 체제로 출범하고 있는데 유독 덕성학원만은 아직 임시 이사 체제를 유지하고 있다. 어떤 형태건 물러나고자 했는데 그것도 마음대로 되지 않았다.

이번에는 새로운 임시 이사회를 구성한다고 했는데도 아직 출범하지 않은 상태라고 한다. 이런 상황에서 2학기 때 강의할 신임 교수 요원 채용 안건 등을 시급하게 처리해야 하니 서울로 올라오라고 했다.

사정을 설명했더니 이사들이 속리산으로 오겠다고 했다. 그래서 여기서 덕성학원 이사회가 열리게 되었다. 다른 이사들이나 직원들에게는 미안하기 짝이 없는 일이다. 덥수룩하게 자란 내 수염과 얼굴을 보면 내 원칙을 이해해 주리라 믿는다.

등산학 강의

오후 늦게는 이기열 대장과 김경재 대한산악연맹 이사가 왔다. 이들은 내일 아침 일찍, 우리가 다시 등반을 시작해야 하는 은티재까지 차로 데려다 주는 임무를 자청했다. 밤에 때아닌 등산학 강의가 벌어졌다. 김경재 이사가 우리 신참들을 데리고 등산에 대해 조언을 해 주었다. 이미 석 대장으로부터 들은 내용도 있고 듣지 않은 내용도 있다.

첫 스타트가 중요하다. 하루 시작하면서 50분은 빨리 걸어라. 그래야 심장이 '오늘 이렇게 걸어야 하는 것이구나!' 하고 알고 적응을 한다. 5분을 쉬더라도 서서 쉬는 것이 좋다. 중간에 잠깐 스틱 잡고 1~2분 쉬는 것은 괜찮다. 스틱은 손으로 잡는 것이 아니라 팔목으로 짚고 힘을 쓰는 것이 좋다. 팔목 힘을 써야지 손으로 잡으면 힘이 든다. 배낭을 쌀 때는 무거운 것이 위로 가야 한다. 코펠 같은 것을 위에 넣어라. 물이나 간식, 지도 등 수시로 빼내는 것은 가장 위에 얹어라.

실습과 더불어 들으니 명료하다. 진작, 출발 전에 들어야 했는데 우리는 등산의 기본도 모른 채 연속 종주를 시작한 것이다.

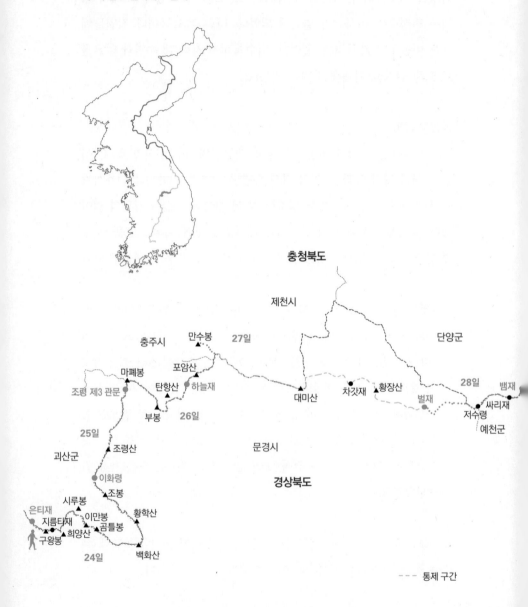

충청북도

제천시

충주시　　　　만수봉　　27일　　　　　　　　　　　　　　　단양군

　　　　　　　마폐봉　　포암산
조령 제3 관문　　탄항산　하늘재　　　　　　대미산　　차갓재　　황장산　　　　28일　　뱀재
　　　　　　　부봉　　26일　　　　　　　　　　　　　　　　　벌재　　싸리재
　　　　25일　　　　　　　　　　　　　　　　　　　　　　저수령
괴산군　　　　조령산　　　　　　　문경시　　　　　　　　　　예천군
　　　　　　이화령
　　시루봉　　조봉　　　경상북도
은티재　　　이만봉　황학산
지름티재　　곰틀봉
　　구왕봉　희양산
　　24일　　　백화산

- - - 통제 구간

고향 같은 숲으로 돌아오다

문장대와 은티재 사이를 건너뛰다

속리산 문장대에서는 멈춰 설 수밖에 없었다. 여기서부터 은티재까지는 통제 구간이다. 이 지구는 야생동물 서식지로 사소한 인위적 간섭에도 민감한 삵이나 망개나무가 살고 있다고 한다. 특별히 보존할 가치가 있는 자연 자원을 보존하기 위해 보호구역을 설정하고 통제하는 것이라고 한다.

사실 연속 종주를 하든지 구간 종주를 하든지 대부분은 이 통제 구간을, 무시하고, 그대로 통과한다고 한다. 새벽 3시쯤 들어가면 아무도 없기 때문에 잡히지 않고 무사히 통과할 수 있기 때문이다. 여기서 멈춰 서는 사람은 거의 없다고 하지만 우리는 이 보호 구간을 그냥 통과할 수 없다. 나중에 통제가 풀리는 날 다시 오거나 아니면 '미완의 종주'가 된다고 할지라도 '건너뛰는 것이 맞다.'는 결론에 도달했다.

정확하게 말하면 통제 구간은 문장대에서 밤티재까지 4.5킬로미터, 밤티재에서 늘재 인근 공원 경계 지역까지 2.3킬로미터, 밀재에서 대야산과 장성봉을 거쳐 악휘봉까지 14.9킬로미터다. 중간 중간에 비통제 구간이 있다. 비통제 구간을 걷다가 다시 통제 구간이면 내려왔다가 다시 비통제 구간을 걷는다는 것이 사실상 불가능하다. 그래서 문장대에서 악휘봉까지 모두 건너뛰고, 그 다음 은티재부터 걷기로 했다.

백두대간은 어머니 품

새벽 4시 30분 속리산 민박 집을 떠난 우리는 은티재로 향했다. 은티재까지는 무려 2시간가량이나 걸린다고 했다. 이기열 대장이 운전해 주는 차 안에서 잠에 빠져들었다. 비록 흔들리는 차 안이지만 어젯밤 글을 쓰느라고 충분히 못 잔 탓에 단잠을 잤다.

이기열 대장과 김경재 이사는 백두대간 종주를 몇 차례 했을 뿐만 아니라 대한산악연맹 일까지 보고 있는 등산의 달인들이다. 전국에 있는 산을 훤히 꿰고 있다. 우리를 은티재 등산로 입구에 정확히 데려다 주었다. 아는 사람이 아니면 어려운 일이다. 이런 등산로 입구가 내비게이션에 나오는 것도 아니고 여러 차례 와 본 경험이 있기 때문에 가능한 일이다. 두 사람은 "전보다 조금 변했네."라고 하는데 처음 와 보는 우리는 무엇이 어떻게 변했는지 알 수 없다.

고마운 분들과 이별을 하고 은티재를 향해 치고 올라가기 시작했다. 다시 산으로 오니 기분이 묘했다. 마치 고향으로 돌아온 느낌이었다. 백두대간 속에 있을 때는 몰랐는데 하루 바깥에 머물다 돌아오니 느낌이 달랐다. 익숙한 산의 속살들과 신선한 공기가 반가웠다.

어머니 품안에 있을 때는 사랑의 깊이를 미처 모르다가 외지에 나가 살다 보면 어머니 품안이 그리워지는 것처럼 백두대간의 품은 어머니 품처럼 다가왔다. 어느새.

어머니와 아내의 차이는 2시간?

오늘과 내일, 이틀 동안 열심히 걸으면 조령 제3 관문에 도착할 것이다. 거기서 〈참여연대〉 '산사랑'(참여연대 사무처장으로 있을 때 만든 등산 모임이다.) 회원들과 〈희망제작소〉 등산 모임인 '강산애' 회원들을 만날 예정이다. 우리 일행과 하루를 걷기 위하여 온다고 한다. 석락희 대장이 '강산애' 회장이다. 부인인 김정옥 씨는 '산사랑' 총무를 맡고 있다. 부부가 등산과 마라톤 마니아이고 프로들이다. 참 부럽기만 하다.

다들 모레 아침 9시까지 도착한다는데 유독 한 사람만은 두 시간 전인 7시에 도착해서 아침을 차려주겠다고 한다. 바로 막내 홍명근 군의 어머니이다. 서울에서 반찬을 준비해 우리가 묵을 조령 제3 관문까지 와서 함께 아침을 먹기로 했다는 것이다. 석 대장은 이 두 시간의 차이가 바로 어머니와 아내의 차이라고 했다. 아들을 사랑하는 온도가 남편을 사랑하는 온도보다 더 높음을 증명하는 것이라고 하나 내가 보기에는 이 역시 행복에 겨운 말이다.

희양산 가는 길

간밤에 비가 와서 그런지 은티재로 가는 길이 많이 패여 있다. 비가 오면 길은 빗물 통로가 되어 작은 도랑이 되기 십상이다. 길이 주변보다 낮기 때문이다. 비가 한창 올 때 걸어 보면 빗물이 등산로로 흘러내려 흙이나 쌓여 있던 낙엽을 몽땅 쓸어 내려간다. 부엽토가 되어 숲 속에 사는 생명들에게 영양분을 공급할 것들이 삽시간에 다 쓸려 내려가는 것이다.

은티재에 올라서니 그 다음부터는 능선길이다. 이 길에서 한반도의 오른쪽으로 접어든다. 동진을 하는 길이다. 동쪽으로 휘감아 돌아 강원도 태백산까지 간다. 그리고는 북상을 하면서 종주는 막바지로 접어들게 된다. 이 구간 오른쪽은 문경시 가은읍이고 왼쪽은 괴산군 연풍면이다. 은티재에 올라서서 간단하나 동시에 풍성한 아침식사를 했다. 과일도 있고 반찬도 많다. 바로 어제 보급을 받은 결과다.

구왕봉에서 희양산 가는 길은 온통 암릉 구간이다. 처음에는 암릉 구간이라는 것이 무슨 의미인지 정확히 몰랐다. 산이 완전히 바위로 뒤덮여 있다. 계속 밧줄을 잡고 올라가거나 내려가야 한다는 뜻이다. 우리도 몇 차례나 밧줄을 잡고 오르락내리락했다. 이럴 때는 스틱이 방해가 된다. 스틱을 아래로 툭 던져 놓고 가는 것이 편할 것 같긴 하나 그렇다고 그동안 애지중지 쓰던 스틱을 던져 버리기도 그렇고 또 아래로 잘 떨어진다는 보장도 없어 그럴 수도 없다.

봉암사
문경시 가은읍 쪽으로 봉암사 경내가 나타난다. 한 산골짜기 전체가 봉암사 경내다. 봉암사는 조계종 종립으로 만들어진 수행 전문 기관이다. 가톨릭에서 말하는 수도원 같은 곳이다. 이곳은 일반인들 출입이 일절 금지된 곳이다. 실제로 백두대간 길에서도 봉암사 쪽은 문경시와 함께 특별 보존 지역으로 경계를 쳐 놓은 것이 보인다.

명진 스님의 요청으로 서울 강남에 있는 봉은사의 미래발전위원장을 맡았던 적이 있다. 그때 이곳으로 수련 모임을 온 적이 있다. 경내는 물론 주변 계곡이 잘 보존되어 있었다. 깨끗하기 그지없었다. 스님들이 수행에 전념할 수 있는 공간이었다. 관광객들에게 방해 받지 않고 수행할 수 있는 이런 곳이 더 만들어져 수행력이 더 깊어지고 사회적 실천력이 더 높아지는 계기가 되기를 발원해 본다.

발걸음, 그 위대함

희양산에서 배너미평전을 지나고 다시 시루봉을 넘어 이만봉을 오른다. 여기는 너럭바위 구간이다. 곰틀봉을 지나 사다리재, 평전치를 넘어 백화산으로 가는 온 천지가 안개로 덮여 있다. 오늘 걷는 길은 말발굽 형이라 구름이 걷힐 때면 우리가 지나온 봉우리와 지나갈 봉우리가 한꺼번에 보였다. 참으로 신기한 체험이다. 봉우리 몇 개만 넘으면 온 길이 제대로 보이지 않는데 여기서는 한눈에 보인다. 저 먼 길을 내 걸음으로 지나왔다는 것이 뿌듯하다.

두 달 동안 백두대간을 내 발로 걷는다는 것은 환희로운 일이다. 내친 김에 북한 지역의 백두대간까지 걸을 수 있다면 얼마나 좋겠는가! 내 발로 내 나라, 우리 산천을 이렇게 걷는다는 것은 등산 이상의 의미를 지니는 일이리라.

상상해 본다. 아주 오래전 모험심 많은 한 무리의 사람이, 아니, 좀
더 좋은 세상을 꿈꾸는 사람이 몽고 초원에서 가족을 거느리고 남쪽
으로 이동을 한다. 좀 더 따뜻하고, 더 좋은 땅이 있는 곳으로. 길이
없는 곳에 길을 만들면서 남진을 한 그들은 몇 달 만에, 아니 몇 년
만에 이 한반도에 도착했을 것이다. 그렇게 이곳에 왔을 것이다. 백
두대간은 그들을 한반도에 이르게 한 길일 것이다. 이 길은 어쩌면
몽골리안 루트일지도 모른다. 유럽의 훈 족이나 투르크 족, 심지어
아메리카 대륙의 인디언까지도 몽골리안 루트의 일부를 타고 수세기
동안, 아니 수천 년 동안 이동했을지도 모른다.

사람의 두 발이 길을 만들고 그 길을 따라 사람들은 이동을 했을
것이다. 그러니 이 발걸음이 어찌 위대하지 않겠는가.

등목은 우리의 행복

오늘 일정의 절정인 백화산을 지나면서 마음이 조금은 편해졌다.
백화산 고지는 1,064미터. 이 정상을 지나면 이후로는 내리막길이다.
해발 910미터인 황학산을 지났고 조봉이 마지막 남은 선물(?)이긴 하
지만 그다지 걱정스럽진 않다.

이 무렵 진짜 선물이 하나 나타났다. 작은 물길이 우리가 걷는 길
옆으로 나란히 흐르고 있다. 비가 많이 오니 이런 작은 물길도 생기
는 모양이다. 우리가 이것을 놓칠 리 없다. 오늘 산행을 거의 마무리
하는 지점에서 종일 흘렸던 땀을 식힐 수 있는 절호의 기회다. 수량

이 많지 않지만 시에라 컵으로 받으면 충분히 등목은 할 수 있다. 물이 얼마나 찬지 탄성이 저절로 나왔다. 지금은 우리가 백두대간을 모두 전세 낸 상황이다.

이화령으로 내려오는 길에 멀리서 차 소리가 요란하게 들린다. 바로 중부내륙고속도로를 지나가는 차 소리다. 차 소리만 들어도 우리가 길에서 얼마나 떨어져 있는지 맞출 수 있는 경지에 올랐다. 한참을 더 가야겠다고 생각하고 랜턴까지 켜고 내려오는데 의외로 빨리 끝이 났다. 갑자기 이화령이 나온 것이다.

산은 사람을 단순하게 만든다

함께 넘는 고개, 이우릿재

어제도 밤새 비가 왔다. 텐트 위로 떨어지는 빗소리에 가끔 잠을 깨긴 했지만 피곤했던 탓인지 잘 잤다. 오늘은 이화령에서 조령 제3 관문까지 걷는다. 먼 길은 아니지만 좀 험한 길이라고 한다. 등산화 끈을 잘 죄면서 '오늘도 안전하게'를 외친다.

이곳 이화령은 예부터 경상 지역과 기호 지역을 연결하는 중요한 고개 중의 하나다. 조선시대에는 새재가 가장 중요한 역할을 했지만 괴산 방면으로 통하거나 새재의 우회로로 이화령이 활용되었다고 한다. 문경 지역에서는 예전부터 "새재로 갈까? 이우리로 갈까?"라는 노랫말이 있었다고 한다. 여기서 이우리는 "어울려 함께 넘는 고개"라는 뜻이라고 한다. 참 아름다운 우리말 이름이어서 더욱 정감이 간다.

영원한 것은 무엇일까?

이화령에서 조령 방향으로 접어들면서 곧바로 너럭바위 길이 이어진다. 잘게 부서진 돌들이 한 계곡 전체에 부서져 내린 곳도 있다. 아마도 큰 바위들이 세월이 지나면서 잘게 쪼개져 계곡 쪽으로 내려온 모양이다. 그 강한 바위도 긴 세월 동안 비와 바람에 쪼개지고 부서진다.

산 정상 큰 바위 위에도 나무가 자란다. 처음에는 바위틈에 작은 풀이 자라다가 그것이 더 큰 틈새를 만들어 내고 마침내 제법 큰 나무가 자란다. 그 나무의 뿌리는 바위를 점점 더 잘게 쪼갠다. 나무를 지탱하는 흙이 하늘에서 떨어진 것도 아니고 아래에서 올라간 것도 아니니 결국은 바위 조각들과 나뭇잎들이 모여 만들었을 것이다. 이렇게 수십 년, 수백 년, 수천 년을 지나면서 바위도 결국은 흙이 되고 만다.

저 비와 바람, 세월 앞에 영원한 것은 무엇일까?

홀로 핀 저 꽃

이 구간은 참으로 위험한 암릉 구간이다. 수십 번을 바위를 타고 오르내려야 하는 지역이다. 밧줄 타기의 연속이다. 무거운 배낭을 메고 오르락내리락 해야 하니 힘이 든다. 기암괴석이나 절벽도 많다. 그 바위 위에서 자라난 소나무는 더욱 의젓하고 아름답다. 꾸불꾸불한 모습 그 자체가 하나의 예술이다. 가지도 그렇고 뿌리도 그렇다. 그야말로 낙락장송이다. 사람이 만들 수 없는, 자연이 만든 예술 작품이다.

절벽 위에도 예쁜 꽃들이 피어 있다. 원추리도 보인다. 이곳에서 보니 더욱 아름답다. 아무도 보는 이도 없는데 그냥 그렇게 혼자서 피어 있다. 꼭 누가 알아주어야 의미가 생기는 것은 아니다. 혼자 그렇게 고고히 서 있었다. 우리들의 삶도 그랬으면 좋겠다.

신선암봉 소나무 두 그루

암벽 타기를 계속해야 하는 이곳을 신선암봉이라고 부른다. 바위로 된 봉우리라고 해서 아예 이름도 암봉이라고 하는 모양이다. 그것도 신선들이 사는 곳이라 신선암봉이다. 인간이 다니기에는 너무 힘든 곳이다.

신선암봉을 지나면서 아주 재미난 소나무 두 그루를 발견했다. 바위 위에 피어난 두 소나무는 분명 서로 다른 나무인데 뿌리는 하나로 뒤엉켜 있다. 줄기가 서로 붙어 하나의 몸이 된 연리지는 보았지만 뿌리가 하나로 된 연리근은 처음 본다. 저 거친 바람과 비, 눈보라 속에서 홀로는 견딜 수 없으니 서로 부둥켜안고 살아가나 보다. 물을 구하기 위해 뿌리를 내리고 펼치는데 혼자서는 힘드니 서로 힘을 합치기로 한 모양이다.

정말이지 이곳에 자생하고 생존하고 있는 나무 한 그루 한 그루가 위대해 보인다. 모두가 경배의 대상이다. 저렇게 힘든 조건 하에서 살아남아 뿌리를 내리고 하늘로 가지를 펼쳐 보이는 저 나무에게 어찌 경배를 하지 않을 수 있겠는가? 만물은 하나로 연결되어 있고, 자연은 하나의 질서 아래서 운용되고 있다고 하는 오래된 믿음과 철학이, 오히려 오늘날 생태적 질서를 위해 도움이 될 수도 있지 않을까.

나무도 운다

큰 고목이나 나무를 바라보면 '참 고통이 컸겠구나!' 하는 경외감이 들 때가 많다. 특히 나무에 있는 큰 옹이를 볼 때면 더욱 그렇다. 옹이는 고통을 치유하고, 고통을 이긴 흔적이기도 하다. 가지가 잘리거나 부러지면 나무는 상처를 치유하기 위해 스스로 많은 진을 분비하여 이겨 낸다. 둥그런 혹이 생겨나기도 하고 큰 구멍이 되기도 한다. 얼마나 고통이 심했을지, 고통을 이겨 내기 위해 얼마나 노력했을지 상상이 간다. 나무라고 울지 않을까.

고난을 이겨 낸 나무야말로 고목이 된다. 사람도 마찬가지다. 살다 보면 크고 작은 고난은 늘 닥쳐온다. 고난을 이겨 낸 사람만이 지혜롭고 원숙한 인간이 되는 법이다.

먹으면 음식, 버리면 쓰레기

조령산에서 점심을 먹었다. 밥을 먹다 보면 밥풀이나 반찬이 바닥에 떨어지기도 한다. 언젠가부터 누구라고 할 것도 없이 다들 바로 주워 먹는다. 팔각정 마루 바닥이든 흙바닥이든 개의치 않고 얼른 주워 먹는다. 더러운 곳이든 아니든 상관이 없다. 라면 한 조각도 김치 한 조각도 버리지 않는다. 우리는 이미 더럽고 깨끗한 경계를 넘어섰다. 우리 몸에서 더 엄청난 냄새가 나고 있다. 스스로가 가장 큰 오염원인데 무엇을 더럽다고 하겠는가?

음식 쓰레기로 버리는 것을 경제적으로 평가하면 10조가 넘는다고 한다. 우리는 밥이건 반찬이건 버리는 것이 없도록 하려고 무진 애를 쓴다. 웬만하면 먹어 치운다. 석 대장은 대식가로 변해 가고 있다. 먼저 모범을 보이고 다른 대원들에게도 다 먹으라고 강요한다. 홍석 군은 덩칫값 하느라 웬만한 잔반은 다 먹어 치운다. 잔반을 남기지 않기 위해 대원들은 반찬통에 밥 말아 먹기, 김자반 봉투에 밥 집어넣어 말아 먹기 같은 비법을 개발했다. 반찬통은 물론 음식을 담은 봉투에 남은 양념 하나 남기지 않고 깨끗이 청소(?)를 한다. 시에라 컵에 밥과 국을 먹은 다음에는 물로 헹궈 마시면서 설거지까지 다 해버린다. 재활용의 달인이 되어가고 있다.

먹을 것만 생각하는 단순함

오늘 산행 중 단연 화제는 '내일 명근 군의 어머니가 어떤 음식을 가지고 올 것인가?' 하는 것이다. 아침 일찍 온다고 했는데 과연 음식 보따리에 무엇이 들어 있을지에 대화가 집중된다. 아들이 고기를 좋아하니 당연히 "불고기 아니면 갈비를 가져오지 않을까?"라며 실없는 대화를 진지하게 나눈다.

언젠가 "지금 가장 먹고 싶은 음식이 무엇인가?" 하는 질문을 한 적이 있다. 명근 군은 "양념 닭고기튀김과 콜라"를, 홍석 군은 "막걸리 한 사발"을, 박우형 부대장은 "생맥주 한 잔"이라고 했다. 석락희 대장은 머뭇머뭇한다. 산에서도 무엇이든 잘 먹기 때문에 특별히 생각나는 음식이 없는지도 모르겠다. 나는 냉면 한 그릇이 먹고 싶었다. 석 대장은 냉면을 먹지 말라고 한다. 시원할지는 몰라도 영양식은 아니란다. 석 대장은 민박을 할 때도 닭백숙이나 삼계탕을 시킨다.

문득 대학 1학년 때 감옥에 있던 시절 생각이 난다. 그때도 먹고 싶은 음식에 대해 생각할 시간이 많았다. 그때는 짜장면 한 그릇이 간절했다. 정치범들은 통닭 패통(외부에 음식을 주문하는 것을 '패통을 친다.'고 한다.)이나 콩국수 패통을 쳐서 먹었지만 나 같은 가난한 학생들은 어림없는 일이었다.

186

원래 나는 먹는 걸 좋아한다거나 잘 먹는 편은 아니다. 특히 어릴 때는 너무 먹지 않아 어머니께서 걱정을 많이 하셨다. 어머니는 필사적으로 한 숟가락이라도 더 먹이려고 하셨고 나는 늘 도망을 다녔다. 도시락을 싸 주시면 학교 돼지우리에 갖다 버리기 일쑤였다. 집에 그냥 가져가면 어머니께서 실망을 하고 잔소리를 하시니까. 안 먹으니 빼빼 마를 수밖에 없었다. 라면이 처음 나와 인기를 끌 때 어머니는 그게 몸에 대단히 좋은 것인 줄 아셨다. 대구에서 몇 봉지를 사 와서는 아무도 안 주고 나만 끓여 준 기억이 난다. 지금은 잘 먹고 살도 쪘는데……. 어머니께 내 건강한 모습을 보여 드리고 싶다.

그립다. 어머니!

나라를 걱정하던 사나이

드디어 조령 제3 관문에 도착했다. 약수에서 한 사발을 들이켜고 나니 아주 날아갈듯 멋지게 자리를 잡고 있는 성문이 눈에 들어왔다. 역사의 영고성쇠를 경험한 이곳 조령 관문에 서니 감회가 깊다. 성문 앞에 놓인 돌에 이곳을 지나간 사람들의 시와 글이 새겨져 있다. 이런 글이 있다.

나라님 부름 받아 새재를 넘자니
봉우리 꼭대기에 겨울빛이 차갑구나.
벼슬길로 돌아가는 부끄러운 이 마음
개울바닥에 뒹구는 마른 잎 하나
대궐 안에 아부꾼들 떨어지면

조정에는 오가는 말 화락하리라.

근심과 걱정으로 십 년을 보냈건만

날뛰는 금수 무리 잡아내지 못하였네.

명분과 절의를 기반으로 당시 훈구파 정치 세력을 비판하고 견제하므로 참신한 정치 질서를 세우려 했던 김종직은 결국 부관참시를 당하고 사문난적으로 규정 당하기조차 했다. 나중에 복위되어 영의정으로 추서 받고, 제자들은 영남사림파를 일구어 냈다. 그때도 썩어 빠진 정치 세력이 조정을 휘어잡고 임금의 눈을 흐리고 세상을 어지럽게 만들었다. 나라를 진정으로 걱정한 한 사나이가 새재를 넘으며 가졌던 그 비탄의 마음이 지금 이 순간에도 생생하게 전해져 가슴이 아린다.

조령휴게소에서 조선의 주막거리를 연상하다

목도 축였고, 피로에 찌든 다리를 쉬게 할 요량으로 조령휴게소에 앉았다. 보통 볼 수 있는 근대화된 시멘트 건물이 아니라 판자를 잇고 텐트로 엮은 오두막이나 다름이 없다. 조선 시대 한양으로 가는 주요 길목인 이곳 새재를 넘었을 많은 유생들과 길손들이 들렀을 주막거리가 연상이 된다.

여기는 막걸리와 전이 아주 특별하다고 한다. 인삼, 더덕, 솔잎, 찹쌀이 들어간 막걸리는 '새재주'라는 이름을 달고 있다. 실제로 인삼 내음, 더덕 내음, 솔잎 내음이 입안 가득 퍼진다. 전 역시도 시중에서 볼 수 있는 전이 아니다. 느타리, 뽕잎, 도토리 가루, 취나물, 참나물,

엄나물 등 18가지가 들어갔다고 하는데 풍미가 그만이다.

조령휴게소 주인 박동석 씨는 50대처럼 보이는데 70대라고 한다. 백두대간 종주가 꿈이라고 한다. 성남에서 살다 산이 좋아 이곳에 들어왔는데 처음엔 부인이 이혼을 선언할 정도로 반대를 했으나 지금은 이곳을 좋아해 다행이라고 한다. 과거보다는 관광객 숫자가 줄었는데 그나마 조령 옛길이 복원되면서 조금씩 늘고 있다고 한다.

억수같이 비가 쏟아져 결국 여기서 밥을 해 먹었는데 설거지 하는 것까지 배려해 주면서 전등불을 켜 주었다. 어디서나 고마운 분들을 만난다.

하늘이 열렸나?

비가 너무 온다. 조령 제3 관문을 넘어 충주시 쪽에 있는 팔각정에 텐트를 치러 했으나 도저히 그쪽으로 넘어갈 엄두가 안 나 계속 조령휴게소에서 비를 피하고 있다. 해는 지지 않았는데 어두컴컴하다. 하늘에 구멍이 뚫렸는지 억수같이 비가 쏟아진다. 벌써 두 시간이 다 되어 가는데 그칠 기색이 안 보인다. 행랑채(그것도 천막으로 친) 처마 밑에서 우두커니 앉아서 비가 그치기만을 기다린다. 처량하게.

참 많은 생각들이 꾸불꾸불 펼쳐져 나온다. 걸었던 길 위에 가득 펼쳐질 만큼 잡생각 보따리가 펼쳐진다. 초등학교 6학년 때 연정을 느꼈던 여학생 생각, 중학교 토끼 사육장 담당 선배와 사돈뻘 되는 여학생 간에 연애편지 심부름하던 생각, 고등학교 시절 서클에서 만났던, 지금은 다른 남자의 아내가 된, 여고생 생각도 보따리 속에 있었다. 잊고 있었던 많은 사람들과 맺었던 크고 작은 이야기들, 인연들이 실타래처럼 풀어져 나온다.

왕복 30리

중학교 시절, 왕복 30리 길을 걸어 다녔다. 그 나이로서는 참 멀고 지겨운 길이었다. 3년을 하루같이 걸어 다녔으니 그 길이 눈에 선하다. 대문을 나서서 논둑길을 따라 가다가 언덕을 넘어서고 개천을 건너고 다시 평야 길을 지나 국도를 만나 읍내까지 걸어갔다. 비가 오나 눈이 오나 걸었다.

먼 거리를 걸어야 하는 지겨움을 엉뚱한 상상으로 달랬다. 뱀이 나를 뒤쫓는 상상을 한다. '지금 내 뒤에 뱀이 있다.'고 생각한다. 그러면 걸음이 빨라질 수밖에 없다. '이놈은 밤낮도 없이 기어온다.'고 생각하면 더 부지런히 걸음을 떼어 놓게 된다. '나는 밤이면 잠도 자야 하니까 낮에 미리 많이 가 놓아야 뱀이 못 쫓아올 것 아닌가!' 하다 보면 어느 사이에 학교에 도착해 있었다.

추운 겨울날이면 아버지께서 내 운동화를 쇠죽가마 솥뚜껑 위에 올려놓았다가 주셨다. 그 온기는 땀이 나기 전까지 온 몸을 따뜻하게 해준 기억도 난다. 좀 더 오래 살아 계셨더라면 좋았을 텐데…….장성할 때까지 기다려 주시지 않았다. 애달프다.

비가 조금 줄어들자 우리는 잽싸게 배낭을 메고 우의를 입고 팔각정 쪽으로 이동했다. 판초로 사방을 가린 다음 차례로 누웠다. 사람의 온기는 참 대단하다. 곧 훈훈해졌다. 오늘 우연히 다시 만난 김창수 씨와 새롭게 합류한 신충섭 씨까지 일곱 명이 차례로 누웠다.

함께 가면 수월하다

새재길

어제 밤에도 계속 비가 내렸다. 그래도 아침에는 맑게 개었다. 까마귀 소리마저 경쾌하게 새재 새벽을 깨운다. 상쾌한 아침이다. 어제 지나온 길목에 있던 옹달샘에 가서 세수를 하고, 오랜만에 칫솔질도 했다. 얼굴을 닦으면서 보니 옹달샘에 지렁이 두 마리가 헤엄을 치고 있었다. 그대로 두면 죽을 것 같아 나뭇가지로 건지려고 하니 해치려고 하는 줄 알고 발버둥을 친다. 간신히 끄집어내 숲 속으로 던졌다. 오늘 아침에도 좋은 일들이 생기고 있다.

새재길은, 현재, '이야기가 있는 문화생태 탐방로'로 개발해 관광객들을 유치하고 있다. 이 길은 '한국의 아름다운 길'에도 선정이 되었다. 옛길박물관과 조령 제1 관문(주흘관), 조령 제2 관문(조곡관)을 지나 작은 조약돌을 깔아 놓은 장원급제길 책바위 앞에서 장원급제하기를 빌고 올라와 조령관 아치형 문을 지나면 충청도에 접어든다. 조령관은 북쪽에서 오는 적을 방어하는 관문인 셈이다. 산길을 따라 내려오면 서울나들이를 다녀오던 선비들 애환이 서린 신혜원이 있던 고사리 마을이 나온다.

새재길이 완전하게 복원된 것만은 아니다. 오히려 옛날 정취나 자연을 제대로 살리지 못한 느낌이 든다. 석락희 대장의 장인어른 말씀에 따르면 여기는 아름드리 소나무 길이었다고 한다. 개울물이 아주 맑아 목욕을 할 수 있을 정도였고, 깊고 아름다운 소沼도 여러 개 있었다고 한다. 그때가 정말 좋았는데 지금은 도로도 포장이 되어 버렸고 많이 해쳤다는 것이다. 안타까운 일이다.

신립과 고니시 유키나가

이곳 조령에서 1592년만큼 운명적인 시기는 없었을 것이다. 당시 관군은 파죽지세로 밀고 올라오는 왜적들을 어디서 막느냐가 최고 고민이었다. 신립 장군을 총사령관으로 세운 조선 왕조는 왜적과 한 판 승부를 낼 수밖에 없는 처지였다. 신립 장군은 당시 험준한 이곳 조령에서 왜적을 맞을 것인가 아니면 충주 평야 지대에서 맞을 것인가 고민하다가 이미 때가 늦었다고 판단하고 충주 쪽으로 후퇴해 달천에서 배수진을 치고 전투를 벌이다가 결국 대패하고 말았다. 물론 여기에도 전설이 등장한다. 신립 장군을 흠모하다가 자결한 처녀 귀신이 나타나 이렇게 말했다고 한다.

장군께서는 나라의 대명大命을 받아 왜적을 격멸擊滅하는 데 있어 어찌 이와 같이 협착한 새재에 포진하여 후세의 조소거리가 되게 하시나이까? 또한 장군님의 군사는 절반이 말 탄 군사인데 이 험한 산

192

중에서 말 탄 군사가 어떻게 싸우겠습니까? 소녀가 장군님을 위하여 생각건대 장군님께서는 이 길로 군사를 거느리고 충주로 가셔서 달래강을 등에 지고 배수진을 치시면 군사들이 물러날 수도 없으니 모두가 죽음으로 싸울 것입니다. 제 말을 믿고 충청도 달천의 탄금대에서 배수진을 치고 싸우면 크게 대승할 것입니다."

이 말대로 했다가 패전을 했다는 것이다. 군사에 문외한인 내가 봐도 수만 명의 정병을 거느린 왜군을 아무런 준비가 안 된 조선군이 당해 낼 도리는 없다. 오히려 정규군과의 정면충돌 대신에 게릴라전으로 왜군을 괴롭혔다면 적군들 사기도 떨어뜨렸을 테고, 보급에 한계를 가진 왜군을 난관에 몰아넣지 않았을까 싶다. 실제로 충주에서 일어난 의병장 신충원은 조령 제2 관문에서 성을 쌓고 왜병을 기습해 큰 타격을 입혔다고 한다. 상대적으로 무장도 못 갖추고, 훈련도 안 된 의병들이 오히려 왜군에 큰 피해를 입힐 수 있었던 것은 지리를 잘 알고 소규모로 움직이며 기습을 감행하기 때문일 것이다.

조선 조정은 이런 어마어마한 실책과 피해를 보고서야 사후 약방문 식으로 조선 숙종 34년 1708년경 삼중의 관문을 쌓는다. 그것이 바로 오늘의 조령 제1, 제2, 제3 관문이다. 나라의 국방은 미리 준비해야 하는 것이다.

바깥세상 소식은 정신 건강을 해친다

오늘은 종주단이 20여 명으로 불어났다. 대원들 가족, '산사랑'과 '강산애' 회원들, 석 대장 친구들. 외부 사람들을 만나니 젊은 대원들은 바깥세상 소식이 궁금한 모양이다. 그동안 세상과 단절되어 있었으니 궁금한 것이 당연할지도 모른다. 컴퓨터도 못하고, 이메일이나 트위터와도 절연된 세상에 살고 있다. 스마트폰으로 트위터, 카카오톡을 하고 있는 석 대장을 통해 날씨나 태풍 소식은 전해 듣지만 그래도 궁금한 것은 상당히 많다.

'산사랑' 회원들에게 요즘 서울에서 가장 화제가 되고 있는 것이 무엇인지 물었다. 오세훈 서울시장이 급식 문제로 주민 투표를 하겠다고 했는데 어찌되었는지도 물었다. 그러자 한 사람이 "바깥세상 소식을 너무 많이 알면 정신 건강을 해쳐."라고 대답했다. 명답이다. 요즘 대한민국 돌아가는 사정이라는 것이 국민들을 화나게 하고, 스트레스 받게 하는 일투성이니 말이다.

옛날 중국 기산에 은거했던 허유는 어질고 지혜롭기로 명성이 높아서 요임금이 나라를 맡아 달라고 청을 했는데 이를 거절하면서 안 듣느니만 못한 말을 들었다고 하여 귀를 영수에서 씻었다는 이야기가 있다.

우리는 세속을 떠나 청산에 와 있다. 세상사에서 잠시 떠나 산사람으로 살고 있다. 속세에서 일어나는 일들은 그냥 귓전만 스쳐간다. 많은 것을 버리니 자유로운 영혼이 된다.

마음으로 찍는 사진

탄항산 정상 부근 바위들과 나무들이 빚어내는 풍광이 절경이다. 어디에서나 쉽게 볼 수 없는 기암괴석과 고사목, 잘생긴 소나무들이 계속 우리 발목을 잡는다. 또 이 절경을 놓칠 리가 없다. 열심히 사진들을 찍는다. 사람이 많다 보니 사진 찍을 기회도 많다. "'산사랑', 모여라!" 하면 '산사랑' 회원들이 모이고 "〈다섯손가락〉 종주단" 하면 종주 대원 다섯이 모인다.

그때 어떤 분이 "사진으로 남기면 다시 안 찾지만 마음으로 찍으면 다시 찾는다."라는 말을 했다. 명언이다. 마음에 담아 가는 사진이, 그 기억이 최고리라. 오랜 세월이 지나도 잊히지 않을, 마음으로 찍는 사진을 많이 남기는 것이 좋겠다.

가끔 사진을 책임진 막내 명근 군에게 기록해 두어야 할 것들을 사진으로 담아 달라고 부탁을 한다. 이번 여행에서 나는 카메라를 포기했다. 늘 호주머니에 카메라를 넣고 다니던 나로서는 아주 큰 결단이다. 카메라를 더는 가지고 다니지 않기에 마음으로 자연과 세상을 찍는 방법을 터득하고 있다.

그리움의 간격

그리움에도 간격이 있다고 한다. 그리움의 간격! 이 말은 흔히 나무박사라고 불리는 우종영 박사가 쓴 책에 나오는 말이다. 나무는 서로 간에 적당한 거리가 있어야 한다는 것이다. 지나치게 가까워도 안 되지만 너무 떨어져 있어도 안 되는 아주 적절한 간격, 그 간격을 그리움의 간격이라고 했다.

사람 사이도 마찬가지다. 지나치게 가까워도 안 되지만 너무 떨어져 있어도 안 되는 아주 적절한 간격, 그리움의 간격이 필요하다. 부부 간에도, 부모자식 간에도. 적절한 거리에서 서로를 사랑하는 것이 필요하다. 사랑하는 사람들끼리 너무 가까이 있으면 서로를 태워 버릴 수 있다. 사랑에도 때로는 냉철함이 필요하다는 사실을 나이 들어서 깨닫는다.

나무가 사람을 가르친다.

함께 하면 쉽고 즐겁다

역시 빠르고도 쉽게 왔다. 9.8킬로미터 거리를 손쉽게 끝냈다. 하늘재에 도착했다. '산사랑', '강산애' 회원들과 두런두런 이야기를 나누다 보니 예상보다 빨리 오기도 했지만 수월하게 왔다. 어떤 일이든 함께 하면 쉽고, 즐겁기 마련이다. 산행이 끝나 가는 지점에서 콸콸 쏟아지는 물을 만났다. 깨끗이 땀을 씻어 냈다. 그리고 하늘재 기념비를 배경으로 기념 촬영도 했다.

재로 내려오니 〈하늘재산장〉이라는 작은 산장이 있었다. 산장 주인인 권태화 선생은 여러 가지 편의를 봐 주었다. 배낭을 휴게소 안에 두라고 했다. 거기다 차까지 내왔다. 휴게소 마당과 평상에 텐트를 치는 것도 허락했다. 오늘은 김창수 씨, 산사랑 회원인 김효근 씨, 〈참여연대〉 간사였던 이귀보 씨 가족들도 함께 텐트를 쳤다. 내일 산행도 같이 할 예정이다.

이적異蹟

하늘재 오른쪽은 경북 문경시 관음리이고, 왼쪽은 충북 충주시 수안보면 미륵리다. 산장 주인과 이런저런 이야기를 나누고 있는데 갑자기 빗소리가 났다. 너무도 신기한 것은 산장 마당 반쪽에는 비가 오고 반쪽에는 비가 오지 않는다. 바로 1미터 떨어진 저쪽은 비가 내리는데 이곳에는 비가 안 온다. 충주 쪽에 있던 등산객들은 차로 뛰어 들어가거나 황급히 우비를 입는 모습이 보인다. 문경 쪽에 있는 우리는 태연하다.

참으로 신기한 경험이다. 비를 내리는 구름이 저만치 경계를 이루면서 비가 내리는 곳과 내리지 않는 곳을 구분 지었다. 하기야 비가 온다고 해서 전 세계에 다 비가 내리는 것은 아닐 테니 어디에선가 비 오는 곳과 안 오는 곳의 경계가 만들어질 수밖에 없다. 경계는 보통 높은 산일 가능성이 높다. 이적異蹟이라는 것이 사실 따지고 보면 당연한 과학적 결론이기도 하다. 그래도 눈앞에서 벌어진 이 신기한 현상을 보고 이적이라 말할 수밖에 없다.

박물관 하나가 사라진다

하늘재를 둘러싸고 있는 산들은 모두 1천 고지가 넘는다. 주흘산은 해발 1,106미터, 온달산은 해발 1,000미터, 황장산은 해발 1,176미터, 대미산은 1,115미터, 월악산 해발 1,092미터. 하도 밀림이 빽빽하여 하늘만 빼꼼히 보인다고 해서 하늘재라고 했단다. "하늘과 맞닿아 하늘재"라고 하는 관공서 설명은 잘못된 것이라 한다. 하늘재 고도는 560미터로 주변에서 가장 낮은 곳이다.

산장 주인인 권태화 선생이 지금 우리에게 들려주는 내용들은 30년 전 여기에 왔을 때 동네 노인에게 들었다고 했다. 문경 쪽으로 2킬로미터 정도 내려가면 있는 문막이라는 동네에서 80년대 중반까지 사셨다는 그 분은 학자로서 이 지역 사정과 역사를 다 꿰뚫고 있었다고 한다.

우리 전통과 역사, 그리고 민속을 우습게 보고 수집과 보존을 게을리 하는 동안 귀한 자료들과 정보, 이야기들이 사라지고 있다. 참으로 안타까운 일이다.

문경시에서는 하늘재까지 도로를 포장해 버려 그 한 많은 계립령의 흔적은 송두리째 사라져 버렸다. 다행히 충주시에서 옛길을 복원하려는 시도를 하고 있고 담당 공무원이 권 선생을 한 번 찾아온 적이 있다고 한다. 필요하다면 기꺼이 복원 사업에 협력하겠다는 뜻을 밝힌다. 사실 1970년대만 해도 산장 앞 입구에 성황당 자리도 있었고 큰 느티나무도 있었다고 한다.

신라의 길, 하늘재

하늘재는 삼국 시대에서부터 통일신라 시대, 고려 시대까지는 영남과 기호 지방을 연결하는 최고 통로였다고 한다.

계립령을 넘어서면 곧바로 충주에 이르고 그곳부터는 남한강의 수운을 이용해 한강 하류까지 일사천리로 나갈 수 있는 길로 삼국 시대 신라는 물론이고 고구려와 백제가 함께 중요시한 지역이었습니다. 북진과 남진 통로였습니다. 신라는 문경 지역을 교두보로 한강유역 진출이 가능했고 이곳 계립령을 경계로 백제와 고구려의 남진을 막았습니다. 고구려도 온달 장군과 연개소문이 실지 회복을 위한 노력을 계속했고, 왕건과 몽고의 차라대가 남하할 때도, 홍건적

의 난으로 공민왕이 몽진할 때도 이 통로를 이용했다고 전해 옵니다. _문경시의 안내문

그러나 권 선생의 설명은 훨씬 더 깊고 자세하다. 불교가 신라에 전해진 것은 서기 480~490년으로 고구려 승려 묵호자가 바로 이 길을 지나 신라로 들어갔다고 설명한다. '이 길'이라고 하면서 권 선생은 바로 이 산장 마당 앞을 가리킨다. 현재 문경시가 포장해 놓은 그 길이 아니라 1970년대 장인과 함께 이 지역을 개발할 때 바로 자기 집 휴게소 앞에 소로가 있던 것을 봤다는 것이다. 지금도 이 길을 파 보면 돌 조각들이 나온다고 한다. 당시의 길을 발굴할 수 있을 것이라고 한다.

하늘재의 옛 지명은 계립령이다. 계립鷄立이란 '닭이 선다.' '닭이 홰를 친다.'는 의미로 당시에는 이곳이 굉장한 오지임을 나타내고 있다는 것이다. 불교는 오지에 사찰을 세우는 전통이 있었으며 이 지역에 불교의 성지인 사찰들이 많은 이유라고 그는 설명한다. 오늘날 문경쪽에는 관음리, 단양 쪽에는 미륵리라는 마을이 존재하는 것만으로도 얼마나 이 지역에 불교가 성했는지를 알 수 있다.

하늘재의 또 다른 옛 지명은 마골령 즉 마골麻骨이다. 삼베 줄기를 보면 이곳이 삼베가 많이 재배된 곳임을 알 수 있다. 대원령은 말 먹이던 곳을 의미한다. 신라는 통일 전과 후 모든 시기에 걸쳐 이곳을 대단히 중요시하였음을 알 수 있다. 『삼국사기』에 따르면 신라 아달라왕 3년(서기 156년) 4월에 이미 죽령과 조령 사이에서 가장 낮은 곳에 길을 개척했다고 나오는데 바로 그것이 바로 오늘의 하늘재이다.

통일 후 신라는 한반도 전체에서 보면 옹색하기 짝이 없는 경주를 벗어나 수도의 기능을 보완할 수 있는 5소경을 설치했다. 남한강을 활용할 수 있는 충주(국원성)와 원주(북원성)가 바로 그런 곳인데 이곳 계립령을 지나면 곧장 닿을 수 있다. 폭 30~40센티미터인 계립령은 오늘날 하늘재로 최초로 국도 1번 도로였고, 신라대로였다는 것이 바로 권 선생의 주장이다.

지금 이 순간 신라 화랑이 하늘재를 행군해 넘어가는 듯하다.

고통스럽지만 돌아서 가다

스틱 촉마저 날아갔다

　어제 편안했던 하늘재에서의 밤을 뒤로 한 채 이른 아침, 해발 980 미터인 포암산을 향해 올라가기 시작했다. 하늘재에서 1.6킬로미터밖에 안 되지만 포암산은 험하기 짝이 없다. 워낙 급경사여서 종일 쓸힘을 아침에 다 쓴 것 같다. 앞서 가던 명근 군이 땀을 흘리는 것을 보면서 신충섭 씨가 "홍수 나서 떠내려갈 뻔했다."라고 농담을 한다. 급경사를 타고 오르는데 옆으로 산성 터가 보인다. 물론 지금은 모두 무너져 있다. 언젠가 발굴과 더불어 복원을 해 보면 어떨까 싶다. 이곳은 삼국시대 이래 전략 요충지였음에 틀림이 없는 것 같다.

　그동안 짚고 다니던 스틱도 닳았다. 한쪽 스틱은 촉까지 도망간 지 오래다. 이렇게 되면 바위를 짚을 때 미끄러진다고 대장은 걱정을 한다. 남한에 위치한 백두대간을 절반이나 걸었으니 그럴 만도 하다. 어제까지 320킬로미터, 50만1,076보를 걸었다고 한다. 참으로 먼 거리를 걸어왔다. 신충섭 씨가 서울로 가면서 본인 스틱을 나에게 주었다. 내 것은 수리를 받겠다고 했다. 신충섭 씨는 옷과 손수건, 모자까지 주고 간다. 아끼는 물건일 텐데 넙죽넙죽 받는다.

며느리밥풀꽃

　신충섭 씨는 야생화를 많이 안다. 어떤 풀을 보더니 "이것이 며느리밥풀꽃이다."라고 한다. 아주 작은 꽃인데 자세히 들여다보니 하얀 밥풀 같은 꽃술이 두 개 보인다. 허기진 며느리가 밥풀을 훔쳐 먹다가 시어머니에게 맞아 죽은 뒤 꽃이 되었다는 전설이 있는 꽃이란다. 깊은 산에서만 핀다고 한다. 며느리가 얼마나 미웠으면 그랬단 말인가. 며느리밑씻개라는 풀은 더하다. 며느리에게 가시가 숭숭 달린 것을 밑씻개로 사용하라니…….

　자신이 고생했으니 후임자도 고생해 보라는 것은 우리 조직 문화에서 흔히 있는 일이다. 자기가 고생을 했기 때문에 후임자나 다음 세대는 고생을 하지 않도록, 좀 편하게 살도록 배려하는 마음이 왜 적을까? 김구 선생은 우리 민족이 침략을 당해 보았으니 무력은 남에게 침략 당하지 않을 만큼만 있으면 족하다고 했다.

　경제 대국이 된 지금, 저개발국이 처해 있는 가난을 해소하는 데 힘을 기울이면 어떨까? 우리가 겪어 보아서 아는 그 가난을 해소하기 위해 말이다. 그런 노력을 통해 우리는 좀 더 품격 있는 나라를 만들 수 있지 않을까?

　고산에 피어 있는 며느리밥풀꽃을 보면서 온갖 수난을 겪으면서도 꿋꿋하게 살아온 이 땅의 모든 며느리들에게 위로와 경의를 표한다.

갈 것인가? 말 것인가?

하늘재에서 4.5킬로미터를 걸어왔다. 우리는 한 표지판 앞에서 멈추어 섰다. 입산 통제 구간이다. 마골치다. 여기서부터 벌재까지가 통제 구간이다. 만약 여기서 멈추고 우회한다면 그 구간 안에 있는 대미산이나 황장산은 그냥 지나쳐야 한다. 장장 20.8킬로미터에 걸친 거리다.

우리 뒤에 오던 수십 명의 구간 종주자들은 그 표지판을 보지도 않고 장애물을 넘는다. 그들에게는 아무런 고민거리도 아닌 모양이다. 법은 지키는 사람에게만 법이다. 원래 우리는 대미산 눈물샘까지 운행할 예정이었다. 갈 것인가, 말 것인가? 여기서 멈출 것인가? 저 장애물을 타고 넘을 것인가?

석 대장은 우회하기로 결심했다. 나도 동의했다. 막상 그렇게 결정하고 나니 마음이 편했다. 국립공원관리공단이 설정한 통제 구간을 그냥 지나칠 수는 없다. 더구나 종주기를 연재하고 있는 처지다. 종주 기록을 만천하에 남기는 상황에서 법을 위반했다고 쓸 수도, 그렇다고 침묵할 수도 없는 일이다. 떳떳한 것이 가장 좋은 일이다. 원칙을 지키는 것이 가장 좋은 정책이다.

임현수 씨 부부

우회를 하자면 만수봉으로 가서 송계계곡으로 내려간 다음 차를 타고 통제 구간이 끝나는 벌재로 가서 다시 산행을 해야 한다. 백두대간을 종주하는 사람들에게 이런 상황은 여러 가지 어려움에 처하게 한다. 본래 코스에서 벗어나는 것부터가 상당한 산행 시간을 요하는 일이다. 원래 가고자 한 대미산 방향과는 반대로인 만수봉으로 방향을 잡아서 한두 시간 산행을 했다.

만수봉 아래 만수휴게소에서 벌재까지 거의 두 시간이나 걸리는 거리를 어떻게 이동할 것인가가 문제다. 일행이 일곱이니 택시로 움직이자면 두 대가 필요하다. 상당한 경비를 지출해야 한다. 고민을 하고 있는데 이 지역을 잘 아는 석 대장이 나섰다. 여러 군데 전화를 하더니 충주 시내에서 어린이집을 운영하는 친구가 나오기로 했다는 것이다.

아이스크림을 먹으면서 차를 기다리고 있는데 저만치서 노란 승합차가 나타났다. 냄새가 진동하는 짐과 몸을 승합차 안으로 꾸역꾸역 밀어 넣었다. 석 대장 예성초등학교 동창생인 임현수 씨와 부인, 아들까지 우리를 위해 달려왔다. 운전은 신충섭 씨가 했다. 전부 열 명이 탔다. 맨 뒷자리에 앉은 나는 꾸벅꾸벅 졸기 시작했다. 두 시간 정도 걸린다고 했다. 졸다 일어나 보니 차는 여전히 달리고 있다. 한 무리의 사람들이 개울가에서 노는 모습도 보인다. 단양8경의 일부인 옥순봉, 상선암, 중선암, 하선암, 사인암, 제비봉, 장회나루 지역이라고 한다. 사람들은 인적이 드물고 풍치도 좋은 높은 산으로 가지 않고 왜 이런 곳에서 옥신각신하며 놀고 있을까 하는 생각이 들었다.

어린이집을 운영하고 있는 부부와 대화를 나누었다. 어린이집 시설은 자기 부담으로 짓고 시설 이용료는 정부가 모두 부담해 준다고 한다. 현재 수용 인원이 30명인데 수용 인원을 늘리려면 시설을 더 확장해야 하는데 여력이 없다고 했다. 이 정도로도 먹고 사는 것은 해결된다며 허허롭게 웃는다. 욕심 없는 가족이다. 오늘도 어린이집 개수 공사를 하다가 전화 받고 나왔다고 한다. 친구가 난처한 상황에 처해 있다는 이야기를 듣고 달려 나오는 초등학교 동창생도 훌륭하지만 개의치 않고 따라 나오는 부인도 훌륭하고 동시에 그런 친구를 둔 석 대장도 훌륭하다. 바빠 사느라 초등학교 동창회 한 번 나가 본 적도 없고, 연락도 제대로 못하고 사는 나로서는 부러운 일이다.

그들은 왜 대간을 탈까?

벌재에 내려 묵을 팔각정을 찾아 가니 이미 다른 일행이 선점하고 있었다. 구간 종주를 하는 사람들이다. 먼저 도착한 사람이 뒤에 오는 사람들을 기다리면서 술판을 벌이고 있었다. 우리는 아래 공터에서 자리가 비기를 기다리며 오다가 사 온 옥수수를 삶아 먹었다. 낱알은 작지만 찰옥수수가 맛이 좋았다.

갑자기 후드득 비가 내린다. 배낭을 들고 황급히 팔각정으로 대피를 했다. 구간 종주자들은 그때까지도 먹고 마시고 있었다. 우리는 우두커니 선 채로 그들을 바라보았다. 삼겹살을 굽는 것도 모자라 밥까지 볶아 먹고 있다. 불가피하게 대화 내용까지 다 들어야 했다. 문득 이들은 '왜 백두대간을 타는가?' 하는 궁금증이 생겼다. 산을 타면서 무엇을 보고 느끼는지 알 수가 없다. 오직 '오늘 이 먼 거리를 걸었다.' 그리고 '끝냈다.'라는 생각밖에 없는 것 같다. 그리고 먼 길을 달려온 피로를 술로 달래는 것이다. 백두대간 종주를 성취의 대상으로, 건강을 위한 운동 정도로 받아들이는 것 같다. 산이 들려주는 바, 가르치는 바에 대해서는 한 마디 말도 없다.

지금 술판을 벌이고 있는 이들은 인터넷 동호회에서 만난 사람들이라고 한다. 이렇게라도 해소하지 않으면 안 되는 거친 삶이 안쓰럽다. 대한민국 모든 국민들의 삶이 생존 경쟁에 치이고, 위계질서 문화에 시달리는 초라한 삶들이 아닌가? 이렇게라도 해소할 수 있다면 내가 이해할 일이다.

옥수수 껍질을 재활용

그들이 떠나간 뒤 팔각정에는 삼겹살 냄새가 진동을 한다. 우리는 거기에 매트를 깔고 자야 한다. 어떻게든 기름기를 닦아야겠는데 고민이다. 오늘 함께 산행을 한 김효근 선생이 자기 수건으로 닦으려 한다. 아무리 생각해도 그건 아니다. 좀 전에 먹은 옥수수가 생각이 났다. 옥수수 껍질로 닦기로 했다.

옥수수 껍질과 수염으로 두어 차례 바닥을 닦고 났더니 훨씬 좋아졌다. 기름기와 냄새가 조금은 제거된 것 같다. 거기에다가 매트를 깔고는 밥도 해 먹고, 깨끗이 청소를 한 다음 자리를 깔고 잠도 잤다. 재활용에도 늘 창조적 지혜가 필요한 법이다.

벌재에서 보는 보름달

음력으로 보름이다. 오늘이 8월 14일, 음력이 하루 빠르니까, 7월 보름이다. 좀 전까지도 비가 와 보름달 보는 것을 포기하고 있었는데 달이 나타났다. 문복대 위로 떠오른 보름달을 보면서 우리 종주에는 늘 행운이 따라다닌다는 생각이 들었다. 보름달 보기가 어디 쉬운가? 이제 강원도 설악산에서 맞을 한가위 보름달만 보면 된다.

모두들 자리에서 일어나 카메라를 돌리고 스마트폰으로 찍고 야단이다. 나는 아무것도 없으니 그냥 즐기기만 하면 된다. 자리를 깔고 누우니 팔각정 처마에 달이 걸렸다. 작은 나뭇가지가 어른거려 자연스럽게 달에 계수나무를 만들었다. 삼겹살 파티를 하고 간 그 바닥에서도 보름달을 누워서 보는 사치를 누리고 있다.

가장 비천한 모습과 마주하다

산을 타다 보면 평소 우리가 외면하고 싶고 혐오스러워 하는 것과 정면으로 마주하게 된다. 변, 냄새, 악습들이 그런 것들이다. 그것을 문명적으로 처리할 수 없는 상황에서 처참하게 깨지고 무너지는 자신을 발견하게 된다. 자신의 변을 삽으로 처리하고 일어서는 심정을 이해가 되는가. 며칠씩 비를 맞아 완전히 삭아버린 그 냄새를 매일같이 맡는 것이 어떤 것인지 상상이 되는가.

긴 시간 동안 함께 생활하다 보면 모든 습관이 다 나오게 되어 있다. 과거에 알아온 것과는 완전히 다른 행동들도 목격하게 된다. 심지어 자신조차 몰랐던 자기 습관과 행동에 놀라기도 한다.

인간의 고고함은 이럴 때 모두 무너지고 만다. 육체의 한계 지점에서 우리는 동물이 된다. 고등동물이라는 것이 참 어떤 것인지 헷갈리게 된다. 새똥은 하얗고 냄새가 없다. 아니 어떤 식물이, 어떤 동물이 인간처럼 그렇게 지독한 변을 보던가? 자연 앞에 겸손해지는 이유다.

속죄가 필요한 시대

어느새 가을!!!

아침에 일어나니 완연히 가을이다. 귀뚜라미를 비롯해서 가을벌레들이 울고 있다. 산은 어느새 가을 기운이 지배하기 시작했다. 낮엔 더위가 완전히 가시지 않았지만 이미 가을을 알리는 여러 징후는 역력하다. 산속에서는 계절의 변화를 훨씬 빨리 체감한다. 침낭이 무겁다고 놓고 온 것이 후회가 된다. 새벽에는 너무 서늘해 춥기까지 했다. 찬 기운이 몸에 사무친다. 다음 인편에 침낭을 부탁해야겠다.

만물의 운행을 지배하는 자, 그 누구이기에 이렇게 어김없이 질서를 유지하는가? 어떻게 한 치 어긋남도 없이 때가 되면 계절을 제자리에 배치하는지!

숲은 온통 이슬을 머금고 있다. 먼 산들이 보이는 것으로 보아 오늘 날씨는 좋을 것 같다. 하기는 완연히 다가온 가을 느낌이 '긴 장마와 비의 전선이 이제는 물러가지 않을까?' 하는 기대를 갖게 만든다. 그러나 그 기대는 왕왕 무너져 내리기 일쑤다. 살아 보아야 인생을 알고 걸어야 길을 알 수 있다. 오후까지 걸어 보아야 오늘 일기를 알 것이다.

산 속에서도 세월이 빠르게 흐르는 것과 세월의 무상함을 피해 갈 수 없다.

대속을 생각하다

이제 속리산 권역과 월악산 국립공원 지역을 지나 소백산 권역으로 접어든다. 산은 점점 험해져 해발 1천 미터가 넘는 봉우리들을 오갈 것이다. 중반으로 접어든 백두대간 종주를 향해 줄달음칠 것이다. 오늘 문복대를 오른다. 벌재에서 바라보이는 높은 산, 그 산이 문복대인 줄 알았다. 막상 가 보니 벌재에서 두 시간이나 걸리는 거리에 있었다. 여러 봉우리를 거쳐야 했다.

문득 대속에 대해 생각을 했다. 기독교에서는 하느님이 독생자 예수를 보내 인간이 저지른 죄악을 십자가형으로 대신 속죄했다고 믿는다. 하느님의 아들로서 그러나 동시에 인간의 아들로 태어나 가장 모독적인 방법으로 극형에 처해진 예수의 삶과 실천, 그 최후는 모든 인간을 죄스럽게 만든다.

우리 사회에서 저질러지는 이 엄청난 비극과 범죄와 과오는 누군가 대속할 사람을 요구하고 있다. 우리 시대에 다시 예수가 필요하다. 그렇다고 자임할 사람도 없다. 아니 자임한다고 되는 일도 아니다.

속리산 이후 계속 생각에 잠겼다. 이 시대의 고민, 이 시대 사람들이 처한 고난, 유린되는 국토, 악화되는 삶의 질, 무너지는 경제와 더 심각해지는 빈부 격차, 좌우 갈등과 사회적 대결, 소모적 정쟁, 공직자들과 사회적 리더들의 거짓말과 무책임, 퇴행하는 정치와 민주주의, 시대의 향방에 대한 무지와 편견 - 이 모든 것들을 곱씹어 보았다. 그것들을 한 지게에 짊어지고 그 어딘가 갖다 버릴 곳이 있다면 감히 '그 지게를 한번 져 볼 수 있을 것인가?' 하는 생각도 해 보았다.

"정치인이 되겠다."는 홍명근 군에게

어제 팔각정에서 자리가 날 때를 기다리며 처마 아래서 비를 피했다. 매트로 비를 가리고 있었는데 한 쪽 끝을 막내 명근 군이 잡고 있었다. 어느 순간부터 내 등에는 비가 들이치고 있었다. 명근 군이, 자신도 모르게, 매트를 자기 쪽으로 당겨 간 것이다. 내 등이 축축해졌다. 농담으로 "정치란 자신은 비를 맞고 남에게 비를 맞지 않게 하는 것"이라고 했다.

정치인을 희망하는 청년, 명근 군에게 평소 갖고 있던 정치와 정치인에 대한 내 생각을 말했다. 정치란 자신이 굶고 남을 배불리 먹을 수 있게 하는 것이며 늘 고통 속에 있는 사람들을 챙기는 것이다. 그렇게 하는 사람이 정치인이다. 정치인의 자세가 무릇 그래야 좋은 세상을 만들 수 있다. 나보다 남을 먼저 생각하는 정치를 해야 세상을 바꿀 수 있는 힘을 가진다.

한편, 아무리 힘을 가지고 있다고 해도 어떤 세상을 만들겠다는 생각, 비전, 꿈이 없다면 그 힘을 남용하게 된다. 정치란 자신을 희생해 남을 돕고, 힘없는 자를 부축하는 일이다. 만약 권력과 더불어 돈도 벌고 싶으면 정치인보다는 기업을 하는 것이 낫다는 말로 마무리를 했다. 요즘은 기업인조차도 개인의 탐욕과 영리만 추구하면 결코 장수하는 기업을 일으키지는 못한다. 세상이 바뀌고 있다.

명근 군은 참으로 영특한 젊은이이다. 금방 잘 이해하고 받아들인다. 우리가 저수령에 도착했을 때 뒤처진 홍석 군을 위해, 먼저 도착해서는 물까지 받아 가지고는 왔던 길을 되돌아가, 짐을 대신 지고 왔다. 명근 군은 정치할 자격이 있는 젊은이다.

두 젊은이가 가상하다

오전 7시에 벌재를 출발했다. 9시 20분에 문복대에 도착했다. 그런대로 빨리 온 셈이다. 문제는 김홍석 군이 탈이 났다. 어제 뭘 잘못 먹었는지 체한 모양이다. 무거운 짐도 아랑곳하지 않고 잘 매고 달리더니 맥을 못 춘다. 평소 무거운 짐을 자청했다. 탈진한 경험이 있는 나로서는 남 일 같지가 않다. 김효근 씨가 등을 두드려 주고 신충섭 씨가 손가락을 따 주기도 했다. 명근 군이 슬쩍 다가가더니 폴대를 자기 배낭에 담는다. 짐을 조금이라도 덜어 주려는 배려다. 다시 걷기 시작했지만 신통하지는 않다. 석 대장과 나, 명근 군이 먼저 중간 지점인 저수령에 도착했다. 이곳에서 점심을 먹을 예정이다.

오후 무렵, 홍석 군 상태가 괜찮아졌다. 다행이다. 명근 군한테서 폴대를 찾아간다. 폴대 하나의 무게는 중요하지 않다. 아직 완쾌되지는 않았지만 자기 짐을 자기가 지고 가겠다는 책임의식이 발동한 것이다. 어쩌면 오기일지도 모른다. 때로는 오기가 인생의 고난을 헤쳐가게 한다. 홍석 군은 다시 오뚝이처럼 일어나 동영상을 찍고 있다.

도계道界 사업

"충효의 고장 예천입니다"

"대한민국의 중심, 당당한 충북"

저수령에 붙어 있는 큰 표지판이다. 저수령은 경북 예천과 충북 단양의 경계를 이루는 고개다. 예전에 여기를 지나려면 "고개가 너무 높아 머리를 숙여야 한다."라고 해서 저수령이라는 명칭이 생겼다고 한다. 해발 850미터나 되는 이 재에 붙을 만한 명칭이다.

저수령에도 팔각정이 있고, 벤치가 있고, 작은 공원이 있다. 이른바 도계 사업으로 한 것이다. 너무 천편일률적이다. 이 지역 특색을 살린 개성적인 표지판이나 사연, 구조물이나 조각이 아쉽다. 이곳을 찾는 사람들이 지역의 문화와 예술을 이해할 수 있는 장소가 되었으면 더 좋지 않겠는가.

저수령, 역시, 이 지역 다른 국도들처럼 쇠퇴했다. 주유소는 문을 닫았다. 예전에는 북적였을 휴게소도 한산하다. 부부가 휴게소 한쪽에서 전통차도 팔고, 막걸리와 감자전도 팔고 있다. 또 한 편에는 산에서 나온 목재들을 활용한 목가구를 전시도 하고 판매도 하고 있다. 평소에는 사람도 구경하기 힘든 곳 같았다.

"지리산 종주는 필수"

오후에 해발 1,080미터인 촛대봉, 높이가 같은 투구봉, 해발 1,100미터인 시루봉을 넘었다. 배재를 지나 해발 1,033미터인 유두봉을 넘고, 싸리재를 지나 해발 1,034미터인 흙목 정상을 넘었다. 거의 1천미터가 넘는 산과 봉우리들이다. 역시 소백산 권역에 들어선 느낌을 강하게 받는다.

　오늘 화제는 같이 걷고 있는 신충섭 씨와 내가 함께 했던 과거 산행이었다. 신충섭 씨는 산을 좋아하기도 하지만 〈아름다운가게〉에서 함께 일하던 시절뿐 아니라 〈아름다운재단〉 간사들과 신년 일출 산행을 할 때도 〈희망제작소〉 간사들과 신년 일출 산행을 할 때도 늘 동참을 했기 때문에 산중인이기도 하다.

　나는 기본적으로 등산을 잘못한다. 심한 평발이다. 사실 내 한 몸도 건사하기 어려운 처지이다. 그런데도 주변 사람까지 거의 강제로 이끌다시피 해서 지리산 종주를 하곤 했다. 매년 한 차례 지리산 종주를 했다. 그 외에도 새해 일출을 보기 위한 지리산 촛대봉 산행은 고정 행사였다. 세월이 지나고 보니 고생한 간사들도 즐겁고 행복한 추억으로 남았나 보다. 하기는 함께 겪는 고통이야말로 가장 확실한 추억이 되기 마련이다.

　뱀재 부근에는 산딸기가 많았다. 한참 만에 본 산딸기다. 남부 지방을 지날 때는 산딸기가 많아 '보는 즐거움', '맛보는 즐거움'이 컸는데 언제부터인지 볼 수 없었다. 철이 지난 탓인가 보다. 뱀재를 지나 해발 975미터에 있는 헬기장에 텐트를 쳤다. 하늘에는 안개가 연신 피어올랐다. 저녁밥을 해 먹고 난 뒤 날이 어두워지기를 기다렸다. 보름달이 오늘도 보일 것인지가 초미의 관심사였다. 두런두런 이야기를 나누다가 한순간 말이 끊어졌다. 침묵 가운데 산은 고요하기만 했다. 무수한 풀이 바람에 일렁인다.

삼척시

36일　37일

금대봉　피재

정선군　싸리재　매봉

35일

만항재　함백산

태백시

사갈치　화방재

강원도

34일　태백산

영월군

선달산　구룡산　신선봉　깃대배기봉

충청북도　마구령　박달령

단양군　고치령　늦은목이　도래기재　곰넘이재

미내치　갈곶산　옥돌봉

32일　33일　봉화군

국망봉

31일

비로봉

경상북도

제2연화봉

영주시

죽령　30일

도솔봉

묘적봉

29일

뱀재

예천군

백두대간의 참맛

산마루의 야생화 누가 봐 줄까?

새벽 공기가 참 맑다. 저절로 깊게 들이마신다. 숲은 아직 깨어나지 않은 듯 조용하기만 하다. 달은 서쪽 하늘에 아직도 희부연 얼굴로 떠 있다. 막 일출이 시작된 듯 동쪽 하늘이 밝아온다. 그러나 안개가 짙다. 해발 1천 미터 고지에서 맞는 아침은 이렇게 밝아오고 있다.

텐트 바로 옆에 작은 달맞이꽃이 노란 꽃을 피우고 있다. 가운데 연두색, 그 주변에는 하얀 꽃술을 가진 이름 모를 꽃도 그 옆에 피어나 있다. 우리가 아니면 봐 줄 사람이 없는 지점이다. 외롭게 피어나 외롭게 질 것이다. 하기는 누가 봐 주지 않는다고 꽃이 아닌가. 저 하늘, 저 바람, 저 벌레들과 더불어 자연을 찬미한다.

운명을 탓하지 말라

여름 산행에는 풀이 진정으로 고역이다. 온갖 종류의 풀과 넝쿨이 앞을 가리고 눈을 찌르고 있다. 하기는 풀 입장에서 보면 풀이 사람을 괴롭히는 것이 아니라 사람이 풀을 괴롭힌다고 볼 수도 있겠다. 풀과 나무가 살아가는 곳에 인간이 들어와 길을 내고 지나다니면서 풀을 비난하니 풀 입장에서는 참 억울할 것이다.

풀이나 나무를 쳐다보고 있자면 참 위대하다는 생각이 든다. 초목은 자기 운명을 스스로 선택한 것이 아니다. 어느 바람에 실려 오거나 어느 곤충에 묻어오거나 동물의 먹이나 똥에 묻어와 떨어진 그 자리에서 자란다. 의지도 선택도 전혀 없이 그곳에 살아가도록 운명지워졌다. 그럼에도 불평 한마디 없이 주어진 여건, 환경을 이용하거나 때로는 극복하면서 꿋꿋하게 살아간다. 어느 나무가 자기 자리가 마음에 안 든다고 불평하면서 이동할 것을 요청하던가. 물이 없거나 부족하면 뿌리를 끝없이 내밀어 물을 찾고, 바람이 세차게 불면 자세를 낮추어 바람을 피하고, 햇볕이 부족하면 끝없이 하늘로 치솟아 햇볕을 받는다. 나무 한 그루, 풀 한 포기도 어려운 환경을 극복하기 위해 몸부림을 친다. 어쩌다 불우한 환경에 처한 이들도 저 우거진 풀처럼 강한 생명력을 잃지 않기를.

작은 흔들림

나는 본다. 그리고 듣는다. 저 풀의 작은 흔들림을. 저 나무 잎사귀의 작은 속삭임을. 텐트 안에서 가만히 밖을 하염없이 바라보고 있으니 아주 약한 미풍에도 억새는 흔들린다. 옆에 있는 굴참나무 잎사귀들도 작은 소리로 조용히 속삭인다. 결코 바람을 못 이기기에 흔들리는 것만은 아니리라. 꺾이지 않기 위한 지혜를 담은 움직임이리라. 바람결에 따라 움직이는 저 유연함 덕분에 풀과 나무들은 살아남는 것일지도 모르겠다.

세상사 살다 보면 크고 작은 바람이 불기 마련이다. 강풍이 불면 휘청하기도 하고, 미풍에 흔들거리기도 한다. 흔들리는 것에 익숙하면 큰 바람이 불어도 휠망정 꺾이지는 않는다. 우리도 흔들림에 익숙할 필요가 있지 않을까. 저 억새처럼, 저 굴참나무처럼.

산마루에서 커피 한잔

며칠째 〈다섯손가락〉 종주단과 함께 산행을 하고 있는 신충섭 씨는 언제나 '아름다운커피'를 넣고 다닌다. 이번 산행에도, 예외 없이, '아름다운커피' 믹스 여남은 개를 가지고 왔다. 덕분에 오늘 아침 이슬과 함께 커피를 마셨다. 어젯밤 저녁 별을 바라본 그 산마루에서. 평소와는 커피 맛이 달랐다. 쉽게 마실 수 있을 때 마시는 커피와는 맛이 전혀 다르다. 이 산중에서 커피 한 잔을 마시며 세상 행복을 다 가진 것 같은 느낌에 젖는다. 산을 느끼며 커피를 마신다. 오늘 마신 커피보다 더 맛있는 커피를 마신 적은 미처 없었다.

숲에 정령들이 모두 일어난다!

커피 한잔으로 잦아들던 행복을 접고 비장한 발걸음을 내딛으며 새로운 날의 산행을 시작한다. 행복은 잠시, 산행의 고통은 길다. 솔봉을 지나 도솔봉으로 가는 길 내내 '붕붕' '윙윙' 하는 소리가 따라왔다. 처음에는 명절이 가까워 오니 예초기로 산소 풀 베는 소리인가 했다. 산봉우리를 몇 개나 넘어도 소리는 잦아들지 않았다. 바로 전기톱으로 벌목하는 소리였다. 나중에는 그 소리가 '엉엉' 우는 소리처럼 들렸다. 조용한 숲이 그야말로 통곡하는 소리로 뒤덮였다. 나무를 베고 벌채하는 일은 당연한 일이다. 그러나 백두대간에서 만나는 현장은 또 다르다. 무분별한 개발로 숲과 산이 사라지는 것을 보면 가슴이 아프다. 나는 오늘 이른 아침에 벌어진 대학살 앞에 숲과 나무 편이 되었다.

또 만난 출입 통제 구간

지도를 보니 오늘 걸어야 하는 묘적봉에서 도솔봉까지 구간은 출입 통제 구간으로 설정되어 있다. 또 다시 고민에 빠진다. 이번 백두대간 종주에서 출입 통제 구간은 무조건 건너뛴다는 원칙을 세웠다. 국립공원관리공단이나 산림청에서 나름대로 고민을 하며 만든 규정이나 정책인데 위반을 할 수는 없다. 그런데 이 구간만은 좀 문제가 있다.

2킬로미터 정도 되는 통제 구간을 피해 가려면 묘적봉에서 하산을 해야 하는데 내려가는 길이 보이지 않는다. 도솔봉으로 접근하는 길도 만만치 않아 보인다. 지난번 마골치에서 벌재까지 출입 통제 구간을 우회하기 위해 내려가다 다시 접근하는 과정이 꽤나 힘들었다. 그런데 이번에는 거의 불가능해 보인다. 이러니 사람들은 통제 구간을 무시하고 다반사로 지나가는 것이다. 출입 통제 구간을 출입하지 않도록 하려면 현실적으로 대안 코스를 만들어 주는 것이 필요하다. 생태적인 목적이나 훼손 지역 복원을 위해 출입 통제가 필요하다면 지역 주변으로 연속해서 걸어갈 수 있도록 코스를 이어주어야 한다.

일단 묘적봉까지 가 보기로 했다. 다행스럽게 현장에 가 보니 출입 통제 구간으로 설정되어 있기는 했지만 "이곳은 훼손지 생태 복원 구간이오니 개설된 등산로를 이용하시기 바랍니다."라는 표시가 우리를 맞았다. 등산로를 이용하는 것은 괜찮고 그 이외 지역에는 들어가지 말라는 것이다. 불합리한 부분이 있기는 하지만 아직까지는 원칙을 지키며 백두대간을 걷고 있다.

등산의 오미

환자가 발생했다. 걱정이다. 김홍석 군은 계속 설사를 한다. 산에서 탈이 나면 큰일이다. 건강할 때 걷는 것도 힘든데 설사까지 하면 힘이 빠져 산행이 아주 큰 고역일 것이다. 우리의 걱정 따위는 아랑곳하지 않고 숲은 초가을을 준비하는 벌레 소리로 가득하다.

우리가 걷고 있는 대간 길 오른쪽은 아직도 문경이다. 문경은 등산로 곳곳에 오미자 길을 만들어 놓고 오미자를 자랑하고 있다. 오미자에는 쓴맛, 단맛, 신맛, 짠맛, 매운맛이 있다고 한다.

대원들에게 산행 중에 맛보는 다섯 가지 맛이 무엇인지 물었다. 쓴맛은 오르막 오르기와 설사를 하며 산행하는 것이며, 단맛은 좋은 전망·시원한 바람·휴식·등목이며, 신맛은 쉰 냄새와 땀이라고 한다. 짠맛은 "알바 뛰기"와 다 온 줄 알았는데 갑자기 나타나는 봉우리, "휴식 1분 전"이라는 소리, 그리고 마지막 1킬로미터라고 한다. 매운맛은 생 쌀밥과 아침 기상 그리고 "대장님"이라고 한다.

생각할 겨를도 없이 줄줄 나온다. 매운맛에서 이구동성으로 '대장님'이 나온 것도 재미있다. 석 대장은 일행을 앞에서 이끌고 뒤에서 밀고 가는 이다. 힘겨워 하는 왕초보들을 이끌고 안전 산행과 산행 일정 준수를 위해 고군분투하다 보니 매운맛이 되고 말았다.

구름의 놀이터, 도솔봉

생각보다 빨리 도솔봉에 올랐다. 나무 한 그루 없는 돌산 정상에 서니 마치 하늘에 오른 것 같다. 저 아래 수많은 봉우리와 골짜기가 한눈에 들어왔다. 깊고 넓고 푸른 산들과 계곡들이 내 발 아래 끝없이 이어지고 있다. 다른 어떤 봉우리에서는 맛볼 수 없는 광경이다. 도솔천은 미륵보살이 산다는 곳이다. 불교에서 말하는 정토로 가장 이상적인 세상이다. 이 산 이름이 미륵보살이 사는 정토에서 오지 않았을까? 산이 넓고도 깊다.

좁다란 정상에서 주먹밥을 먹고 잠깐 낮잠까지 잤다. 몸부림을 치면 저 아래 단양 읍내까지 굴러갈 것 같다. 일어나 보니 도솔봉 아래로 흐르는 구름의 운행이 신비롭다. 수많은 계곡에서 밀려오는 구름들이 삽시간에 큰 바다를 이루더니 잠시 후 사라진다. 산 윤곽이 환히 드러난다. 이쪽 봉우리에서 올라오는 구름과 저쪽 골짜기에서 올라오는 구름들이 한데 휩싸여 하늘로 피어오르기도 한다. 이곳은 구름이 노니는 놀이터이다.

이 푸름, 언제까지나

우리가 걷는 이 산길에는 온통 푸름뿐이다. 풀과 나무, 숲의 푸른 색채가 향연을 베푼다. 돌과 흙마저도 푸르디푸르다. 호흡을 할 때마다 푸름을 마신다. 온 마음과 온 몸에 푸름이 번져 마침내 나도 숲의 일부가 되는 느낌이다.

푸름은 생명의 색깔이다. 가을 단풍이 아무리 아름답다 해도, 겨울

설경이 아무리 장관이라 해도, 봄날 꽃이 아무리 찬란하다 해도 여름날 푸름이 좋다. 다양하고 아기자기하지는 않지만 눈부신 싱싱함이 좋다. 여름이 입고 있는 이 푸름과 함께 하고 싶다. 영원히. 나만 그런 것은 아닌가 보다. 오늘 묵게 될 죽령을 못 미처 이런 묘비명이 있다.

여기 산을 좋아하던 우리 친구
종철이가 백두대간 품으로 돌아갔습니다.
종철아, 편히 쉬거라!

왜 도솔봉 아래 묻혔는지 사연은 알 수 없지만 산을 좋아했고 백두대간의 푸름과 함께 잠들고 싶었던 사람이었나 보다. 작은 나무 막대기에 새겨진 그 이름과 그를 추모하는 사람들 마음 또한 영원할 것이다.

부대장의 외유

박우형 부대장은 오늘 죽령으로 내려가면 1박2일 동안 집에 다녀와야 한다. 송사가 있어 불가피하게 법원에 출두해야 한다고 했다. 나머지 일행은 죽령에서 하루를 쉬면 산행에는 큰 차질이 없을 듯하다. 부대장 외유가 남일 같지 않다.

머리에서 떠나지 않는 말 못 할 걱정이 있다. 장모님께서 병환 중에 계신다. 몇 년째 간신히 의식만 붙잡고 계신다. 만약에 변고가 생긴다면 산행을 중단하고 내려가야 한다. 산행을 끝마치고 내려갈 때까지만이라도 아니 그 이후에도 오래도록 편히 계셨으면 하는 바람이 가득하다. 장모님은, 내가 사회운동 하느라 바빠 집에도 거의 들어가지 못하고 집사람이 가정 경제를 책임져야 했을 때, 우리 아이 둘을 손수 거두어 주셨다. 이제 모든 것을 툭툭 털고 일어나시면 좋으련만 안타깝기만 하다.

죽령을 내려서는 순간, 박 부대장은 상대방 연기 요청으로 재판이 연기되어 대전을 갈 필요가 없어졌다고 한다. 복잡해 보이던 부대장 얼굴이 순간 밝아진다. 다행이다. 그런데 오늘 유난히 힘들어 한다. 항상 뒤에서, 때로는 앞에서 두 젊은 대원들을 다독이며 잘 걷는 사람인데, 오늘은 뒤에 처져서 걷고 있다.

도솔봉 샘터의 그 물맛

유독 더 지친다. 마지막은 늘 그렇지만 그래도 오늘은 좀 더 하다. 물까지 모자라니 더 지친다. 박 부대장은 내 뒤에 한참 처졌다. 그때 앞서가던 김홍석 군의 외침이 들린다. 이윽고 시원한 샘물 한 통을 들고 산을 다시 뛰어올라 왔다. 반가운 물 한 모금을 마셨다. "박 부대장님이 더 힘들어 한다."라고 했더니 그 길로 또 뛰어간다.

조금 더 걸어 내려왔더니 홍명근 군이 샘터에서 기다리고 있다. 과연 큰 바위 아래에서 흘러나오는 샘물은 기가 막혔다. 차갑기도 하거니와 물맛이 특별했다. 이렇게 풍부하고 시원한 샘물은 그동안 보지 못했다. 그야말로 석간수다. 퍼 갈 수만 있다면 많이 퍼 가 산행 중에 계속 마시고 싶을 정도다. 오늘 저 아래에서 우리를 기다리고 있을 지원 팀에게 물맛을 보여 주고 싶어 물통에 물을 가득 채웠다. 드디어 죽령에 도착했다. 아직 밝은 대낮이다.

길을 연 사람들

위대한 개척자 죽죽이

신라의 죽죽竹竹이 죽령길을 개척하고 너무나 지쳐서 순사해 죽죽사라는 절을 지어 그를 추모하고 이 길을 죽령이라 하였다.

『동국여지승람』에 나오는 이야기이다. 『삼국사기』에는 아달라왕 5년인 서기 158년 3월에 이 길을 열었다는 기록이 있다고 한다. 우리가지나온 하늘재는 아달라왕 3년에 길을 열었다니 2년 후에 죽령이 열린 것이다. 어느 노승이 이 고개를 넘다가 하도 힘들어 지팡이를 꽂아 놓고 갔는데 이것이 살아나 죽령이 되었다는 전설도 있다.

죽령은 조령과 추풍령에 이어 경상도와 기호 지방을 이어 주는 대표적인 길 가운데 하나다. 중요한 길목으로 자리하면서 수많은 사연들이 이 길에서도 생겨났을 것이다. 문화재청에서 공식적으로 명승 제3 호로 지정했다고 한다.

'죽죽'이나 '아달라왕'이라는 이름이 역사서에 나오지만 어찌 한 개인이 길을 만들었겠는가? 수많은 사람이 이런저런 이유로 서로 왕래

하고 교통하니 길이 만들어졌을 것이다. 다만 위대한 사람이 그 길을 제대로 확충하거나 공식적인 국가 도로로 지정하고 활용을 했기에 널리 알려졌을 터이다. 태초에 길이 있었던 것은 아니지만 누군가 다니기 시작하면서 길이 된다는 노신의 이야기가 새삼스런 것은 아니다.

주옥자 여사와 영주 사람들

1박 2일을 꼬박 컴퓨터에 매달려 있었다. 그동안 밀린 산행일기를 정리했다. 산에서 메모한 것을 컴퓨터 작업을 통해 옮기는 일은 생각보다는 시간이 걸린다. 컴퓨터를 지고 다닐 수는 없는 일이라 서울로 올라가는 지원팀 편에 보내야 한다. 가능하면 내가 빨리 마쳐야 지원팀도 서울로 올라갈 수 있다. 저녁 먹고 미완인 부분은 다음 주 휴식시간에 쓰기로 하고 컴퓨터에서 손을 놓았다.

밤 9시가 넘어서야 해방이 되었다. 비도 잠깐 그쳤다. 휴식 겸 어제 우리가 도솔봉에서 내려온 영주 쪽 언덕으로 가 보았다. 어제 본 죽령 주막은 이미 문을 닫았고 제법 잘 지은 누각 쪽에서 사람 소리가 나서 다가갔다. 놀랍게도 김창수 씨가 자리를 깔고 있었다. 북진하는 백두대간 종주자를 거의 보지 못했다. 우리처럼 북진을 하고 있는 김창수 씨와는 헤어졌다가 만나고 또 헤어지기를 반복하고 있다. 이미 우리와 동료가 되었다.

마을 주민들처럼 보이는 분들과 이야기를 나누고 있기에 자연스럽게 합석을 했다. 바로 이 아래 풍기읍에 살고 있다고 했다. 인삼 제품을 판매한다는 주옥자 씨도 있었다. 경기가 예전보다 못하다고 한다. 남편과 남편 친구들과 함께 바람 쐬러 왔다면서 새우깡 하나에 소주를 마시고 있었다. 소주를 주거니 받거니 세상 이야기가 펼쳐졌다. 주로 사과농사를 짓고 있는데 풍기나 영주가 워낙 인삼이 유명하다 보니 사과가 제대로 홍보되지 못해 안타깝다고 한다. 실제로 영주가 전체 사과농사의 15%를 차지하고 있단다.

영주 자랑이 이어진다. 풍기와 영주는 인삼, 사과뿐만 아니라 인견과 풍기한우가 유명하다고 한다. 전국에서 제일 살기 좋은 곳이 바로 영주라고 주장하는데 어떤 자연재해에도 안전하다는 것이다. 어제 지나온 도솔봉이나, 내일 지나갈 소백산의 비로봉, 연화봉 같은 이름만 들어 보아도 여기가 불국토임을 알 수 있다고 했다.

의자와 정자 프로젝트

무더운 여름날이면 영주시 사람들이 여기 와서 시간을 보낸다고 한다. 좋은 정자가 있으니 한여름 무더위를 식히려 가족끼리, 동네사람들끼리 찾는 모양이다.

정자 못지않게 여름철 강이나 냇가 다리 밑 역시 피서를 하기에 최적의 장소다. 거기에 자리 하나 깔면 그만이다. 어느 지방 자치 단체장에게도 말을 한 적이 있다. 아주 적은 예산으로 다리 밑에 평상을 만들어 놓으면 주민들이 얼마나 좋아하겠는가? 해당 지역에 있는 대학교 디자인학부나 예술대학 또는 건축학과 교수들과 상의해서 안전하면서도 편리하고 또 재미있는 의자나 평상, 정자를 만든다면 이용하는 주민은 물론 오가는 사람도 즐겁지 않겠는가? 예술 작품은 멀리 있어야 하는 것이 아니다. 오밤중에 또 쓸데없는 생각을 하는 건가!

만산의 왕

기다림

새벽 5시. 비는 여전히 내리고 있다. 옆에서 자던 석 대장은 4시부터 일어나 일기를 체크하고 있다. 오늘은 죽령에서 고치령까지 걸을 계획이다. 보통 이틀에 걸쳐 걷는다고 하는데 우리는 하루만에 주파하려고 한다. 먼 길을 가야 하니 새벽부터 걸어야 하는데 비가 우리를 막고 있다.

처음 계획은 바로 출발해서 중간에 아침을 먹기로 했다. 어차피 비가 그치기를 기다려야 하니 아침을 해 먹기로 했다. 라면을 2개 끓이고 누룽지도 끓인다. 세상에, 꼭두새벽에 아침을 먹다니! 밥을 먹고 나서도 비가 개지 않아 잠깐 배낭을 베고 잠이 들었다. 1시간쯤 잔 모양이다.

하루를 쉬고 나니 더 게을러진다. 혼자였다면 아마도 오늘 하루 더 쉬었을 것이다. "혼자 있지 말라." 하는 공자님의 말씀이 백 번 이해가 간다. 혼자 있다 보면 게을러지고 사특한 생각도 나는 법이다.

비가 조금씩 그치고 있다. 드디어 오전 8시에 출발. 기다림은 늘 필요하다. 아까 새벽에 출발했다면 흠뻑 젖고 말았을 것이다. 간신히 말린 옷인데 비를 맞았다면 며칠은 또 눅눅한 옷을 입어야 한다. 기다림의 미학을 체득해야겠다.

늘 그렇고 그런 특산물 판매소

소백산 등반을 위해 출발하는 지점에 특산물 판매소가 있다. 어제는 종일 방 안에서 글을 쓰느라 바깥에 나와 볼 기회가 없었다. 그러니 여기 이런 특산물 판매소가 있다는 것도 몰랐다. 평소 특산물에 관심이 많다. 지역 경제를 살리는데 아주 중요한 요소이기 때문이다. 그런데 어딜 가나 천편일률적이다. 여기도 더덕, 마, 칡, 벌꿀, 오미자, 산머루, 뽕, 야광분, 오디 엑기스, 황기 등을 팔고 있다. 인견도 있다. 인견을 제외하고는 다른 산골에 가도 다 파는 것들이다. 말하자면 소백산 죽령에서만 생산하는 특별한 것들이 없다는 이야기이다.

하기는 산에서 나는 것들이 다 비슷하다. 문제는 이것들을 약간의 가공을 통해 특색 있게 만들어야 한다는 점이다. 가공을 통해 상품화하자는 것이다. 누구나 사 갖고 싶게 만들어야 한다. 그리고 브랜드도 만들어야 한다. 그러면 자연히 가격도 조금 더 받을 수 있고, 지역 주민들에게 도움이 될 것이다.

소백산 천문대에서 생각한다

제2 연화봉까지 7킬로미터는 시멘트길이다. 중계소와 천문대가 소백산에 위치해 있기 때문이다. 거의 도로 수준이다. 몇 해 전에 천문연구소 연구원이라는 젊은이가 나를 찾아온 적이 있었다. 우리나라 천문학이 세계적 수준으로 되기 위해서는 아주 큰 망원경이 필요하다는 요지의 말을 했다. 문제는 구입하고 설치하는데 수천억 원이 들어간다는 사실이었다. 힘없는 내가 도와줄 수 있는 방법이 없었다. 다만 천문학이 얼마나 중요한지 깨닫는 한 계기가 되었다.

천문연구원에서는 인류의 오랜 관심사 중 하나인 외계 생명체 존재 여부를 밝히기 위해 2미터 급 광시야 망원경과 초대형 영상 카메라를 지구 남반구에 있는 국가 천문대에 설치하는 국제 공동 연구 프로젝트 참여가 필요하다는 뉴스를 본 적이 있다.

생각해 보면 우리나라는 기초 학문에 대한 투자가 너무 인색하다. 당장 응용하고 활용하기 어렵더라도 기초 연구가 제대로 되지 않으면 미래는 없다. 당장 과실을 따먹는 것에 혈안이 되어 있다면 미래에 거둘 결실은 없기 때문이다. 정부의 통 큰 투자, 국민들의 관심 - 이런 것이 없다면 누가 이런 깊은 산 오지까지 와서 일을 하고, 땀을 흘릴 것인가? 미래가 두렵지 않은가?

모든 순간은 축복

어제 누각에서 우연히 만난 김창수 씨와 함께 걷고 있다. "백두대간과 9정맥을 타면서 어느 순간, 어느 곳이 가장 좋으냐?"라고 물었다. "모든 순간 모든 장소가 다 좋았다. 어느 곳이 좋지 않으며, 어느 순간이 좋지 않겠는가."라고 대답했다. 또 물었다. "산을 내려가고 싶은 때는 없었냐?"라고. 단 한 번도 그런 적이 없다고 했다. 산꾼에게 어리석은 질문을 했다.

언젠가 종주를 하다 "여기가 참 좋다." 하는 생각이 들어 한 일주일을 머물렀더니 처음에 가졌던 호감이 사라지더라는 것이다. 그 이후로는 한곳에 머무는 법이 없다고 한다. 지금 이 순간에 머무는 그 산을 즐길 뿐이라고 했다. 산에서 "모든 것과 더불어 사는 모습과 누구에게나 고개를 숙이는 겸손함"을 배운다는 사람이다.

고수인 그는 초보인 우리들에게, 볼 때마다, 이것저것 알려 준다. 산행을 할 때 저체온증을 특히 조심해야 한다고 했다. 오전에는 4시간쯤 비를 맞아도 괜찮은데 오후에는 안 된다고 했다. 아무리 건장한 사람도 저체온증 증세가 나타나면 2시간이면 죽는다는 것이다. 약도 없다는 저체온증이 최고의 적이란다.

산을 타기 위해, 산에 머물기 위해 막노동을 한다는 사람. 자기가 좋아하는 일에 모든 것을 투자하는 사람. 존경스럽고 부럽다.

소백산의 기억

서너 차례 소백산을 다녀갔다. 〈참여연대〉 간사들과 한 번 왔다. 희방사에서 잤다. 〈오마이뉴스〉 기자인 장윤선 씨도 함께 왔는데 주지 스님이 나를 보고 "돈을 많이 벌 관상"이라고 했다. 많이 번 것은 사실인데 그 돈이 모두 다 흘러 나가 버리는 것이 문제다. 그것까지는 못 봤던 것 같다.

아주 춥고 눈 덮인 소백산에 왔었다. 함께 왔던 천희상 형은 1975년 서울대에서 나와 함께 제적을 당했던 선배다. 수염에 눈서리가 맺혀 산신령 같았던 기억이 난다. 다른 일행도 있었는데, 지금은, 기억이 나지 않는다. 철쭉이 흐드러지게 핀 봄에 원혜영 선배, 이호웅 선배와 온 적이 있다. 꽃은 장관이고 봄나물은 한창이었다.

좋은 사람들과 함께 한 산행에 대한 추억을 떠올려 보니 내 청춘은 즐겁고, 행복했다.

유익한, 참으로 유익한 주목

예전에 강원도 정선에서 등기소장을 할 때 누가 권해 주목 바둑판을 산 적이 있다. 그때는 주목이 무엇인지조차 몰랐다. 주목은 "살아 천 년, 죽어 천 년"이라는 말로 상징되듯이 아주 귀한 나무다. 바로 이 소백산에 이 주목 군락지가 있다. 주목은 1200~1400미터 고지에서 주로 자생한다. 천연기념물로도 지정된 주목은 쓰임이 다양하다. 과실은 식용으로 쓰이고, 나무껍질과 가지는 당뇨 치료에 좋으며 종자는 치질 치료에 좋다고 한다. 옛날에는 왕실의 가구, 임금의 관, 궁궐의 정원수로도 사용이 되었다고 한다.

60년생 한 그루면 암 환자 한 사람 몫의 항암 물질도 추출할 수도 있다고 하니 주목은 이래저래 인간에게 유익한 나무인 것 같다. 이렇다 보니 주목을 훔쳐 가는 사람도 생겼나 보다. 이곳 소백산 주목 군락 단지에는 감시 초소까지 있다.

본전 생각

주목 군락지 감시 초소 앞에서 주먹밥을 먹었다. 지도에 샘이 있어 찾아보니 '소백샘'이라는 샘이 있다. 물맛이 아주 좋다. 점심을 먹고 난 뒤 김홍석 군이 또 내려가기에 "그 힘든 길을 왜 또 갔느냐?"라고 물었다. 샘이 하도 시원해서 잠깐 쉬는 동안에라도 황도를 담가 놓으려고 간다는 것이다. 유난히 땀을 많이 흘리는 홍석 군인데 샘까지 갔다 오면 땀이 비 오듯 할 것이다. 석 대장이 "왔다, 갔다하면서 땀 쏟으면 시원한 샘물 먹은 것 본전도 못 찾지 않냐?"라고 했다. 그러 자 "아니, 그럼 등산도 본래 본전 못 찾는 것 아닙니까?"라고 대답했 다. 맞는 말이긴 하다. 본전 찾으러 등산을 가는 것은 아니다. 본전은 커녕 엄청난 시간과 비용과 노력을 바치기만 하는 것이 등산이다. 그 러나 결과는 계산할 수 없는, 어마어마한 이익을 갖고 온다는 것이다.

우리 대원들에게 시원한 황도를 먹이고 싶은 홍석 군 마음이 참 대 견하다. 땀을 충분히 보상하는 행동이 아닐 수 없다. 본전을 따지는 수준을 넘어선 행동이다.

자신을 바라보다

가을 하늘처럼 구름이 뭉게뭉게 피어난다. 소백산은 마치 큰 황소 가 누워 있는 것 같다. 황소의 등이 저만치 다 보인다. 완만하게 경 사진 언덕을 오르고 나면 그 다음 등이 또 보인다. 느릿느릿 이어지 는 산이 마치 애벌레 등 마디처럼 보인다. 스스로를 바라보고 있는 듯한 느낌이다.

순간 스스로를 바라본다는 것에 대해 생각해 보게 된다. 사람은 누 구나 주관적으로 자신을 바라본다. 타인을 보듯이 자신을 바라볼 수 있다면, 객관적으로 자신을 바라볼 수만 있다면 얼마나 좋을까? 그 렇다면 편협한 많은 것들을 쉽게 고칠 수 있을 것이다.

마음의 거울에 내 모든 것을 비추어 있는 그대로 바라보는 힘을 키워 보아야겠다.

비로봉 정상

소백산 최고봉인 비로봉(1,440미터)에 올랐다. 그리 높이 올라온 것 같지도 않은데 정상이다. 구불구불 이어진 길을 따라왔을 뿐인데 정상이라니 좀 싱겁기조차 했다. 부드럽고 유연한 산이다.

비로봉 정상에 서니 사방이 산이다. 거침이 없다. 마치 오목렌즈에 온 세상이 담긴 것 같다. 만산을 거느린 자태가 장엄하다. 계곡 물소리가 이곳까지 들린다. 저 멀리 큰 저수지도 보이고 사람이 사는 동네도 어렴풋이 보인다. 맑고 깨끗한 날씨에다 이 장관을 볼 수 있다니 속세에서 누리지 못할 복이다 싶었다.

소백산에 오니 다시 사람들이 보인다. 등산객 몇 팀이 웅장한 풍광을 즐기고 있다. 산 능선과 등산로 주변에는 야생화가 지천이다. 야생화 둥근이질풀이 피어 있는 모습은 그 자체가 예술이다.

진작 잘하지!

이어 오른 봉우리가 국망봉이다. 해발 1,420미터인 이곳에는 마의 태자의 전설이 있다. 베옷 한 벌 걸치고 개골산을 들어가는 길에 이곳에 올라 도읍 경주를 바라보며 하염없이 눈물을 흘렸다는 것이다. 때늦은 후회다. 망국의 한을 달래며 걸어갔을 태자에 대한 동정만큼이나 아쉬움이 앞선다.

중앙 정부 통제력이 살아 있을 때 지배층이 잘 했더라면 나라가 망하지 않았을 것이다. 지방 호족들이 창성하면서 중앙의 신경 조직과 혈관 조직이 마비되어 가는 모습을 바라보았을 신라 지식인들의 한과 절망감을 오늘 이 국망봉에서 느껴본다. 한 시대의 위대한 학자였던 최치원은 무너져 가는 조국에 절망해 지리산 어디론가 숨어들어 갔다. 그 시대를 웅변해 주는 사실이다. 사람은 왜 일이 잘못되고 나서야 후회하는지? 미리 잘하지.

산신각에서 찹쌀과 소주를 훔쳐 먹다

국망봉을 지나서도 오늘 마지막 종착지인 고치령까지 네 시간 반을 더 걸어야 한다. 늦은맥이 고개부터 마당치까지 정신없이 달렸다. 비교적 평탄한 길이다. 이제 작은 오르막은 문제없다. 1시간이면 2킬로미터를 달릴 수 있는 실력이 되었다. 마당치부터는 랜턴을 켜고 더듬더듬 길을 내려왔다.

고치령에 도착했다. 어렴풋이 누각이 하나가 보인다. 산신각이다. 아담하고 예쁘다. 산과 주변 경관에 잘 어울린다. 바로 옆에 평평한 작은 마당이 있다. 거기에다가 텐트를 친다. 갑자기 폭우가 쏟아져 산신령 처마 아래로 기어들어 간다. 김창수 씨는 텐트도 치지 않고 처마 아래서 자겠다고 한다. 오늘은 어차피 산신령님과 함께 자야 할 모양이다.

비가 그치기를 기다리면서 가만히 산신각(현판에는 산령각山靈閣이라고 쓰여 있다.) 문을 열어 보니 긴 지팡이를 짚고 있는 산신령님의 영정이 보인다. 호랑이가 산신령님 옆에 얌전히 앉아 있다. 눈썹과 콧수염이 모두 하얗다. 소백산 산신이라고 적어 놓았다. 그 옆에는 단종대왕 영정도 보인다. 말을 타고 있는 어린 왕의 눈이 애처롭다. 영정 아래 영월문화원이라고 쓰여 있다. 단종이 유배를 갔다 시해 당한 영월에서 영정을 갖다 둔 모양이다.

제단에 여러 가지 음식이 차려져 있다. 찹쌀과 소주는 개봉을 안 한 상태여서 꺼내다 먹었다. 찹쌀을 넣으니 밥맛이 훨씬 좋았다. 소주는 큰 그릇에 따라 돌아가며 마셨다. 산신각 제물을 먹는다는 것이 조금 께름칙했으나 김창수 씨가 절 세 번 하고 "잘 먹겠습니다."라고 하면 괜찮다고 해서 의심 없이 먹고 있다. 이미 산신령님은 드셨을 테니 가져와 먹는 것도 괜찮을 것이다.

원래 산신각에 차려진 음식은 산꾼들 차지라고 한다. 하기는 인자하게 생기신 것이 꼭 우리 할아버지 같은 산신령님인데 잘 먹는 우리를 보고 오히려 기뻐하실 것 같다. 전혀 해코지를 할 것 같지는 않다. 김창수 씨는 "지금까지 산행을 잘했고 앞으로도 잘하게 살펴 주세요. 그리고 오늘은 여기서 하룻밤 잘 자도록 해 주세요."라며 기도까지 했다.

온 것이 있으면 가는 것도 있어야 할 터. 우리도 황도 하나를 제단에 올렸다. 홍명근 군이 "전투 식량은 어떠냐?"라고 해서 모두 한바탕 웃었다.

시골에서 자란 나는 어릴 때 하도 귀신 이야기를 많이 들어 밤에 밖에 나가는 것을 무서워했다. 밤에는 온갖 귀신과 혼령들이 돌아다니는 줄 알았다. 귀신 이야기를 잘 하는 사촌 누이 덕분에 어린 시절 귀신에 대한 공포가 가득했다. 이제는 혼자라도 산신각 앞에서 잘 수 있겠다.

인생의 낙오자?

신기록 25.4킬로미터

새벽 6시에 잠이 깼다. 간밤에 산신령님을 꿈에서 뵐까 했는데 피곤했던 탓인지 깊이 자느라 뵙지 못 했다. 잘 잤다. 어제는 종주 이래 신기록을 세웠다고 석 대장은 자랑스러워한다. 총 25.4킬로미터를 걸었다. 35,800보라고 한다. 대장은 매일 체크하고 기록한다.

간밤에는 비가 계속 왔다는데 지금은 비가 그친 모양이다. 나무에서 떨어지는 물소리와 저 멀리서 들리는 계곡 물 흐르는 소리만 들릴 뿐이다. 밖을 나와 보니 상쾌한 아침 공기가 코를 찌른다. 마음마저 맑아진다. 일찍 일어나고 보니 할 일이 없다.

오늘은 고치령에서 마구령까지 8킬로미터만 걸으면 된다. 네 시간 거리다. 천천히 일어나도 되는데 너무 일찍 일어난 것이다. 김창수 씨와 석 대장이 앞으로 일정에 대해 논의하는 것을 옆에서 듣고 참견도 해 보시만 그래도 시간은 더디게 간다.

평소에는 아침에 바쁘다. 일어나면 곧 바로 텐트 걷고 아침밥 해 먹고 바로 출발하느라 여유가 없다. 그런데 오늘은 나무에서 떨어지는 빗소리를 조용히 들을 수 있다. 참 여유로운 아침이다. 아직 아침 7시다.

고갯마루는 왜 비포장

고치古峙는 소백산과 태백산에 중간에 있다. 이른바 '양백지간兩百之間'이다. 말 그대로 높은 재라는 뜻이다. 우리말로 '옛고개'로도 불렸다고 한다. 오래전부터 고개로 이름이 나 있었나 보다.

고개 아래 대궐 터도 있다고 하니 평범한 지역은 아닌 것이 분명하다. 국가가 제대로 만들어지기 전에는 이런 험준한 산세에 기대어 이 지역의 작은 부족 국가가 도읍을 정하지 않았을까 하는 생각도 해 본다. 적의 공격으로부터 방어하기가 유리했을 터이니 이런 지역에 궁궐을 만들지 않았을까?

그동안 우리가 거쳐 온 많은 영이나 재의 마지막 마루 구간은 포장이 안 되어 있었다. 아주 큰 국도를 제외하고는 대부분 양쪽 경계 지역까지는 포장이 되어 있는데 마루에 해당하는 100~200미터는 포장이 안 되어 있었다. 대체로 도계道界였다. 지역 이기주의에서 비롯된 현상이 아닌가 싶다.

어떤 분은 그것이 아니라 "이곳이 백두대간이기 때문에 법으로 포장을 못하게 되어 있다."라고 한다. 그러면 더 우스운 일이다. 백두대간 구역 전후는 이미 포장이 되어 있는데 이 부분만 못하게 하는 것은 너무 형식적이다.

단벌 신사

아침에 일어나 입고 잔 옷을 하루 더 입을 것인지로 고민을 했다. 그러고 보니 그저께 갈아입은 옷이다. 오늘 하루 더 입으면 나흘째 입는 셈이다. 다행히 그동안 비를 맞지 않아 젖지는 않았다. 그러나 땀에 몇 번 젖었으니 냄새가 나는 것은 마찬가지다. 아마도 이 옷을 입고 서울 시내로 간다면 아무도 옆에 오지 않으려고 할 것이다.

김창수 씨도 나흘째 같은 옷을 입고 있는데 중간 중간에 계곡에 내려가 빨아서 소금기는 빼고 입고 있다고 했다. 우리 대장은 더 깔끔해서 밤에 잘 때는 다른 옷으로 갈아입고, 걸을 때는 다시 어제 입었던 옷으로 갈아입는다고 한다. 그러니까 잠옷과 작업복을 구별해서 입는다는 것이다. 나는 귀찮아 그렇게 못한다. 매번 갈아입는 것이 귀찮다.

문득 옛날 사람들은 어떻게 살았을까 싶다. 그때도 여름이면 궂은 비는 내렸을 텐데, 어떻게 매일 씻고, 어떻게 옷은 말려 입었는지? 도시에서 매일 씻고, 매일 옷을 갈아입고 살다가 산중에서 원시적으로 살다 보니 옛날 사람 형편도 살피게 된다.

오늘날에는 생필품이 되어버린 비누, 치약, 샴푸 같은 것이 없던 시절, '얼마나 불편했을까?' 하는 생각도 든다. 그렇다고 꼭 야만적인 생활을 했다고 말할 수는 없을 것이다. 나름의 방식으로 씻고는 살았을 것이다. 지금 우리들처럼. 냇가에서 비누 없이 머리도 감고, 등목도 하고, 몸도 씻었을 것이다. 치약이 없어도 이를 닦았을 것이다.

만사가 감사

빗속에서 매 끼니를 챙기다 보니 옛날 사람들은 '우중에서 무엇을 어떻게 먹고 살았을까?' 하는 생각도 해 보게 된다. 그 열악한 환경 속에 밥은 어떻게 했을까 싶다. 현대 생활은 편리하다. 온갖 시설과 도구들이 속도와 안전을 보장한다. 편리한 일상은 사람들에게 품격 있는 삶을 제공했다. 지금 평범한 시민 한 사람이 누리고 있는 생활이 옛날 왕 못지않은 일상을 누리고 있지 않나 싶다. 문제는 풍족함과 편리함을 더 많이 누리기 위해 시간과 돈, 그리고 노력을 여기에만 전부 바치는 것이다. 조금만 편리함을 포기하면 또 다른 삶이 열릴 것 같다. 좋은 집, 큰 차, 성능이 뛰어난 전자 제품을 사기 위해 모든 에너지를 투자하기 보다는 편리함을 포기하는 대신 스스로의 성장과 행복을 위한 투자가 필요한 시대로 가고 있다.

먹고, 입고, 이동할 수 있는 것이 감사하고 눈과 귀와 촉감을 즐겁게 해 주는 모든 것이 감사하다. 삶을 유지하고 빛나게 하는 모든 것들이 감사하다. 아니 살아 있는 것이 감사하다. 이 아름다운 자연과 뜻을 맞춰 함께 걸어가는 착한 사람들이 고맙다. 세상은 감사한 것들로 가득 차 있다.

천천히 뒤따라오는 것도 큰 수행

고치령에서 느긋하게 아침밥을 해 먹고 10시 30분에 출발을 했다. 천천히 걸었다. 산이 평평해 속도가 절로 났다. 벌써 5킬로미터를 걸었다. 이 여유도 그리 오래 가지는 않았다. 꾸준히 올라가야 하는 긴 오르막이 나타났다. 오르막은, 언제나, 숨이 차다. 해발 1,096미터나 되는 봉우리에 도착을 했으나 이름 없는 무명봉이다. 정상 부근 헬기장에서 통밀 쿠키 하나를 먹고 힘을 낸다. 짜장면 두 그릇에 해당하는 영양분이 있다고 한다. 홍명근 군이 가장 좋아하는 과자다.

"속도 좀 내. 졸린다, 졸려!" 맨 뒤에서 오던 대장이 외친다. "그럼, 앞서 가세요. 대환영입니다."라고 두 젊은 친구들이, 이제는, 농담도 한다. 이미 몇 번째나 들은 이야기다. 사실 산악마라톤까지 하는 석락희 대장에게 이 속도라면 졸리게도 생겼다. 석 대장은 일행 중에 가장 무겁게 매고도 가장 빨리 달리는 사람이다. 올라갈 때나 내려갈 때나 비호같이 달린다. 우리 보고 "왜 자꾸 발에 제동을 거냐?"라며 마뜩하지 않아 했다. 산을 내려갈 때는 무릎만 살짝 살짝 구부리면 그냥 달려 내려갈 수 있다고 주장한다. 그러다가는 앞으로 꼬부라지고 말 텐데 자꾸 발만 앞으로 내딛으면 된다고 한다.

느릿느릿 걸어가는 네 명 때문에 속이 터질 것이다. 당연하다. 얼마 전 함께 며칠 걸었던 김효근 씨는 "보조를 맞추느라 뒤에서 천천히 걷는 것은 또 다른 수련"이라고 말한 적도 있다. 어제 텐트가 비에 흠뻑 젖었기 때문에 배낭도 무겁다. 그런데도 대장은 채근이다. 그럼에도 불구하고 우리는 꿋꿋하게 느릿느릿 걷는다.

꽤 많이 왔다

며칠 전 늘 메모를 하던 수첩을 다 썼다. 이번에는 펜을 다 썼다. 스틱도 촉이 나가 신충섭 씨 것을 쓰고 있다. 신발은 물이 샌다. 배낭도 땀에 절어 냄새도 나고, 색도 바랬다. 무엇이든 성한 것이 없다. 오늘 날짜로 이미 375킬로미터를 걸었고, 건너뛴 구간까지 합치면 400킬로미터 이상을 지났다. 이제 백두대간 절반을 넘어서 3분의 2 선으로 가고 있다. 그러니 무엇 하나 성할 리가 만무하다. 아직 발과 다리가 건재하다는 것이 다행스러울 뿐이다. 출발할 때 왼쪽 무릎과 관절에 통증이 조금 있었기 때문에 걱정을 했다. '평발인 내 발이 문제를 일으키지는 않을까?', '지병인 요산통풍이 도지지 않을까?' 하는 걱정을 했는데 아직은 견딜 만하다. 그러나 방심은 금물. 다시 시작한다는 마음으로 조심 또 조심 발을 내딛는다.

"참 불쌍한 사람들"

오후 2시쯤에 오늘 종착점인 마구령에 도착했다. 마구령은 경상도에서 충청도, 강원도로 통하는 관문이다. 장사꾼들이 말을 몰고 다녔던 고개라고 하여 마구령이라고 한다는데 경사가 심해서 마치 논을 매는 것만큼이나 힘들다고 해서 매기재라고도 한단다. 영주와 영월을 잇는 마구령에 도착했으니 강원도에 들어선 셈이다. 지금까지는 경상북도와 충청북도 경계를 오갔으나 이제부터는 강원도와 경상북도의 경계를 오갈 것이다.

마구령 정상 역시 비포장도로다. 도로 한쪽에 넓은 공터가 있어 텐트를 쳤다. 텐트를 쳐 놓으면 잘 마른다고 한다. 고도가 810미터인 여기는 어느새 춥다. 입에서 김이 하얗게 나온다. 이곳은 다른 영에 비해 제법 차가 오가는 편이다. 텐트를 치고는 산림청에서 설치해 놓은 기념비 옆에 앉아 있으니 오가는 사람들이 말을 걸기도 한다.

한 사람이 트럭을 세웠다. 수염은 덥수룩하고, 땀으로 얼룩진 옷을 입은 우리를 보고는 "참, 불쌍한 사람들! 인생 낙오자들이군!"이라고 했다. 술이 조금 되어 보인다. "막걸리라도 한잔 사 줘야겠군!"이라고 하더니 가버린다. 다시 올까 싶었는데 20여 분 후에 다시 왔다. 막걸리 네 병을 건네주고 간다.

대장은 "우리가 성공했다."라며 싱글벙글거린다. 남루한 행색이 산꾼이 되었다는 것을 증명하는 것이다. 또 얼마 후에는 제법 좋은 차들을 타고 온 팀이 다가왔다. 우유 대리점을 운영하는 분들인 모양이다. 우유와 커피, 오징어를 주고 간다. 안주까지 마련이 되었다.

이제 굶어죽을 염려는 없어졌다. 먹을 것이 떨어지면 이렇게 고갯마루에 앉아 있으면 해결될 것 같다. "마을에 내려가 품바 타령 한 번 하면 해결될 것 같다."라며 즐거워하는 어른들과는 달리 "인생의 낙오자"라는 말은 들은 막내 명근 군은 "우리가 어떻게 낙오자야?"라며 볼멘소리를 한다. 내가 농담을 보탠다. "아니, 지금 이 시간에 산속에서 이러고 있는 우리 같은 사람이 낙오자가 아니면 누가 낙오자야!"

명근 군은, 지금, 기분이 안 좋다.

또 다른 전환

마구령 정상에 앉아 오가는 사람들과 이야기를 나누다가 두 달 간 종주를 한다고 하니 다들 부러워들 했다. 지리산에서 설악산까지 연속 종주를 하는 사람이 얼마나 되겠는가? 어떻게 가능한지 묻고, 신기하게 여기는 것이 일반적일지도 모르겠다. 백두대간 연속 종주, 큰 꿈이지만 실행에 옮기기 힘든 꿈이기도 하다. 직장과 가정, 그리고 일상에 묶여 있는 사람들에게 이런 기회는 꿈만 같은 현실이다. 이 점에서 참 행복한 사람들이다.

나는 전환기 때마다 휴식기를 가졌다. 휴식 기간은 나를 변모하게 하는 원동력이었다. 1991년부터 1992년까지는 공부를 했다. 2년간 유학 생활은 나를 인권 변호사에서 〈참여연대〉 사무처장으로 변모하게 했다. 1998년 미국 〈아이젠하워재단〉 초청으로 두 달간 경험한 여행과 2000년 석 달간 한 일본 여행은 〈아름다운재단〉과 〈아름다운가게〉 설립으로 이어졌다. 2004년 석 달간 머문 독일 여행과 2005년 미국 스탠포드 대학을 방문 교수 자격으로 머물렀던 그 시간은 〈희망제작소〉 창립으로 이어졌다.

아직은 알 수 없지만, 두 달 간의 이 백두대간 종주도 또 다른 전환을 만들어낼 것이라고 믿는다.

국립공원 안에서 "야영은 안 돼"

소백산은 지났지만 아직 소백산국립공원 안에 있다. 이 마구령까지가 소백산국립공원 지역이다. 이곳에는 야영이나 취사가 금지되어 있다고 한다. 텐트 쳐 놓았는데 직원인 듯한 사람이 여기서 텐트 치면 안 된다고 한다. 덧붙여 "여기는 국립공원관리공단 직원만 아니라 산림청이나 다른 기관 사람들도 순찰하러 오는 곳"이라고 한다. 그러나 마을로 내려갈 수가 없다. 오늘 안으로 소백산국립공원을 벗어나기는 어렵다.

백두대간 종주 중이라는 설명을 했더니 이런 경우 봐주기도 한다고 했다. 한시름을 놓기는 했으나 이런 운영 방식에 의문이 생겼다. 국립 공원 지역이 굉장히 넓은데 야영을 금지하려면 대피소나 산장이라도 지어 놓아야 할 것 아닌가? 무조건 하루 만에 나가라는 것인가? 이 긴 소백산 구간을 하루에 다 걸을 수도 없다. 어딘가에서 묵어야 하는데 야영을 금지하면 어떡하란 말인가?

텐트 안 인터뷰

종주단의 막내인 홍명근 군이 인터뷰 요청을 했다. 인터넷 경향에서 시리즈로 글을 싣겠다고 하니 명근 군도 인터뷰 기사를 써 보겠다는 것이다. 김홍석 군도 함께 인터뷰를 진행했다. 백두대간 종주를 하게 된 동기부터 목표까지 질문이 이어졌다. 대장도 중간 중간에 답을 했다. 인터뷰도 인터뷰이지만 오랜만에 우리끼리 오붓하게 대화를 나눌 수 있어 좋았다.

그동안 세상사를 완전히 잊고 있었는데 질문을 받으면서 다시 일상으로 돌아간 느낌이었다. 사실 두 젊은이가 묻고 싶고, 듣고 싶은 이야기가 많았을 텐데, 늘 일정에 쫓기고 피곤하다 보니 기회가 없었다. 꿈 많은 두 젊은이와 나눈 대화가 큰 기쁨이었다.

객기

텐트 안에서 인터뷰를 끝내고 보니 밤 8시가 되었다. 아까 대장이 지나가는 택시 기사한테 이야기를 들었는데 "3킬로미터만 내려가면 마을이 있고, 가게도 있다."라고 했단다. 3킬로미터면 20분 정도면 내려갈 수 있다.

막걸리에 파전이나 먹고 오자고 내가 제안을 했다. 오늘같이 느긋한 날에. 그런데 막상 내려가 보니 20분이 아니라 30분을 내려가도 마을은 나타나지 않았다. 다시 올라가자니 서운하고, 얼마나 더 가야 하는지 알 수도 없고 난감한 상황이 벌어졌다. 비까지 부슬부슬 내린다. 그래도 기왕 내려온 것, 조금 더 가니 주막거리라고 쓴 간판이 나왔다. 내심 기뻤다.

불 켜진 집에 들어가 물었다. "여기는 '옛날 주막거리'이지 지금 술 팔거나 음식 파는 집은 전혀 없다."라고 한다. 더욱 난감해졌다. 혹시라도 간단하게 전이라도 하나 구워줄 수 있느냐고 물었더니 주인 양반은 "지금 팔십 노모 혼자 모시고 있는데 어떻게 그게 가능하겠냐?"라고 되묻는다. 아래로 10여 분만 내려가면 식당이 있다며 그 집 전화번호를 주었다.

가게로 전화를 했더니 "요즘은 사람이 없어 밥을 해 놓은 것이 없는데 지금 밥을 안치겠다."라고 한다. 그러면서 주막거리까지는 산책가는 거리니 조금만 내려오면 길 앞에 있겠노라고 했다. 그런데 30분은 더 내려갔다. 역시 시골에서 거리 계산은 믿으면 안 되는 것이었다. 닭계장 한 그릇 먹자고……. 객기가 좀 과했나 보다.

소기업 천국만이 살 길

가게에 도착하니 9시. 텔레비전이 켜져 있었다. 본의 아니게 세상사 소식을 들어야 했다. 첫 뉴스가 외국 주주들과 기관 투자자들이 64조를 빼내 주식 대공황이 왔다는 것이다. 그러면 그걸 모른 개미

투자자들만 몽땅 손해를 보았다는 결론이 된다. 아니나 다를까 목매어 자살한 개인 투자자들 소식이 이어진다. 더 당혹스런 것은 재벌기업의 주식이 아주 큰 폭으로 떨어졌다는 것이다. 이것이야말로 이미 오래전부터 내가 예견을 했던 것이다.

한국은 재벌공화국이다. 대기업 몇 개만 무너지면 대한민국 경제가 무너지는 불안한 상황을 시정해야 한다고 목소리 높여 왔다. 그래서 소기업 천국을 만들자는 것이다. 이번 산행의 주된 타이틀도 바로 이것이다. 대기업 주도, 수출 주도의 경제 구조와 대외 의존도가 높은 경제 구조는 마땅히 시정되어야 한다.

뉴스를 전하는 기자도 우리 경제의 본질이나 미래 대안은 짚어 내지 못하고 있다. 안타깝다. 내수 산업, 중소기업이 잘 살아야 경제 안보도 튼튼해지기 마련이다. 이제 우리 시대 경제 발전 방향이 달라져야 한다.

백두대간 안에서 용만 쓰고 있다.

기록하고 또 기록하라

선달산이 밉다

새벽 5시. 간밤에 객기를 부려 7킬로미터가 넘는 길을 걸었더니 좀 노곤하다. 한두 시간만 더 자면 좋으련만 대장은 벌써 성화다. 오늘은 비교적 긴 여정이 기다리고 있다. 마구령에서 도래기재까지 가야 한다. 보급이 우리를 기다리고 있는 날이기도 하다. 비는 텐트를 살 포시 때리고 있다. 그대로 산행하기는 어려울 듯하나 방법이 없다. 이럴 때는 비를 맞고라도 가야 한다.

가랑비를 맞으며 출발을 했는데 계속 오르막이다. 제법 센 등산이다. 가쁜 숨이 저절로 토해진다. 땀이 쏟아진다. 선달산이 미워진다. '이렇게 높은 곳에서 선달이 놀고 가다니?'라는 생각도 마구 든다. 1,200미터가 넘는 봉우리를 여러 개나 넘고 나서야 비로소 선달산에 도착했다.

아침밥을 좀 적게 먹었더니 확실히 배가 고프다. 꼬르륵꼬르륵 하는 소리가 들린다. 공복감은 싫지만 이렇게 움직이니 뱃살이 줄어들 것이다. 이 대목에서는 기분이 좋아진다. 어릴 때는 입이 짧아 밥을 적게 먹다 보니 늘 공복감을 달고 있었는데 사회 운동을 하면서부터는 사람들을 많이 만나다 보니 늘 포만감에 빠져 있었다. 그것도 부담스러울 정도로 말이다.

박달재 성황당 털이

선달산 아래 내려오다 보니 샘이 하나 있어 거기서 점심을 했다. 밥을 먹을 때 가만히 앉아 있으니 손이 시리다. 날씨가 더위에서 추위로 변했다. 계절 변화는 갈수록 뚜렷해지고 있다. 옥돌봉에서 내려오는데 단풍나무 아래 빨갛고 노란 잎들이 떨어져 있는 것을 보았다. 가을로 시간은 흐르고 있다. 계절이 나그네 심사를 흩트린다.

고치령 산신각에서 제물털이에 재미를 본 우리는 지도를 보면, 산신각이 있는지부터 찾는다. 지도에 보니 박달재에도 산신각이 있다. 도착하자마자 산신각을 찾는다. 주변에서 정황을 살핀다. 산신각인 줄 알았는데 성황당이다. 그게 무슨 상관인가.

때마침 제를 마쳤는지 뭔가를 태우고 있다. 매캐한 냄새가 진동한다. 젊은 부인은 짐을 들고 나오고, 그 뒤로 나이가 꽤 들어 보이는 아주머니 한 분이 따라 나온다. 짐 속에 부채와 징이 있는 것으로 보아 무당이 틀림없다.

눈치 빠른 대장은 이미 성황당 주변 파악을 완료했다. 성황당 뒤에 버리고 간 비닐봉지 안에 든 시루떡, 사과, 배, 대추, 과자를 모두 가져왔다. 성황당 옆에 아주 잘 만들어진 식탁에 노획물을 펼쳐 놓고 먹는다. 제물로 쓰고 버린 것이니 훔치거나 강탈한 것은 아니라고 대장은 강조한다. 오히려 깨끗하게 청소를 하는 것이라 주장했다. 김창수 씨 역시 신이 먹고 간 것을 먹는 것이니 좋은 일이라 한다. 사람과 신이 하나 되는 것이라고까지 했다.

우리는 그렇게 신과 하나가 되었다.

무속계에도 위계가 있다

사실 성황당에 처음 도착했을 때 내가 무당에게 남은 음식을 좀 주고 가라고 했으나 보기 좋게 거절 당했다. 먹지 말라고 했다. 그런데 좀 있다 차에 오르면서 사탕 한 봉지를 주면서 남긴 음식을 먹으라고 했다. 그새 태도가 달라졌다.

알고 보니 함께 있던 산꾼 김창수 씨를 보고 꼬리를 내린 것이다. 김창수 씨 얼굴을 보는 순간 압도된 것이란다. 1대간 9정맥을 샅샅이 누빈 사람이다. 무속인도 기력이 쇠하면 기를 얻기 위해 산을 찾는다고 하는데 이 사람은 영험하고 신령한 산과 기도처를 다 밟았을 터이다. 순박해 보이지만 김창수 씨 얼굴에는 기품이 서려 있다. 무속인들 사이에도 위계가 있고 기운이 다르다고 한다. 김창수 씨도 애써 부인하지는 않는다.

작은 휴게소 - 칭찬하고픈 영주 국유림관리소

토요일이라 그런지 산행 중에 세 팀이나 만났다. 주로 구간 종주를 하는 사람들이다. 평소에는 사람 구경을 하기 어렵다. 특히 유명한 산이 아니면 사람 냄새도 맡기 힘들다. 이러다 사람을 만나면 반가워 우리는 외친다. "사람이다!" 여름에는 종주하는 사람들이 없는 것 같다. 우리 일행이 백두대간을 전세를 내다시피 했다. 텅 빈 산속에 우리만 걷고 있다. 휴가철이라 많이들 올 법한데 말이다.

우리가 방금 식탁으로 사용한 이 공간이 참 재미있다. 한 공간에 식탁, 의자, 침상이 함께 놓여 있다. 세트로 만들어 배치한 이곳이 작은 휴게소 같다. 연속 종주자나 이곳에서 쉬어 가는 사람들에게 아주 유용한 공간이 될 것이다. 여기서 잘 사람들은 따로 텐트를 치거나 비박할 필요도 없이 그냥 침상 위에 침낭만 깔면 된다. 자지 않더라도 그 위에서 휴식을 즐길 수도 있게 되어 있다. 이것을 만든 영주 국유림관리소를 칭찬한다.

도전의 경험을 공유하라

도래기재에 막 내려서려는데 김경재 이사와 양한모 씨가 마중을 나왔다. 도래기재에서 터널을 지나 봉화 춘양 쪽으로 조금 가니 팔각정이 있다. 수량이 아주 풍부한 샘물까지 있다. 도착해서 보니 이미 텐트도 쳐 놓고 식사 준비까지 다 해 놓았다. 음식을 차리는 동안 우리는 세수도 하고, 땀도 씻어냈다. 이제 차가운 물이 반갑지만은 않다. 춥다.

백두대간 중에는 기름기를 많이 섭취해야 한다면서 오리고기를 준비해 왔다. 밥을 먹는 순간에도 김경재 이사는 대원들에게 유용한 정보와 지식을 나누어 준다. 산행에 서툴고 미숙한 우리들에게는 살이 되고 피가 되는 내용이다.

한편, 두 젊은이에게 기록을 하라고 당부를 한다. 〈다섯손가락〉 종주단 공식 보고서도 만들라고 했다. 사람마다 느낌이 다르고 생각이 다르기 때문에 각자 기록하고 메모를 하라는 조언도 했다. 이

것이야말로 내가 우리 대원들에게 특히 두 젊은이에게 강조를 했던 부분이다. 동영상을 맡은 김홍석 군, 사진을 맡은 홍명근 군, 두 사람은 영상과 사진으로 기록하는 한편 끊임없이 메모해서 나중에 책을 만들라고 했다.

사실 대학생 가운데 백두대간 연속 종주를 하는 사람이 몇이나 될까? 이 험한 백두대간을 걸으며 보고, 듣고, 느낀 것들, 만난 사람들에 대해 정리를 한다면 의미 있는 책이 될 것이다. 인내의 경험을 공유한다면 이 길을 걸어 보지 못한 많은 젊은이에게도 도전의 기회를 열어줄 것이다.

춘양목과 송이버섯

도래기재는 강원도 영월군과 경북 봉화군 경계에 있다. 도래기재 정상에서 봉화 쪽으로 오면 바로 춘양면이다. 예부터 춘양목이 유명한 곳이다. 아름드리 소나무는 궁궐, 사찰, 대갓집 건축재로 사용되었다. 일제시대, 이 일대 질 좋은 소나무를 춘양역에서 실어간 데서 비롯된 이름이라고 한다. 춘양목은 속의 단단함을 표시하는 심재 비율이 높을 뿐 아니라 압축 강도 역시 다른 일반 소나무에 비해 압도적으로 높다고 한다.

팔각정 앞에 장승 한 쌍이 서 있다. 춘양목 대장군과 춘양목 송이 여장군이다. 산이 높고 숲이 깊으니 좋은 나무와 버섯을 키워내는 것은 당연한 일이다.

저녁을 먹고 팔각정에서 두런두런 이야기를 나누는데 반딧불이가 보였다. 얼마나 청정한 곳인지를 잘 알 수 있다. 그럴 날이 올까마는 나중에 은퇴하면 이런 곳에 와 살고 싶다. 오늘 이곳에서 잔다. 하늘에서는 별이 잔치를 벌이고 있다. 지리산 로터리대피소에서 본 샛별 이후 최대의 잔치다. 은하수가 온 하늘에 흩뿌려져 있다. 크고 작은 별들이 하늘에 보석처럼 박혀 있다. 머리를 들어 하늘에 별을 구경하느라 고개가 아플 정도다. 눈을 뗄 수 없을 정도로 별이 총총 빛난다. 그동안 비가 하도 많이 와서 하늘에 별이 있다는 사실조차 잊고 있었다.

어릴 때 마당에 평상을 펴고 누워 있으면 아버지는 왕겨에 약쑥을 넣어 불을 피우셨다. 그 냄새에 모기는 도망을 갔다. 하늘에 총총한 별들을 헤다가 잠이 들었다. 그때는 왜 그리 별이 많았는지?

오늘 비로소 하늘에 별이 변함없이 많다는 것을 새삼 깨닫는다.

부쇠봉에서 누리는 호사

햇볕을 되찾다

드디어 햇볕이 났다. 안개와 구름, 빗속에서 살아온 지난날이다. 지리산에서부터 소백산까지 비와 함께 걸었다. 빗소리에 눈을 뜨고 눈을 감았다. 눈이 부시다. 불쑥 맑고 푸른 하늘과 밝은 햇볕이 우리 앞에 나타났다. 햇살 아래서 반짝이는 나무 이파리들, 눈이 부신다. 결국 '이런 날이 오는구나.' 싶다. 인생사도 마찬가지다. 고통스럽던 날이 언젠가는 가고 희망찬 날은 오고야 말 것이다.

햇살은 눈부셨지만 뜨거운 여름 햇볕보다는 확실히 위력을 잃었다. 가을 햇볕은 곡식과 과일을 익게 만들 것이다. 농부들에게 결실의 기쁨을 선사할 것이다. '남국의 햇볕을 주시어' 〈다섯손가락〉이 고단한 여행을 편안하게 끝낼 수 있기를, 이 땅의 농부들이 즐거운 명절을 맞을 수 있기를 기도해 본다.

용이 승천하던 산, 구룡산

오늘 처음으로 오른 산은 구룡산. 해발 1,344미터이다. 한 번도 쉬지 않고 구룡산까지 치고 올라갔다. 실력이 일취월장한 것은 아니고 홀가분했기 때문이다. 김경재 이사 일행이 다음 목적지인 화방재까지 우리 배낭을 실어다 주기로 했다. 그래서 22.6킬로미터를 걷기로 했다. 보통은 이틀 코스로 잡는 거리이다. 구룡산은 태백산과 옥돌봉 사이에 있는 마루금에 해당된다. 태백산, 청옥산, 각화산, 옥돌봉과 함께 태백산맥과 소백산맥을 가르고 이 산에서 발원하는 하천들은 남북으로 갈라져 남한강과 낙동강으로 이어진다.

옛날에 아홉 마리 용이 승천할 때 한 아낙네가 물동이를 이고 가다 이것을 보고는 "뱀이다!" 하고 외치면서 꼬리를 잡아당겨 용이 되지 못했다는 전설이 있다. 옆에서 이야기를 듣고 있던 김홍석 군이 "참! 그 아줌마 힘도 세네!"라고 농담을 한다. 홍석 군은 아직 '아줌마는 힘이 세다.'는 사실을 모르고 있는 것 같다.

구룡산 정상에서 사과 반쪽으로 허기를 달랬다. 대장은 배낭에서 사과를 꺼내면서 회심의 미소를 짓는다. 대원들 아무도 모르게 가져왔다. '깜짝쇼'를 한 것이다. 대원들에게 귀한 과일을 먹이려는 노력이 빛났다. 그런데 사과 껍질을 칼로 깎고 있다. 정색을 하고 "왜 깎느냐?"라고 하니 "안 씻었기 때문이다."라고 했다. 이미 농약도 다 소화해 낼 만큼 야인이 되었는데 새삼 껍질을 깎다니……

차돌도 부서진다

점심은 곰넘이재에서 했다. 보통 하루치 일정을 오전에 이미 다 달성했다. 이제 점점 대원들 사기와 자신감이 높아지고 있다. 곰넘이재는 과거 경상도에서 강원도로 넘어가는 중요한 길목이었다고 한다.

태백산 천제를 지내려는 관리들 발걸음도 이곳을 거쳐 갔다고 한다. 이곳 이름만으로 보면 곰도 함께 넘어 다녔던 모양이다. 여기서 오른쪽으로 2킬로미터를 내려가면 봉화 춘양면 참새골이고 직진하면 차돌배기가 나온다. 아름다운 우리말이다.

점심을 간단하게 끝내고 차돌배기로 향한다. 실제로 이곳에는 차돌이 나뒹굴고 있다. 차돌이 일반 돌 안에 박혀 있는 모습도 눈에 뜨인다. 차돌같이 단단한 돌도 결국은 쪼개지고 부서지는 모양이다. '세상에 변하지 않는 것은 없다.'는 진리를 여기서 또 한 번 깨닫는다.

부쇠봉을 지나치지 말라

오늘 산행의 꽃은 태백산 정상일 것이다. 백두대간 길을 서둘러 가는 사람들은 곧바로 태백산으로 직진한다. 그래서 잠깐 비켜나 있는 부쇠봉을 놓친다. 우리는 여기서 잠깐 우회를 할 것이다. 부쇠봉을 보고 태백산 정상을 향하려고 한다.

부쇠봉은 최고 전망을 자랑하는 곳이다. 소백산 비로봉에 이어 또 한 번 천하를 내려다보는 호사를 누린다. 수천, 수만의 산과 봉우리를 미처 다 헤아릴 수도 없다. 사람 사는 마을은 아예 보이지도 않는다. 오늘 산행의 결실은 이미 여기서 맺었다. 먼 길을 달려온 보람이 있다. 종주가 끝나고서도 잊히지 않을 장대한 모습을 마음에 찍어 둔다.

뭇 산들이 눈앞에 내려앉았네

태백산이 손을 뻗으면 잡힐 것 같은 거리에 있다. 부쇠봉에서 태백산을 향하는 사이에도 발걸음을 멈추게 하는 것들이 많다. 바로 주목이다. 보호수로 지정된 주목들 모습을 놓치지 않으려는 듯 명근 군은 셔터를 계속 눌러댄다. 일행들이 주목에 정신을 파는 사이 제일 먼저 태백산에 올랐다. 조선 시대 사람인 안축이 쓴 시, "태백산에 오르다."가 나를 반긴다.

긴 허공 곧게 지나 붉은 안개 속 들어가니
최고봉에 올랐다는 것을 비로소 알겠네.
동그랗고 밝은 해가 머리 위에 나직하고
사면으로 뭇 산들이 눈앞에 내려앉았네.
몸은 날아가는 구름 쫓아 학을 탄 듯하고
높은 층계 달린 길 하늘의 사다리인 듯
비 온 끝에 온 골짜기 세찬 물 불어나니
굽이 도는 오십천을 건널까 걱정되네.

오늘 태백산을 오르는 이에게도 시 구절은 감동을 준다. 이 시 한 수로 정경을 묘사하기에 부족함이 없다.

천제단을 찾는 사람들

태백산 정상에는 천제단이 있다. 언제, 누가, 왜, 어떻게 이 단을 쌓았는지는 아무도 모른다. 『삼국사기』에 "신라에서는 태백산을 삼산 오악 중 하나인 북악이라고 하고 제사를 지냈다."라는 구절만 있다. 왜 태백산에서 천제를 지내는지는 설명이 없다. 다만 이 산을 신령한 산이라고 여길 뿐이다. 천제단 주변에는 사람들이 돌을 하나씩 얹어 쌓은 '소망탑'이 여기저기 보인다. 태백산에 몇 차례 왔었다. 곳곳에 양초를 켰던 흔적이 많다. 기도를 하러 오는 사람들이 많은가 보다.

정상에는 천제단의 핵심인 천왕단이 있고, 장군봉에는 장군단이 있다. 그리고 백두대간 길을 남쪽에서 올라가다 보면 하단이 있다. 백두대간 길은 이 세 단을 모두 지나게 되어 있다.

우리가 천왕단에 도착했을 때 '한배검'이라고 쓰인 비석 앞에서 기도를 하고 있는 사람들을 만났다. 비결인지는 알 수 없으나 열심히 주문을 외우고 있었다. 물어보아도 자신들 정체를 들려주지 않는다. 다만 얼굴에서 오랜 세월 동안 수련을 한 사람만이 풍기는 수려함이 묻어났다.

명산이 그냥 명산이 아니더라

천제단을 둘러본 다음 평원같이 넓은 단 아래 마당으로 내려왔을 때 대단한 현상이 벌어졌다. 구름의 조화다. 변화무쌍하다. 끝없이 이어지는 산을 한순간 구름이 다 덮어 버렸다. 눈앞에 마치 흰 도화지가 펼쳐져 있는 것 같다. 잠시 후 산이 하나씩 하나씩 나타난다. 모든 산들이 태백산 뒤에 와서 줄을 서는 것처럼 보인다. 마루금에 서서 태백의 그 신비한 속살을 들여다보고 있는 듯하다.

태백산은 멀리서 보아도, 가까이에서 보아도, 그리 특별할 것이 없다. 기묘한 바위가 있는 것도 아니고 그냥 평퍼짐하게 생긴 산이다. 완만하고 부드럽다. 그러나 만산을 거느리고 있는 위용을 은근히 내

뽑는다. 그래서 감탄하고 승복하게 만드는 산이다.

태백산이 명산인 까닭은 명품을 품고 있기 때문이다. 주목 군락 단지가 곳곳에 있다. 마치 예술작품처럼 한 그루, 한 그루가 다 신비롭다. 텅 빈 줄기를 시멘트로 채워 놓은 것이 못내 못마땅하다. 박 부대장은 볼록하게 시멘트를 넣어 놓은 모습을 보고는 바오밥 나무 같다고 했다. 그럼에도 불구하고 수백 년은 족히 넘었을 주목의 품위는 그 무엇으로도 해칠 수 없다.

사길령 당집

장군봉을 넘으면 이제 계속 내리막길이다. 목적지인 화방재 직전에 중요한 재가 있다. 바로 사길령이다. 이 영은 경상도에서 강원도로 들어가는 관문이었다고 한다. 높고 험하기로 유명했지만 가장 짧아 선호했다고 한다. 보부상들이 수십 명씩 대열을 이루어 넘었다고 한다.

맹수와 산적이 많았을 때여서 안전을 빌기 위해 사길령 고갯마루에 당집을 짓고 제사를 지냈는데, 지금도 4월 15일이면 태백산 산신령에게 제사를 지내고 있다고 한다. 오늘날까지 전통이 남아 있다는 것이 놀랍고 신기하다.

우연인가? 필연인가?

화방재에 내려서려는데 먼저 도착한 부대장이 뭐라고 외친다. 누가 와 있다는 것 같다. 도대체 이 산중에 누가 온단 말인가? 약속도 없이. 황재희라는 사람이 기다리고 있었다. 〈희망수레〉에 입점한 작은 농촌기업 〈산골시래기〉라는 회사 대표다. 〈희망제작소〉에 몇 차례 방문을 했는데도 나를 만나지 못했다고 했다.

다짜고짜로 재 아래에 있는 식당으로 이끌고 간다. 김경재 이사가 이미 쳐 놓은 텐트 안에 배낭과 등산화만 벗어 놓고 식당으로 갔다. 옥호가 〈태백산장〉이다. 이름도 '선녀'인 주인이 운영하는 곳이다. 산과 사진을 좋아하는 황재희 대표가 몇 차례 와 본 곳이라고 했다.

식당에서 주문한 옻닭은 물론이고 황 대표가 삼척에서 떠 온 회까지 정신없이 먹어 치웠다. 오랜 산행이 식욕을 무지하게 키운 모양이다. 다들 황소 배처럼 커진 것 같다. 우리 일행만 열심히 먹고 있다. 황 대표는 우리가 먹는 것을 바라보고만 있다. 밑반찬도 정갈하고 맛있다. 뽕잎, 취나물, 고사리 모두 여기 산에서 캔 것이라고 한다.

황 대표는 휴가차 여기에 왔다고 했다. "이쯤 왔을 것 같아 서울 사무소에 확인을 했더니 때마침 이곳을 지나간다고 하더라."라고 하는데 삼척에서 회까지 떠온 것을 보면 우리를 맞이하기 위해 계획하고 온 것 같다. 우연을 가장한 필연을 만든 것이다. 참 고마운 일이다.

시래기 하나로 시작한 젊은이

황재희 대표는 상주에서 〈산골시래기〉를 운영하고 있다. 2009년부터 농사를 짓고 있다고 한다. 우연히 무 농사를 짓는 농민들이 무만 빼 가고 무청을 버리는 것을 보고는 시래기로 사업을 해 보기로 했단다. 이것이 〈산골시래기〉의 시작이다. 아직은 시작 단계이지만 이미 식당 20여 곳에 납품하고 있다고 한다.

보통 두 달간 건조해서 삶고 세척하고 포장하는 과정을 거쳐 만드는 시래기는 주로 붕어찜, 추어탕을 만드는 식당에 납품된다고 했다. 시래기 전문점도 생겼다고 한다.

버리는 무청으로 하나의 상품을 만드는 것은 블루오션을 개척한 것이다. 지금까지 시래기는 개별 가정에서 자가 수요로만 활용되었다. 이런 패기와 아이디어를 가진 청년 사업가들을 돕는 것이 남은 내 인생에서 풀어야 할 과제다.

높다고 주봉은 아니다

작은 선의로 세상은 돌아간다

아침 5시 반에 일어나 짐을 챙기고 있는데 대장이 귤 하나를 준다. 어제 대전 지원팀이 주고 간 것을 챙겨 두었다고 했다. 그 흔한 귤이 무척이나 맛있다는 걸, 오늘 아침에, 새삼 알았다. 문득 '흔해서 귀한 줄을 모르는 것'이 너무나 많다는 생각이 들었다. 일상 속에서 대충 먹고, 대충 버리는 음식들이 사실은 소중한 것들이고, 귀하지 않은 것이 없는데 그 가치를 잊고 산다. 산중에는 모든 것들이 귀하다. 하찮게 대하던 많은 것들이 지금 여기서는 모두 소중하다.

어젯밤 잠결에 "이곳은 차를 돌리는 곳이라 위험하다. 돌 같은 걸 텐트 앞에 갖다 두라."라는 말을 얼핏 들은 것 같은데 아침에 보니 텐트 앞에 궤짝이 있다. 우리 텐트 옆에서 비박을 하고 있던 김창수 씨가 그 말을 듣고는 우리 텐트 앞에 궤짝을 갖다 둔 것이다. 조언을 해 준 버스 기사나 텐트 앞에 궤짝을 갖다 두고 잠든 김창수 씨나 모두 고마운 사람들이다. 세상은 이 모든 작은 선의로 돌아가고 있는지도 모른다.

화방재에 있는 〈한양화물〉

우리가 묵은 화방재는 다른 재나 영보다 교통량이 많은 곳이다. 연신 차들이 오간다. 주유소도 있고, 가게도 있고, 식당도 있고, 민박도 있다. 아침에 세수를 하고 식당 앞 평상에 앉았더니 기사들이 여기에서 커피도 마시고 담배도 피우고 있었다.

집이 안동이라는 화물차 운전사와 이런저런 이야기를 나누었다. 15대 정도 되는 차가 〈한양화물〉을 중심으로 움직인다고 했다. 주인은 고랭지 채소밭을 밭떼기로 사 큰 이익을 낸다고 한다. 지입차 주인인 이 기사는 주인이 요청하는 대로 전국 어디든지 실어다 준다고 했다. 보통 4톤짜리 트럭 한 대에 800~900만 원어치 배추를 싣고 서울 가락동 도매 시장을 비롯하여 전국적으로 운송한다고 했다. 부산에 갔다 올 때 잠깐 안동 집에 들러 옷도 갈아입고 가족도 만난다고 했다.

지금이 바로 고랭지 채소를 한창 출하하는 때라 정신없이 바빠 잠잘 시간도 거의 없다고 했다. 시속 130킬로미터로 달린다고 한다. 이렇게 되면 '달리는 흉기'인 셈이다. 실제로 얼마 전 철도 정지선을 무시하고 횡단하다가 트럭 기사가 사망한 사건이 인근 정선에서 있었다고 한다. 옆자리에 있던 기사 말로는 "졸음이 문제"라고 한다. 아니 이것은 생존의 문제다.

이제 강원도 세상

화방재에서 출발해 단번에 고도를 300미터나 높였다. 아직 땀이 많이 나지도 않았는데 해발 1,214미터나 되는 수리봉에 올랐다. 표지판에 왼쪽은 정선, 오른쪽은 태백이라고 표시되어 있다. 이제는 좌우로 봐도 강원도다. 강원도 세상이다. 해안선을 옆에 두고, 나란히 북으로 올라가면 오대산과 설악산이 나오고 우리의 여정도 끝나게 된다. 벌써 종점이 보이는 듯하다.

수리봉에서도 고도를 조금씩 높여 가며 올라가고 있다. 그런데 해발 1,300미터 고지에서 갑자기 중장비 소리가 들린다. 헬기장에서 공사를 하나 했다. 다가가 보니 본격적인 공사장이었다. 큰 건물도 짓고 있다. 가까이 가서 물었더니 원래 있던 공군 부대를 개축하고 있다고 한다. 우물도 파고 있다.

60만 대군이 20만 정예군으로 바뀌는 그날을!

백두대간을 훼손하는 순위 세 번째가 군사 시설이라고 하더니 웬만큼 높은 곳에는 어김없이 공군 부대나 군사 기지가 있다. 통일이 되면 이토록 많을 필요는 없을 것이다. 흔히 우리나라 군대를 '60만 대군'이라고 한다. 북한은 100만이 넘는다고 한다. 통일이 되면 20만으로도 줄일 수 있다는 것이 석 대장의 지론이다. 남북이 적대 관계를 청산하면 큰 군사력이 필요하지 않으니 전략군으로 재편을 해도 된다는 것이다.

구체적인 내용이야 전문가들이 추산해 내겠지만 남북이 대치하고 있기에 물질적 인적 낭비를 해야 한다. 이 소모적인 상태가 언제까지 지속되어야 하는지, 한숨이 나온다.

〈야생화쉼터〉

오늘 일정은 느긋한 편이다. 만항재는 차로 갈 수 있는 곳 중에 가장 높은 곳에 있다. 이곳에서 여유로운 점심을 먹기로 했다. 만항재 꼭대기에 자리 잡고 있는 〈만항재 야생화쉼터〉의 마음씨 좋은 주인 아주머니가 점심 식사를 준비할 수 있게 허락해 주었다. 라면을 끓이고, 전투 식량 봉지에 따뜻한 물을 부어 비벼 먹었다.

가게에 드나드는 손님들이 감자떡을 먹는 것을 보니 식욕이 동해 우리도 시켜 먹기로 했다. 한 사람 앞에 겨우 하나씩 돌아간다. 이것으로는 간에 기별도 안 간다. 남루한 옷차림에 긴 수염, 거기다 무거운 배낭까지 맨 우리가 안되어 보였는지 주인아주머니가 감자전을 크게 부쳐 주었다. 김홍석 군이 음식을 남기고 가는 옆 테이블 손님들한테 "우리가 먹어도 되겠느냐?"라고 하니 예상치도 않게 감자떡을 사 준다. 그러다 나를 알아본 일행이 "의미 있는 일을 한다."라며 황기엿 두 봉지와 돈 5만 원을 주지 뭔가. 지켜보던 가게 주인은 음료수와 커피를 거저 준다. 완전히 거지가 다 되었다.

낮은 태백산, 높은 함백산

휴게소부터 야생화를 구경하면서 오르다 보니 금방 함백산에 닿았다. 해발 1,572미터인 함백산은 우리나라에서 여섯 번째로 높은 산이다. 백두대간에서도 대표적인 고봉으로 기록되어 있다. 산경표를 저술한 신경준에 따르면 이 산을 대박산이라고 불렀다고 한다. 태백, 대박, 함백이 모두 '크게 밝다.'라는 뜻이다. 야생화 군락지가 많은 것역시 이 '밝음' 때문은 아닐까?

날씨는 맑고 산은 높은 덕에 경관이 무척 좋다. 저 멀리 남쪽으로는 우리가 지나온 소백산 중계탑이 보이고 북쪽으로는 곧 우리가 갈

오대산이 보인다. 오늘 우리를 위해, 특별히, 하늘을 열어 준 것 같다. 하늘 끝까지 보이는 좋은 날씨다.

사실 함백산은 태백산보다 조금 더 높다. 그런데도 태백산을 주봉으로 친다. 이유가 무엇일까? 하기는 사람 사는 세상에서는 자기보다 더 잘난 사람을 거느리고 있는 사람들도 꽤 있다. 태백산도 그런 산이 아닐까?

산경표의 주인 신경준, 그가 궁금하다

함백산 봉우리 옆에도 온갖 종류의 소망탑이 있다. 사람들이 주위 돌을 주워다가 하나씩 둘씩 쌓았을 것이다. 돌 크기나 모양이 일정하지 않은데 그 돌들을 맞추어 높이 쌓아 올라간 모습이 신기해 보이기조차 하다.

함백산 정상에서 내리막길을 통하여 이제 두문동재로 나아간다. 귀한 나무들과 야생화들이 눈에 많이 뜨인다. 우리가 가야 할 은대봉까지 능선들이 소의 등처럼 보인다. 저것이 백두대간의 마루금들이다. 문득 신경준이라는 사람이 어떤 사람인지 궁금하다. 어떤 삶을 산 사람인지 참으로 궁금하다. 저 광대무변한 산맥들 가운데 대간과 정맥을 구분해서 산맥의 체계를 만든 사람 – 그는 도대체 이 국토를 얼마나 돌아다니고, 얼마나 산을 올랐을까?

어떤 이상과 목표, 집념을 가지고 그 힘든 고행을 계속했을까? 집안 식구들은 그를 어떻게 생각하고 대우했을까? 주변사람들은 그를 어떻게 도왔을까? 방해했을까? 그의 시련은 과연 어떠했을까? 이런 궁금증이 밀려온다. 백두대간 길을 쉼 없이 걸어가고 있지만 내 눈앞에 펼쳐져 있는 저 산맥들 가운데 어느 것이 마루금인지 도저히 분간해 낼 길이 없다. 사방으로 퍼져 나간 복잡한 산 행렬 속에서 어떻게 대간과 정맥과 지맥들을 가려낸다는 말인가? 엄두가 안 나는 일이다.

신경준의 삶, 그의 열정, 그의 꿈, 그의 집념, 그의 신발, 그의 생활, 그의 부인 – 그에 대한 모든 것이 궁금해진다. 누가 신경준을 연구해서 책을 써 보도록 권유하고 싶다.

낙동강 시원, 자작나무 샘물

은대봉을 앞두고 '자작나무샘물'이라고 적힌 작은 표지판이 나온다. 샘물을 한번 보고 싶은 마음에서 빈 물통 몇 개를 가지고 내려가 보았다. 이 샘물은 백두대간 함백산에서 나오는 유일한 샘물이라고 했다. 자작나무 숲에서 분출하는 이 샘물은 태백을 시작으로 하는 낙동강의 원류가 된다고 한다.

이 고개 너머 적조암 뒤에서 나오는 샘물은 정선에 있는 조양강의 시작이 되고 동강을 거쳐 마침내 남한강이 된다. 이 강물들은 결국 바다에서 만난다. 물 한 방울, 샘 하나가 강을 이루고 바다를 이루는 것이다.

물은 무척이나 시리다. 샘물 한 바가지에 정신이 번쩍 든다. 우리 몸 70%가 물이라는데 이런 약수로 채울 수 있다면 얼마나 좋겠는가?

두문동재에서 고려 충신을 생각하다

저녁 7시에 오늘 야영을 할 두문동재에 도착했다. 은대봉에서 두문동재로 내려오면서 또 황홀한 석양을 보았다. 완전히 용이 여의주를 머금은 모습이었다. 날이 맑으니 석양도 아름답다. 지금은 터널이 생겨 더 이상 이용되지 않는 저 아래 국도가 꼬불꼬불 지렁이가 기어 가듯 펼쳐져 있다. 1978년 정선 등기소장으로 부임할 당시, 원주에서 정선까지 기차를 타고 오는데 구름이 철로 아래에 떠 있는 것을 보고 신기하게 여겼다. 고원 지대에 사는 사람들은 하나도 신기하지 않겠지만 이 벽지를 처음 온 나에게는 특별한 경험이었다.

두문동재 가까이에 두문동이 있다. '두문불출'의 어원이 되기도 했다는 이 두문동은 고려 마지막 충신들이 은거했던 곳이라고 한다. 한 왕조의 마지막을 지켜보며 자신들이 영화를 누렸던 수도 개경을 떠나 이 궁벽한 산골로 들어온 그들이 얼마나 처연했을지 상상이 간다. 만약 그 시대에 살았더라면 정몽주가 되었을까? 아니면 정도전이 되었을까? 쓸데없는 고민을 해 본다.

여기는 겨울

완전히 해는 졌다. 두문동재 마루에 있는 작은 가게 옆에서 야영을 하기로 했다. 마침 가게 주인은 문을 닫고 귀가한 모양이다. 가게 앞 평상에 작은 텐트를 치고, 그 앞에 큰 텐트를 쳤다. 수도가 콸콸 나온다. 아마도 산에서 물을 받아 오는 모양이다.

역시 강원도는 다르다. 저녁을 먹는데 너무 춥다. 한기를 느낄 정도다. 여름에서 겨울로 건너뛴 느낌이다. 이제 세수도 하기 힘들다. 손이 곱고 심장이 떨린다. 아직 여름옷을 입고 있다. 곧 가을 옷을 공급 받을 예정이다. 오늘 날씨가 추운 걸 보니 겨울옷을 준비해야 할지도 모르겠다. 구름 한 점 없는 하늘에 별이 가득하다.

태양은 추위를 물리치다

까마귀가 잠을 깨우다

까마귀 우는 소리에 잠을 깼다. 울음소리가 아주 크고 청아하다. 새벽 숲을 다 깨웠을 것 같다. 차량도 다니지 않는 조용한 숲 속에 있는 재인지라 까마귀 울음소리가 더 크게 들렸다. 까마귀는 흉조로 알려져 있지만 자꾸 듣다 보니 싫지만은 않다. 일본 하코네에서 며칠 있었던 적이 있다. 그때도 이렇게 까마귀 소리를 많이 들었다. 그때 이후로 까마귀 소리를 그다지 터부시하지 않았던 것 같다. 저 까마귀는 길조임에 틀림이 없다. 사실 오늘은 기다려지는 날 가운데 하루다. 피재까지 8.1킬로미터만 걸으면 될 뿐더러 거기서 태백시로 가서 점심을 먹고 하루를 쉴 예정이다.

간밤에는 추위가 심했다. 침낭 안에 깊숙이 들어가 지퍼까지 채웠는데도 추위가 엄습해 왔다. 추워서 잠을 좀 설쳤다. 간밤에 부대장은 멧돼지가 지나가는 소리를 들었다는데 나는 그 소리는 듣지 못했다. 더위로 고생했던 일이 어제 같은데 어느새 추위 때문에 고생을 하는 계절이 되었다. 세상은 이렇게 순식간에 변한다. 그것을 미처 몰랐다.

텐트 안에서 미적거리며 추위를 피하고 있는데 태양이 떠오른다. 사정은 곧 달라졌다. 따스한 기운이 퍼진다. 밖으로 나와 햇살에 옷과 배낭을 말리고 아침을 준비한다. 하늘에는 구름 한 점 없다. 오늘 오를 금대봉이 바로 손에 닿을 듯한 곳에서 우리를 기다리고 있다.

우리가 지난 밤 잤던 곳에는 감시 초소가 하나 있다. 대덕산과 한강의 발원지로 알려져 있는 검룡소 같은 생물 자원과 식물 유전자원을 지키기 위해 만든 초소라고 한다. 초소는 작은 컨테이너 박스로 만들어 놓았는데 그곳에는 밤을 새우는 사람이 있다. 태백시 기간제 공무원이라고 한다. 혼자서 산을 지키는 셈이다.

이곳은 백두대간 길 외에는 출입을 통제하고 있다. 나무 한 그루, 식물 한 포기 반출할 수 없다. 등산객을 가장해서 출입 금지 구역으로 들어가 비양심적인 행동을 하는 사람이 적지 않게 있다고 한다. 봄에는 나물 캐는 사람, 야생화 찍는 사람들이 많이 와 혼자서는 역부족이라고 한다. 오히려 등산객들이 신고를 해 발견하는 경우가 많다고 했다. 깊은 산속에서 자원을 지키기 위해 고생하는 이런 공무원의 수고를 기억해야 한다.

미국 국립공원에는 늘 감시를 하는 눈이 번뜩이고 있다. 바로 레인저들의 시선인데 이들은 자원을 반출하는 사람들을 색출해 낸다. 샌프란시스코에 사는 교민들 이야기를 들은 적이 있다. 이민 초기에 멋모르고 바다에서 전복을 대량으로 잡았다가 징역형까지 산 적이 있다는 것이다. 자연을 보호하는 엄격한 미국 사회의 단면을 알 수 있다.

"오래된 것은 모두 사랑스럽다"

텐트 앞에 나와 작은 나무토막으로 만들어진 앙증맞은 벤치 위에 앉아 있으니 등 뒤로 따스한 햇살을 느낄 수가 있다. 이 작은 행복감이란 이루 말할 수가 없다. 일행들은 눅눅하고 냄새나는 짐들을 전부 아스팔트 위에 내놓았다. 갑자기 박우형 부대장이 "내 짐 가리지 마!"하고 소리쳤다. 빨리 말리고 떠나야 하는데 누군가 그 앞에 서 있으니 잘 안 마른다는 것이다. 어느새 햇볕 한 줌을 둘러싸고 다투는 시절이 되었다.

김창수 씨가 널어놓은 매트를 보니 아주 너덜너덜하다. 쓰레기장에 두어도 아무도 가져가지 않을 정도다. 신발, 옷, 배낭이 전부 다 그렇다. 어느 것 하나 세월의 때가 묻지 않은 것은 없다. 그동안 백두대간, 9정맥을 다니면서 사용했던 바로 그 물건들이다. 그의 땀과 그가 다녔던 산하의 모든 기억들을 담고 있을 것이다.

오래된 것이 사랑스러워진다고 김창수 씨는 말한다. 손때가 묻고, 추억이 서린 물건들이니 사랑스럽지 않을 리가 없을 것이다. 새것을 좋아하는 우리 사회 풍조가 이렇게 오래 된 것들을 사랑할 줄 아는 분위기로 바뀌면 좋겠다.

곤드레밥으로 허기를 채우다

오늘 최종 목적지인 삼수령(남한강, 낙동강, 강릉 오십천이 여기서 발원해 갈라진다는 의미에서 붙여진 이름. 별칭은 피재)까지 무사히 도착했다. 오후

12시가 조금 넘어서 도착했으니 산행 실력이 일취월장했다. 오늘 오후와 내일까지 우리의 휴식을 책임진 〈태백 생명의숲〉 홍진표 사무국장이 마중을 나와 있었다. 〈희망제작소〉 부소장을 지낸 원기준 목사가 미리 부탁을 한 모양이다. 원 목사 부탁이라면 꼼짝 못하고 들어야 한다며 반갑게 우리를 맞았다. 태백 시내 한가운데 있는 한 곤드레나물밥집으로 향했다. 서울에서도 가끔 곤드레밥을 먹긴 했지만 역시 현지에서 먹는 곤드레밥은 차원이 달랐다.

곤드레는 주로 해발 고도가 1천 미터 이상 높은 고지대에서 자생하는 산채로서 맛이 담백하고 부드럽고 향이 독특한 것이 특징이라고 한다. 강원도 여러 고장의 특산물이기도 하다. 옛날에는 구황 식물이었는데 이제는 건강식품이 되었다.

세상만사를 예측하기 힘들다.

〈백두대간 자연학교〉에서 지낸 이틀 밤

식사 후, 홍진표 국장이 우리를 정선군 백전리에 있는 〈백두대간 자연학교〉라는 곳으로 데리고 갔다. 원래 백전초등학교 용소분교였는데 학생 수가 점점 줄어 폐교된 것을 마을주민들이 운영하다가 힘에 겨워 〈태백 생명의숲〉에 운영을 위탁하고 있었다. 생태 자연에 관한 프로그램을 시행하고, 활성화한다고 했다.

아주 작은 학교다. 콧구멍만 한 운동장도 있고, 교실도 두 칸밖에 없다. 그래서 더욱 운치가 있다. 지금은 부엌, 숙소, 강의실로 활용을 하고 있다. 이틀 동안 이런 곳에서 머물 수 있다는 것이 좋기만 하다. '언제 아이들이랑 와서 며칠 묵어갔으면……' 하는 생각이 든다.

자랑거리 많은 백전리

백전리 아이들

〈백두대간 자연학교〉에서 밀린 종주기를 쓰고 있다. 중간에 잠깐씩 바람을 쐬거나 산책을 하러 나갔다. 학교 등나무 밑 놀이터에 동네 아이들이 대여섯 명이 놀고 있다. 이 동네 아이들이 전부가 모인 것이라고 한다. 금방 아이들 이름과 집안 내력까지 파악했다.

6학년 연주는 아주 의젓하다. 꿈이 요리사라고 한다. 집이 개울 건너 있는데 행정구역으로는 삼척 한소리라고 한다. 개울 하나 건너서 이렇게 행정구역이 바뀐다는 것이 이해가 좀 안 된다. 산 정상을 경계로 하는 것이 보다 합리적이지 않을까 하는 생각이 든다. 의사가 꿈인 미영이는 5학년이다. 집에 차도 두 대나 있고 소도 20두나 있다고 한다. 영길이는 '슈퍼마켓 아저씨'가 되는 것이 꿈이란다. 그러면 아마도 아이스크림을 매일 먹을 줄 아나 보다. 미영이 남동생이다. 아주 개구쟁이다. 영길이는 형제자매도 많다. 다섯 명인데 큰 형은 태백에서 대학을 다니고 있다고 했다. 선희는 꿈이 많다고 했다. 여러 가지 일을 하고 싶어 했다. 어느 한 직업에 만족을 못하는 것 같다. '여러 문제 연구소'를 표방하고 있는 나와 비슷한 고집이 있는 아이다.

말수는 적은데 한 마디 한 마디가 예사롭지 않다.

지금은 이 용수분교가 폐교되었으니 본교인 백전초등학교에 다니고 있는데 거기도 학생이 열일곱 명뿐이고 교사가 일곱 명이라고 한다. 학교를 갔다 오면 부모들이 일하느라 바쁘니 아이들은 여기서 이렇게 모여 자기들끼리 논다. 산골 마을에서 특별히 놀 시설이나 프로그램이 있는 것도 아니고 그냥 모여 장난치고 이야기 나누는 것이 전부인 것 같다. 그래도 생각보다 똑똑하고 구김살 없는 모습이 참 좋아 보인다. 우리는 금방 친해졌다. 떠날 때 "왜 허락도 없이 떠났느냐?"라며 전화도 했다. 기특하다.

보물이 많은 동네

동네 아이들과 축구를 했다. 영길이는 축구를 곧잘 했다. 나를 제치는 솜씨가 제법이었다. 아이들 전부와 동네 산책도 나섰다. 집에가 자전거를 몰고 나오는 아이들도 있었다. 영길이는 사과 맛이 나는 그러나 아주 작아 먹기도 힘든 산사과 두 개를 주면서 사탕을 달라고 조른다.

아이들이 첫 번째로 데리고 간 곳은 백전리 물레방아다. 백 년도 더 된 이 물레방아는 거의 원형을 그대로 보존하고 있었다. 물을 끌어와 낙차를 이용해 물레방아를 돌리고 그 힘으로 방아를 찧는 물레방아는 오늘날 수력발전의 모태가 되는 셈이다. 조상들의 지혜가 감탄스럽다.

두 번째로 간 곳은 용소다. 동네 한가운데로 흘러내려 오는 시냇물 한가운데서 물이 펑펑 솟아나고 있었다. 용천수인 셈이다. 일본 후지 산 부근에 있는 마을을 갔더니 후지 산에서 생긴 물이 스며들어 지하수로 용출하는 곳이 있었다. 이 마을에서는 이 물을 이용하여 간장을 담그고 술을 빚어 사업을 하고 있었다.

마을에 굴도 있다고 아이들은 내 소매를 끌었다. 약속이 있어 아쉽지만 아이들 손을 뿌리치고 와야 했다. 백전리와 한소리는 마을의 자산과 보물이 많은 곳이다.

수목원의 큰 꿈

어제 밤에는 〈태백 생명의숲〉 운영위원이 모였다. 이 단체 정신적 지주이자 경제적 후원자는 하일호 경희한의원 원장이다. 이 분은 지역 사회 원로이기도 하다. 본초학회 회장으로 학생 시절부터 각종 약초를 연구하기 위해 산야를 누비었다고 한다. 덕분에 누구보다도 숲과 나무, 초본에 대해 해박한 지식을 가지고 있다. 박대훈 영월 연당중학교 교사, 강원 관광대학의 김용욱, 김건식 교수도 함께 했다.

밤늦게 지역의 현안과 이슈에 대해 의견을 나누었다. 그 중에 하나가 바로 '수목원의 꿈'이었다. 태백 지역을 살리기 위해 고민을 하다가 시민기업 형태의 리조트를 만들자는 합의를 했다고 한다. 모금을 해 7만 평의 임야를 사 두었다고 한다. 1993년에 〈태백하이랜드〉라는 회사까지 만들고 고원 리조트를 개발하는 단계에까지 이르렀다고 한다.

이 사업을 주도한 사람들이 원홍오 관장, 원기준 목사, 하일호 원장이다. 이 아이디어가 나중에 폐광 지역 특별법과 이에 따른 카지노 사업으로 연결되었다고 한다. 그때 시민기업이 사 두었던 백병산 일대의 임야를 수목원으로 만들고 산림 자원을 잘 보존함과 동시에 이를 바탕으로 생태기업, 시민기업으로 만들어보자는 것이다.

현재의 삼림이나 배추밭을 약초나 산채, 허브 생산 지역으로, 나무와 나무 사이에 산삼, 더덕, 당귀 등의 자생약초 재배 지역으로 만들어 자활자들이 참여하여 소득을 창조하고, 일자리를 창출하자는 것이다. 이미 자생 동물, 식물 식생 조사를 진행 중에 있다고 한다.

향후 외부 자본도 끌어 오고, 지역 주민들의 참여와 더불어 강원랜드나 강원대학교와 협력 체제도 만들겠다는 야무진 꿈을 꾸고 있다. 이 꿈이 현실이 되어 시민 주도의 숲 개발 사례가 되었으면 좋겠다.

이런 미래의 꿈을 꾸는 사이 오세훈 서울시장이 주도한 '주민투표'가 무산되어 보궐 선거가 불가피해졌다는 소식과 벌써부터 내 이름이 후보 명단에 오르내린다는 소식이 이 산골까지 전해졌다.

노인봉

매봉

동해전망대

진고개
46일

선자령

45일

평창군

대관령

능경봉

전망대

고루포기산

닭목재

44일

화란봉

강릉시

석두봉

43일

두리봉

석병산

삽당령

42일

생계령 자병산

백봉령

정선군

41일 동해시

원방재

이기령

강원도

무릉계곡

고적대 연칠성령

청옥산 두타산

40일

댓재 황장산

삼척시

큰재 39일

덕항산

예수원 구부시령

풋대봉

태백시 건의령

38일

피재

--- 통제 구간

길에서 정의를 만나다

종반으로 가는 길

〈백두대간 자연학교〉에서 1박2일 동안 꿈결 같은 휴식을 끝내고 다시 산길로 돌아간다. 계곡 물소리가 굉음을 낸다. 이제 일로 북진을 거듭한다. 피재를 시작으로 정선과 강릉을 거쳐 평창 오대산으로 갈 것이다. 거기를 지나면 설악산이다. 오대산과 설악산에는 통제 구간이 많기 때문에 일정은 많이 단축될 것이다.

60일로 여유 있게 잡았던 종주 일정은 55일 이내로 줄어들 것 같다. 지금 예정으로는 9월 10일쯤 종주가 끝날 것이다. 그렇게 되면 추석 전에는 집에 갈 수 있으리라. 남편 노릇, 후손 노릇을 올해에는 할 수 있을 것 같기도 하다. 일정이 종반으로 접어들면서 안도감이 드는 한편 아쉬움도 남는다.

피재 – 전쟁을 피할 수 있는 곳?

이틀 전, 하산을 했던 피재(삼수령)에서 다시 산행을 시작한다. 피재는 "난을 피할 수 있는 곳"이라고 해서 붙은 이름이다. 『정감록』 십승지지에 나오지는 않은 것 같다. 그러나 임진왜란 때도 한국전쟁 때

279

도 안전했던 지역이라고 한다. 하기는 이렇게 산간벽지니 난리도 그냥 스쳐지나갈 만하다.

사실 이런 이름이나 믿음은 우리의 불행한 과거, 비극적인 역사의 한 단면을 드러내는 것이기도 하다. 전쟁과 난이 많았고 그것 때문에 아무 죄도 없는 민초들의 삶이 송두리째 빼앗겼기 때문에 전쟁과 난이 없는 곳을 찾아 나설 수밖에 없었을 것이다. 이제는 이 나라의 평화와 안전, 시민들의 편안한 삶이 오래도록 보장되는 시대이기를 이 산에서 빌어 본다.

공양왕의 비극이 서린 건의령

피재에서 건의령巾衣嶺을 향해 걷는다. 건의령은 태백 상사미에서 삼척 도계로 넘어 가는 고갯길이다. 삼척으로 유배 온 고려 마지막 왕, 공양왕이 살해되자 고려 충신들이 이 고개를 넘으며 고갯마루에 관모와 관복을 걸어 놓고 다시는 벼슬길에 나서지 않겠다고 서약하고는 산중으로 몸을 숨겼다는 전설이 있는 곳이다.

한 왕조가 바뀌면 전 왕조에 몸을 담았던 신하들 운명은 참으로 얄궂기 짝이 없다. 전 왕조에 충성하자니 신변이 보장되지 않고, 새 왕조에 충성하자니 신의가 용납하지 않을 수밖에 없다. 당연히 초야에 묻히는 길이 그들에게 마음 편한 선택이었을 것이다. 이 길 위에 서 있는 지금, 그들의 고민이 전해져 온다.

구부시령

가랑비가 오다 말다 한다. 며칠 맑았는데 숲 속은 다시 습기로 가득하다. 그야말로 안개 천지다. 나뭇잎과 풀잎에 맺혀 있는 안개와 가랑비에 옷이 젖는다. 특히 맨 앞에 가는 박 부대장은 그야말로 흠씬 젖어 있다. "가랑비에 옷 젖는 줄 모른다."라는 속담 짝이 났다. 폭우를 맞은 거나 다름없다. 원하지 않으나, 피하고 싶으나 어찌할 수도 없다. 도저히 피할 길이 없다. 여름철에 산행을 하는 종주단에게 비와 안개는 운명이다.

구부시령에 도착했다. 해괴망측한 이름의 유래를 이곳에 와서야 알았다. 지아비가 아홉이나 되는 여인의 이야기가 이 고개에 전해져 오고 있단다. 혼인만 하면 남편이 죽는 여인. 그 여인에게 인생은 얼마나 한탄스러웠을까? 아홉 번이나 남편을 여윈 이 여인을 마을 사람들은 어떻게 대했을까? 비극적인 운명의 여인이 이 재 아래에 살았다고 해서 구부시령이라고 부른단다. 우리는 바로 이 영마루에 나란히 텐트를 쳤다.

예수원에서의 묵상

> 너희 속에 착한 일을 시작한 이가 그리스도 예수의 날까지 이루실 줄을 우리가 확신하노라. (빌 1:6)

〈예수원〉입구에 서 있는 나무 십자가에 바로 이 성경 구절이 쓰여 있다. 구부시령에서 태백 쪽으로 30여 분 정도 내려가면 〈예수원〉이 나온다. 예정보다 조금 일찍 구부시령에 도착했기에 텐트를 쳐 놓고는 〈예수원〉을 찾았다. 신충섭 씨도 원기준 목사도 꼭 들러 보라고 했다.

〈예수원〉에서 심어 놓은 것처럼 보이는 옥수수 밭을 지나고, 하얀 침대보가 널린 빨래 건조장을 지나니 건물이 나타나기 시작했다. 돌로 만들어진 서양식 건물이 인상적이었다. 건물 사이사이에 핀 예쁜 꽃들이 우리를 반긴다.

두리번거리며 건물 구경을 하고 있는데 종소리가 울렸다. 모두들 그 자리에 서서 묵상을 시작했다. 순간 머뭇거리다 따라 묵상을 했다. 나중에 보니 이것은 '삼종'의 하나로서 오전 6시, 정오, 오후 6시에 치는 종이었다. 그때는 하던 일을 멈추고 침묵 속에서 가난하고 고난 중에 있는 이웃을 위해 기도를 하라는 것이다.

토지정의운동

〈예수원〉에서 받은 자료를 보니 이곳은 헨리 조지가 주창한 토지정의운동 본산이다. 토지세 단일화 운동으로 유명한 헨리 조지가 쓴 책을 번역하고, 〈희년함께〉라는 단체를 운영하고 있다.

> 토지를 영구히 팔지 말 것은 토지는 다 내 것임이니라. 너희는 거류민이요 동거하는 자로서 나와 함께 있느니라. (레 25:23)

1%의 사람들이 57%의 땅을 소유하고 있는 상황에서 땅을 가진 소수의 사람들은 앉아서 부자가 되는 반면 절반에 가까운 국민들

은 자신의 소득만으로는 편하게 쉴 수 있는 작은 공간 하나 마련할
수 없다.

50년이 지나면 원래 토지 주인에게 땅을 돌려주고, 노예 신분으로
전락한 사람들을 다시 자유로운 몸이 되도록 하자는 것이 희년의 사
상이다. 재산과 지위를 상속하면서 점점 더 부의 불균형이 심화되는
것을 막아 보자는 취지다. 오늘날 이러한 희년 사상을 온전하게 실
현하는 것은 어려워도 적어도 토지만은 심각한 독점을 반드시 막아
야 할 것이다.

오늘 예수원에서 우연히 만난 토지정의운동의 중요성을 다시 생
각해 본다.

쌀 사만 섬이 사라진다

숲 기운을 느끼다

새벽 6시. 어제 저녁 9시에 잤으니 무려 아홉 시간을 잤는데도 여전히 졸린다. 간밤에 무슨 동물인지 몰라도 지나가는 발자국 소리를 들었다. 들개인지 개 짖는 소리도 들렸다. 석 대장은 새벽에 부엉이가 높은 나뭇가지에 앉아 있는 것을 보았다며 사진을 보여 준다. 우리가 잠든 사이 온갖 야행성 동물들이 '밤의 세계'를 지배하고 있었다.

아침밥을 해 먹고 커피까지 마시는 호사를 누렸다. 오늘 함께 산행을 하기로 한 〈희망제작소〉 연구원들이 도착하려면 무려 1시간 반이나 남아 있다. 다시 텐트 안으로 들어가 잠을 청해 보나 잠이 오지 않아 물끄러미 밖을 쳐다보고 있다. 조용하다. 아무 소리도 들리지 않는다. 인간 세상에서 아주 멀어진 듯하다. 숲 기운을 느끼기 위해 팔을 벌리고, 손을 모아 본다. 이 숲 속에는 우리를 보다 명징하게 만드는 기운이 있음이 분명하다. 느껴진다.

오래전에 기 훈련을 받은 적이 있다. 작가 박범신, 김성동 씨와 함께 했는데 훈련이 끝나고 나면 술 한잔 하면서 선생님 흉보는 것이

재미였다. 그분이 하는 말은 상식적으로 믿기 힘들었기 때문이었다. 그런데 이 순간 그분의 이야기가 일정 부분 수긍이 된다.

기대를 배반하다

드디어 〈희망제작소〉 연구원들 20여 명이 도착했다. 〈예수원〉까지 차를 타고 와 거기서 올라온 것이다. 반가운 얼굴들이다. 불과 40일 만에 만나는데 몇 년 만에 보는 것 같다. 전체 연구원들이 40~50명 되는데 절반밖에 못 온 것이다. 지리산 종주를 할 때면 진단서를 내지 않으면 무조건 다 가야 한다고 독려를 하는데 이번에는 독려한 사람이 없었나 보다.

산에 있다 보면 단순해진다. 이번에 〈희망제작소〉 연구원들이 올 때 '뭘 가져올까?' 하고 종주 단원들은 기대를 많이 했다. 아니나 다를까 연구원들은 우리를 만나자마자 케이크를 꺼내 주었다. 한 조각씩 먹고 산행을 재촉했다. 그런데 막상 점심때 내놓는 것을 보니 실망스럽기 짝이 없다. 각 팀에서 알아서 싸 왔다고 하는데 간식거리가 대부분이었다. 어떤 경우에도 '밥을 먹자.'는 원칙을 가지고 있는 종주 단에게 초콜릿이나 빵, 소시지 등은 그리 반가운 음식이 아니다. 이럴 수가! 그나마 복숭아 통조림이 있어 덜 서운했다. 내가 복숭아 통조림을 좋아한다는 사실을 아는 연구원들이 통조림 한 통을 주었다.

지렁이 구하기

가랑비가 역시 우리를 따라온다. 숲길이 많이 질척거린다. 유난히 지렁이가 많다. 어떤 놈은 앞에 가는 사람 발에 밟혔는지 몸부림을 친다. 안쓰럽다. 나는 어떡하든지 그놈들을 피해 발을 놓으려고 안간힘을 다 쓴다. 그러기 위해서는 시선을 땅에 두고 눈을 크게 떠야 한다. 그런데 내 뒤에 따라오던 한순웅 씨는 지렁이들을 길가로 치워 준다. 나도 스틱으로 치워 보았지만, 워낙 미끄럽고 움직이기 때문에, 쉽지만은 않았다. 끈기 있게 그 일을 하는 한순웅 씨를 보면서 심성이 착한 사람이라고 생각했다.

나는 '나 혼자 안 밟으면 그만'이라고 생각해 열심히 비켜 가기만 했는데 이 사람은 지렁이가 근본적으로 안전할 수 있도록 조치를 다 하는 것이다.

정비가 최선인가?

백두대간 길 모습이 해당 지역의 지방 자치 단체나 산림청에 따라서 상당히 다르다는 것을 알 수 있다. 어제 지나온 피재에서 구부시령까지와 오늘 걷는 구부시령에서 댓재까지는 관리를 아주 많이 하고 있는 모습이 역연하다. 무엇보다도 백두대간 길 중간 중간에 물길을 만들어 두었다. 비가 오면 물길을 이루어 주로 길을 따라 흐른다. 대개 길이 숲보다 더 낮기 때문이다. 또 숲에는 낙엽이 많이 쌓여 있으니 물이 바로 흐르지 못하지만 길은 사람들이 밟아 반질반질하니 물이 흐르기가 좋다.

백두대간 길은 사람들이 걷는 길이기도 하지만 동시에 물길이 되기도 한다. 당연히 신발은 물천지가 된다. 이렇게 길 중간중간에 물길을 만들어 놓으면 길을 따라 흐르던 물은 숲 속으로 흘러갈 것이다.

수십 킬로미터에 걸쳐 물길을 만들어 놓은 것을 보면 자원봉사자나 마을 사람이 한 것이 아니라 산림청이나 지방 자치 단체에서 체계적으로 한 것으로 보인다.

이 외에도 이 구간에는 등산로를 유도하기 위한 밧줄을 설치하고, 절벽에는 추락 사고를 방지하기 위해 나무 방벽을 만들어 놓았다. 길 한가운데 있는 뾰족한 바위도 제거했다. 이 긴 거리를 작업한 걸 보니 노력이 가상하다.

하기는 모두가 긍정적으로 생각하는 것은 아닌 것 같다. 반대하는 사람들도 있다. 몇 년 전 설악산 지킴이 박그림 씨를 인터뷰했다. 지나치게 편리한 등산길을 만들고 인공 구조물을 설치하는 것에 반대하는 견해를 가지고 있었다. 너무 많은 사람들이 산을 오면 결국 산이 망가진다는 것이다. 백두대간 길을 동네 뒷산처럼 만들면 안 된다는 것이 그가 가지고 있는 생각이다.

가을볕의 가치

뒤에서 누군가가 "하루에 쌀 4만 섬이 사라지고 있다."라고 말한다. 벼가 익어야 하는 시기에 비가 많이 내리면 수확량이 줄어든다는 말이다. 지금 한창 벼가 익어야 하는 시기다. 추석이 보름 정도밖에 안 남았으니 모든 농작물들이 익고 여물어야 하는 때다. 오늘도 종일 가랑비가 오락가락한다. 큰 걱정이다. 이런 날씨는 등반을 하는 우리에게도 불편하다. 옷이 젖는 것도 불편하지만 길이 질척거리면 힘이 더 든다. 진흙 때문에 옷도 엉망이다.

비, 그만 왔으면 좋으련만.

공포의 저울

드디어 오늘의 목적지인 〈댓재휴게소〉에 도착했다. 예약을 했다고 한다. 댓재 정상에 있는 이 휴게소를 우리가 전세를 낸 것 같다. 종주단 다섯 명뿐만이 아니라 〈희망제작소〉 연구원들도 함께 묵을 것이다.

휴게소 마당에 있는 수도에서 발을 씻고 들어가 샤워를 하고 밖에서 두런두런 이야기를 나누고 있는데 홍명근 군이 내 소매를 끌고 방으로 간다. 종주 대원들이 몸무게를 재고 있다. 나보고도 재보라는 것이다. 저울에 올라가 보니 68킬로그램 정도 나온다.

종주 전, 평소 72~73킬로그램 정도 나갔으니 4~5킬로그램 정도 빠진 것이다. 600그램이 한 근이니까 거의 6근 반이 줄었다. 이 정도면 작심하고 빼도 잘 안 빠질 텐데 백두대간 산행이 빼 준 것이다.

다들 몸무게가 빠졌는데 도리어 찐 사람이 있다. 바로 막내 홍명근 군이다. 평소 운동으로 단련된, 빠질 살이라고는 없어 보이는 석 대장이 2킬로그램이 빠지고 부대장과 김홍석 군은 6킬로그램이 빠졌다. 그런데 명근 군만은 2킬로그램이나 더 쪘다. 세상에!

이구동성으로 백두대간 종주를 하면서 살이 더 쪘다는 사람은 처음 본다고 했다. 하기는 평소 명근 군이 고기를 좋아하고, 잘 먹더니 결국 체중에 반영된 것이 아닌가 싶다. 정작 본인은 믿기지 않는다며 세 차례나 몸무게를 달아 보았다고 한다.

의기소침해 있는 명근이가 귀엽다.

산중 정치 토론

종주단과 〈희망제작소〉 사람들이 잠든 뒤 내 방에 윤석인 부소장과 김영태 상주 〈토리식품〉 대표가 모여 서울시장 보궐 선거에 관하여 이야기를 나누었다. 윤 부소장에 따르면 손학규 민주당 대표, 김민영 〈참여연대〉 사무처장, 김수진 이화여대 교수도 나의 출마 여부에 대해 궁금해 한다고 했다.

백두대간 산행 중에 이미 일어난 내 심경 변화를 토로하고 시민 사회와 정치권에 이런 입장을 전하고 분위기를 파악해 달라고 요청했다. 내가 〈희망제작소〉에서 운영했던 '좋은 시장학교' 졸업생인 김영태 대표는 적극 출마를 권유했다.

잠 못 이루는 이기령의 밤

올챙이 시절도 모르고

안개가 자욱하다. 마치 비를 맞는 것 같다. 얼굴에는 빗물처럼 안개가 흘러내렸다. 한 치 앞도 잘 안 보인다. 오직 안개뿐이다. 좋은 전망을 보기는 글렀다. 그래도 시야를 스쳐 가는 나무들은 멋있기만 하다. 두타산을 오를 때까지 안개는 여전히 자욱했다.

〈희망제작소〉 연구원들 가운데에는 뒤처지는 사람들이 나왔다. 그냥 두고 나라도 빨리 가야 짐이 되지 않을 것이다. 그러나 이미 산에 단련되었다는 자신감이 그들을 내버려 두고 가지를 못하게 했다. 끊임없이 독려한다. "물 많이 먹지 마라.", "호흡만 조절하고 너무 많이 쉬지 마라." - 나도 모르게 석 대장처럼 말을 하고 있다. 올챙이 시절을 모르는 개구리처럼.

아주 헉헉거리며 산을 오를 때 대장으로부터 내가 들었던 말을 지금 내가 하고 있다. 스스로를 향해 쓴웃음을 짓는다.

두타산 정상에서 이별

두타산 정상에서는 햇볕이 났다. 안개비에 젖은 배낭도 말리고 옷도 나뭇가지에 걸어 두었다. 햇볕은 소중한 존재다. 두타산과 청옥산은 백두대간 중에서도 빼어나게 아름다운 산으로 손꼽힌다. 백두대간 종주가 엄두가 안 나는 사람도 이곳은 꼭 온다.

오늘 아침 댓재휴게소에서 최창남 목사 일행을 만났다. 밖이 요란해 나와 보니 새벽에 도착해 아침식사를 하고 있었다. 〈백두대간학교〉 교장을 맡고 있는데 오늘은 '백두대간 열두 걸작 산' 산행을 하는 팀을 인도하고 왔다고 했다. 두타산과 청옥산이 열두 걸작에 속하는 것이다.

사실 내가 백두대간 종주를 꿈꾸고, 실행하는데 결정적인 기여를 한 사람이 바로 최창남 목사다. 언젠가 백두대간 종주를 권하면서 자신이 쓴, 백두대간 산행 기록을 담은, 책 한 권을 주었다. 그 책을 가슴에 안고 '언젠가는 꼭 가야지.' 하는 꿈을 키웠다. 한 번은 백두대간을 종주하는 팀이 있다며 합류를 권했지만 도저히 일정이 안 되어 포기하고 말았다.

두타산 정상에서 다시 그 일행들을 만났다. 최 목사와 함께 온 사람들 중에는 아는 얼굴도 제법 있었다. 바로 내려간다면서 음식을 나누어 주는 후한 인심을 보여 주었다. 먼 길 간다는 핑계로 넙죽넙죽 받아 배낭에 챙겼다. 〈희망제작소〉 연구원들과도 두타산 정상에서 헤어졌다. 반가웠는데 이제 다시 우리끼리 걸어야 한다. 부산스럽던 작별 인사 소리도 사라졌다. 이별은 만나는 순간 정해진 것. 또 만남을 예비하는 것이기도⋯⋯.

무릉계곡의 추억

〈희망제작소〉 연구원들은 두타산 정상에서 무릉계곡으로 내려간다고 한다. 무릉계곡은 나에게도 특별한 인연을 가진 곳이다. 정확한 햇수는 이미 기억에도 없다. 아마도 1980년대 후반 무렵일 것이다. 인권 변호사 시절에 여러 지인들과 동해로 놀러온 적이 있다. 소설가 황석영, 김성동 씨와 이호웅 선배도 같이 왔었다. 다 함께 이 무릉계곡에 들어와 하룻밤을 잤다. 아주 큰 바위와 절벽에 맑은 옥수가 어우러지던 절경이 아직도 눈에 선하다. 하지만 그날 밤 잠자리는 시끄러웠다.

이 계곡에 북한 인민군 피복 공장이 있었는데 전투가 심하게 벌어져 계곡물이 완전히 붉은 핏물이 되어 흘렀다고 했다. 그 때문이었을까? 아마도 〈희망제작소〉 연구원들은 이 사연도 모른 채 절경을 즐기며 내려갔을 것이다.

구절초? 기절초?

이윽고 해발 1,403미터인 청옥산靑玉山이 나왔다. 이름도 아름답다. 두타, 무릉, 청옥. 이름에 걸맞게 이 산은 북으로는 고적대, 동으로는 두타산으로 연결되어 있는 해동삼봉 중의 하나라고 한다. 예로부터 보석에 버금가는 청옥이 발견되고, 약초가 많이 자생한다고 하여 청옥산으로 불렸다고 한다.

계속 걸어 도착하는 곳이 연칠성령. 삼척 하장면과 동해 삼화동을 가르는 험준한 마루 길이다. 길 양쪽이 깎아지른 절벽 같아 보인다. 아차하면 동해 앞바다에 떨어지지 않을까 조바심이 난다. 이어

망군대가 나온다. 조선 인조 시절 이식이라는 사람이 낙향을 한 후에 이곳에서 서울을 바라보았다고 한다. 낙향하고도 잊지 못하는 곳이 서울인가 보다. 잠깐 내가 '40여 년을 살아온 서울'에 대해 생각을 해 본다.

잠깐 맑았던 날씨는 청옥산에서부터 다시 안개 속이다. 오늘도 안개 속을 걷는다. 해발1,353미터인 고적대는 의상 대사가 수행을 한 곳이라고 한다. 이 지역은 오르막과 내리막이 심하다. 바위 타기를 많이 해야 하는 곳이다. 이 고적대 정상에서 빨간 열매가 가득히 달린 마가목을 만났다. 연두 빛 쑥부쟁이, 한국의 에델바이스라고 불리는 흰색 구절초가 힘든 여정을 위로해 주었다. 일행 중에 누군가가 '구절초'가 아니라 '기절초'라고 말할 정도로 우리 모두는 지금 '기절'할 지경이다.

대장은 잔소리꾼

계속 험준한 바위 구간이다. 한 발짝, 한 발짝 신경을 쓰지 않으면 돌에 걸려 넘어지거나, 아니면 흔들리는 돌에 몸의 균형이 깨질 상황이다. 다들 많이 지쳤다. 그런데도 대장은 채근을 했다. 대장이 되면 잔소리꾼이 될 수밖에 없는 모양이다. 대원들 안전을 책임져야 하는 입장이라 이해가 간다. 작은 실수가 산행의 중단으로 이어질 수도 있다.

석 대장은 이 산행이 끝나고 서울로 돌아가면 반드시 구충약을 먹으라고 한다. 사실 산에서는 아무것이나 먹는다. 야생의 열매도 따

먹고, 바닥에 떨어진 음식물도 주워 먹는다. 아주 수질이 좋은 샘물도 마시지만 때로는 흙탕물도 먹는다. 그 물은 우리뿐만 아니라 산짐승들도 먹는다. 야생동물과 다름없다. 하기는 본디 사람도 동물인 것을.

이별이 아름다울 수 있도록

길 한가운데 매미 한 마리가 파딱거리고 있다. 나무에 붙여 주려고 해도 붙지 못하고, 날려 보내려고 해도 날지 못한다. 이제 기력이 다한 듯하다. 이 지상에서의 삶이 다하는 순간이다. 고통스러운지 계속 운다. 이 세상과 나누는 이별이 좀 더 아름다울 수 있게 숲 속으로 던져 준다.

오늘의 목적지인 이기령에 도착하니 어느새 어두운 밤이다. 안개도 자욱하고 가랑비도 그치지 않는다. 임도 옆에 텐트를 쳤다. 오늘은 저녁을 굶었다. 지치기도 했고, 속도 안 좋았다. 일행들에게 내색은 못했지만 사실 요 며칠 동안 서울시장 보궐 선거 출마 여부를 놓고 혼란과 번민으로 가득 차 있다. 석 대장은 매번 "밥심으로 간다." 하면서 억지로라도 먹으라고 한다. 하지만 오늘은 밥을 먹을 수가 없다. 일행들이 걱정을 한다.

결단의 시간 앞에서

자다가 일어나 소변을 보러 나갔다. 잠깐 별이 보이기도 했다. 내일은 날씨가 맑기를 빌어 본다. 전전반측, 잠이 오지 않는다. 고단하면 오히려 잠이 잘 올 것 같은데 말이다. 오늘 고등학교 동창이자 오랜 친구인 김수진 교수가 이 깊은 산중까지 찾아오기로 했다. 아마도 이번 서울시장 보궐 선거와 관련해서 설득을 하러 오는 것 같은데 중간에 길을 잃어버린 모양이다.

그동안 무상 급식에 관한 주민 투표, 오세훈 서울시장의 사임, 그리고 곽노현 교육감의 비리 의혹 등에 관한 뉴스들이 이 산중에도 계속 전해지고 있었다. 나는 핸드폰이 없지만 젊은 대원들과 석락희 대장이 핸드폰으로 가끔은 실황 중계를 해 주었다. 문제는 뉴스가 뉴스로 끝나지 않고, 나와 연결이 되고 있다는 것이다.

이번 백두대간 종주를 시작하면서 두 가지에 대한 내 생각을 정리하려고 했다. 새로운 형태의 협동조합, 새로운 사회 경제 체제를 구축하기 위한 깊은 고민이 필요했다. 또 다시 새로운 영역을 개척해야 하는 일이다. 물론 이 부분에 대한 고민이 가장 깊었고 실제로도 사회적 기업의 유통 사업인 〈희망수레〉 사업은 이미 진행되고 있었다. 동시에 마음 한편에 남아 있는 정치 투신에 대한 고민을 정리하는 것이다.

그동안 여러 차례 정치 참여를 권유 받아 왔다. 김대중 정부에서는 감사원 사무총장이나 청와대 민정수석의 자리를 구체적으로 권유 받기도 했다. 노무현 정부에서는 공직이나 선거 출마에 대한 요청이 있었다. 특히 지난 2010년에는 김원기 전 국회의장, 이강래 민주당 원내 총무는 물론 시민 사회 인사들까지 서울시장 후보로 출마를 집요하게 권유했다. 그러나 시민 사회 활동 속에서 나의 삶을 마감해야겠다는 의지에는 변함이 없었다. 그때 도망치듯 영국으로 가 3개월이나 있다가 돌아왔다.

하지만 이명박 정부 아래서 내 생각에 동요가 일어나기 시작했다. 직접적인 탄압이 밀물처럼 밀려왔다. 하고 있는 일은 물론 계획하는 일까지 사사건건 방해를 했다. 나와 관계가 있는 기업인들이 조사를 받았다. 언론에도 재갈이 물렸다. 내가 출연하는 프로그램이나 나에 대한 내용이 실린 기사에 대해 간섭을 했다. 확정된 인터뷰나 방송 출연이 취소되는 경우가 많아졌다. 강의를 가는 곳마다 정보과 형사들이 나타났다.

나만의 문제라면 이 정권이 끝날 때까지 참아 넘길 수 있다. 그런데 세상이 거꾸로 돌아가고 있다. 국민과 소통은 단절되고, 표현의 자유는 억압되었다. 4대강사업과 남북 관계 단절, 민생 경제 파탄 등의 반민족적이고 반민주적이며 반민생적인 정책으로 일관했다.

시대가 70년대나 80년대로 뒷걸음질 치고 있다. 과연 나만 혼자 깨끗하게 살아도 되는지, 내가 역사와 민족, 시대에 대해 큰 죄를 짓는 것이 아닌지 고뇌가 깊어졌다. 백두대간 산행을 시작할 때, 이미, 이 점에 대해 결론을 내려야 한다고 생각했다. 걷는 걸음 하나, 보는 나무 하나, 딛는 돌 하나에도 나의 고민은 담겨 있었다.

서울에서 생긴 우연한 정치 변화가 나를 점점 숨 막히는 코너로 몰아넣고 있다. 밥이 잘 넘어갈 리 없고, 잠이 잘 올 리 없다. 어찌해야 하나?

오, 백두대간이여! 저 산맥이여! 저 바위여!

정치의 바다로

마침내 물속으로 뛰어든다

아무도 아직 일어나지 않았다. 비 오는 소리에 잠을 깨 밖으로 나갔다. 하늘은 맑고 해는 저만치 떠오르고 있었다. 가만히 보니 비 오는 소리가 아니라 나무와 풀에 맺혀 있던 이슬방울이 떨어지는 소리였다. 비 온 뒤 숲 속 아침은 청명하기만 하다. 멀리서 개 짖는 소리가 들린다. 주변에 목장이 있나 보다. 어제 비에 젖어 눅눅했던 심신도, 세상도 모두 개운해진다.

한 150미터쯤 떨어진 옹달샘으로 갔다. 누군가 작은 파이프로 대롱을 만들어 놓았다. 물이 흘러내리니 세수를 하기에 편하다. 혼자 등목도 할 수 있게 되어 있다. 추운 것도 아랑곳 하지 않고 웃옷을 벗고는 씻었다. 막상 그렇게 춥지도 않았다. 오히려 시원했다. 피곤이 사라지는 듯했다.

문득 어릴 때 멱 감고 놀던 시절이 떠오른다. 그때는 소 먹이러 가면 소는 산에 풀어 주고 아이들은 못에서 멱을 감으며 놀았다. 한번은 물이 얕은 곳에서 손으로 물을 만지작거리며 놀고 있던 나를 동네 형들이 갑자기 깊은 곳으로 밀어 넣어 버렸다. 물을 엄청 먹었다. 익사 직전까지 갔다. 죽을 고비를 넘기면서 그때 비로소 수영을 배웠다. 물론 개헤엄이다. 용기 있게 뛰어들어야 수영을 배울 수 있는 것을 동네 형들이 가르쳐 주었다. 새로운 길을 걷는 것은 어쩌면 죽을 각오가 필요한 지도 모를 일이다.

이제 정치의 바다에 첨벙 뛰어든다. 아니 뛰어들기로 결심했다. 며칠 밤낮으로 고민을 했다. 퇴로가 없다. 더 이상 고통 받는 대중의 삶을, 퇴행하는 시대를 그대로 보고 두지 말라는 내면의 소리를 거부할 수 없다. 백두대간을 걸으며 수없이 거쳐 간 나무와 돌과 땅과 하늘이 험한 길로 나를 이끌었다. 천지신명이 명하는 대로 나는 나아간다. 하나의 제물과 희생이 되고자 한다. 기꺼이 응하련다.

말리기 대작전

풀에 맺힌 이슬이 영롱하다. 마치 금빛처럼 빛난다. 지금 이 순간이 광대한 보물을 가진 것이 행복하기만 하다. 쇳덩어리에 불과한 그 금보다 자연의 금빛, 이 숲의 금쪽 같은 순간이 훨씬 더 찬란하다. 아무도 오지 않는 이 숲 속에서 이처럼 휘황한 것들을 즐긴다.

누가 말하지 않아도 모두 어제 비 맞은 물건들을 꺼내 햇볕에 말린다. 배낭, 신발, 수건, 양말 모두 길가에 널려 있다. 텐트와 플라이도 펼쳐 놓았다. 30분밖에 안 지났는데도 거의 대부분 말랐다. 햇빛의 힘은 위대하다.

임도 옆에는 아주 큰 캠핑장이 있다. 곳곳에 높게 자란 소나무가 향기를 더해 주고 있다. 관리가 제대로 되지 않아 수목이 우거져 있다. 캠핑 문화가 발전하면 좋겠다는 생각을 해 본다. 외국 관광지에선 캠핑카를 쉽게 볼 수 있었다. 우리나라에서는 아직도 너무 고가인 것이 흠이다. 장비도 장비지만 마음의 여유가 없는 것이 더 큰 문제인지도 모르겠다. 숲이 주는 영감으로 사람들 마음이 충만해진다면 우리 사회가 지금과는 다른 사회가 되지 않을까?

독일에서는 어린 아이들을 위한 숲 유치원이 유행이라는데 우리에게는 아직은 요원한 일이다. 아이들조차 공부하느라 너무 바쁘다. 어른들은 일로, 아이들은 공부로 생고생을 한다.

효심 깊은 사람들

종주 41일째, 지리산에서 출발해 북으로, 북으로 정말 멀리도 왔다. 자동차로 하루면 될 일을 한 달 넘게 걸어왔다. 이제 막바지를 향해 걸어간다. 누군가 "제대 말년 몸조심"을 이야기한다. 떨어지는 가랑잎 하나에도 조심해야 하는 때다. 어제 석 대장도 미끄러져 다리가 긁혀서 피가 나고, 나도 두어 번 미끄러졌지만 다행히 옷만 버렸다. 한 걸음, 한 걸음 조심해서 옮겨야 한다. 무사히 마무리할 수 있도록.

오늘은 느긋하게 출발하기로 했다. 옷도 말리고, 커피도 한잔 한다. 그 사이에 임도를 지나가는 사람들과 이야기도 나눈다. 주로 벌초를 하러 가는 사람들이다.

고향이 '이기리'라는 사람은 동해시에 살고 있다고 했다. 새벽부터 차를 몰고 왔다. 예초기를 등에 지고 숲 속으로 들어가면서 "옛날에는 이곳에 길이 있어 걸어 다녔다."라고 한다. 이렇게 깊은 산골짜기까지 조상의 묘소를 살피러 오는 것을 보면 분명 효심 깊은 사람이다.

이번에는 정선에 산다는 두 형제가 나타났다. 역시 성묘를 하러 왔다고 했다. 같이 자동차 정비업을 한다는 두 사람은 제수 용품과 예초기를 짊어지고 숲으로 들어갔다. 우의가 돈독한 두 형제에게 복이 있기를 바란다.

산 사나이 김용삼

이기령에서 점심 먹고 막 떠나려는데 한 사람이 우리를 뒤따라 왔다. 〈참여연대〉의 등산모임인 '산사랑' 열성분자 김용삼 씨다. 춘천에 살면서도, 산을 좋아해, 서울 근교에서 진행되는 등반에 매번 참석했다. 진짜 산 사나이다. 산사랑 모임에 갔다가 백두대간 종주 소식을 듣고는 화방재부터 우리를 뒤쫓았다고 한다. 역시 배낭 크기나 무게 등이 우리와는 다르다. 그는 "산을 올라가는 것은 잘하는데 내려가는 것은 잘 못한다."라고 했다. 산을 좋아한다는 말을 이렇게 에두르는 것이다.

얼굴에 "착한 사람"이라고 쓰여 있는 김용삼 씨는 설악산에 아지트도 있다고 했다. 공룡능선 부근에 있는데 온 설악산이 한눈에 다 보인다고 한다. 어느 때고 하루 이틀씩 지내다가 온다고 했다. 자신만의 비트인 이곳에는 비상식량은 물론 술도 있단다. 설경이 펼쳐진 설악산을 한눈에 내려다보며 술 한 모금 머금으며 산을 독차지하는 사람. 진귀한 사람이다.

언젠가 그 비트를 꼭 가보고 싶다.

영동과 영서의 차이를 알겠네!

오른쪽에는 깊은 절벽이, 왼쪽에는 평탄한 산 구릉이 펼쳐진다. 오른쪽이 영동이고, 왼쪽이 영서다. 완연하게 지세가 다르다. 강원도라 해도 완전히 다른 기질을 가질 수밖에 없을 듯하다. 동쪽으로 나 있는 깎아지른 절벽을 보면 동해가 깊은 이유가 짐작이 된다. 백복령에서 상월산까지는 숨도 못 쉬게 만드는 급경사다. 땀을 엄청 흘렸다.

원방재에 도착하니 노송 군락이 이어지는 소나무 지대다. 죽죽 뻗은 붉은 빛깔의 소나무가 신비하게 보인다. 큰 집의 대들보로 쓰일 만하다. 이렇게 장송이 될 수 있었던 것은 워낙 높은 산마루에 있어 사람 손길을 닿지 않은 덕분인 것 같다.

아주 매운 "양념"

오늘 백봉령까지는 10킬로미터 밖에 안 되는 비교적 간단한 코스라고 들었다. 그러나 역시 백두대간은 호락호락하지 않다. 거의 다 왔다고 하는데 갑자기 봉우리 하나가 나타난다. 갑자기 속도가 떨어진다. 옆에 있던 김용삼 씨는 "이런 건 산행의 양념"이라고 했다. 양념은 양념이다. 아주 매운 양념! 석 대장은 "심심풀이 땅콩"이라고 했다. 늘 뒤처지는 나는 그 말에 아무 대꾸도 안 한다. 아니 못 한다. 결코 '심심풀이'가 아니기 때문에.

그래도 오후 5시 반에 종착점인 백봉령에 도착했다. 해발 970미터 상월산을 비롯해 해발 1,022미터, 987미터나 되는 무명봉을 오르락내리락 했지만 예상보다 빨리 왔다. 그동안 실력을 갈고닦은 덕이다.

백봉령은 원래 복령이라는 약초, 특히 흰 복령이 많이 나서 붙여진 이름이라고 한다. 1937년에 42번 국도가 개설되기 전까지는 영동과 영서를 잇는 고갯길로 유명했다고 하니 이 높은 곳을 넘나드는 조상들의 애환과 숨결이 많이 스며들어 있을 것 같다.

백봉령에서는 어제 이기령으로 못 온 김수진 교수가 고기와 막걸리, 과일을 준비해 와 파티를 벌였다. 산행 중에 있었던 일로 이야기 꽃을 피웠다. 다들 텐트로 들어간 뒤 김수진 교수와 본격적인 대화를 나눈다. 김 교수는 소명의 정치를 이야기하며 정치의 제물이 된 서울 시정을 복원할 책임을 나에게 계속 강조했다. 민주당의 분위기도 전했다. 당장 산을 내려가기 보다는 산행을 계속하며 사태를 관찰하고 대응을 하기로 했다. 밤늦게까지 우리는 시국을 논하며 우국충정의 마음을 달랬다.

이제 주사위는 던져졌다. 나는 망설임을 내려놓고 운명의 주사위를 던졌다.

산이 사라졌다

감자 캐러 가는 아낙들

아침에 다시 안개비가 내린다. 그 안개 속에서도 저 멀리 동해에서 해가 떠오른다. 땅에 깔려 안개가 있으니 하늘마저 덮을 수는 없나 보다. 햇볕이 안개마저 물리쳐 주기를 바란다. 이제 따사로운 가을 햇볕에 만물이 여물어 가기를 빌어 본다.

백봉령은 정선과 삼척을 연결하고 있다. 아침에 웬 차가 이 고개에 멈춰 섰다. 승합차 안에는 아주머니들이 가득 타고 있었다. 정선 임계면에 있는 농장에 감자 캐러 간다고 했다. 삼척에 사는 아낙들이다. 농촌에는 일손이 없어 이렇게 외지에서 일꾼들을 모집해 갈 수밖에 없는 상황이 되었다. 점심은 각자 준비하고, 아침 7시부터 저녁 6시까지 일을 하고 일당은 5만 원이라고 한다. 간단한 노동은 아닌 성싶다.

끊어진 백두대간

정선 아리랑의 슬픈 사연을 뒤로 하고 우리는 북으로 나아간다. 얼마 안 가 자병산이 처한 슬픈 현실과 부닥친다. 산이 사라지고 있다. 원래 바위로 이루어진 아름다운 산이었다고 한다. 한라시멘트(현재는 외국인에게 인수되어 토파즈한라로 불린다.)가 이 산을 다 파 없앴다고 한다. 한 기업이 이렇게 통째로 산 하나를 몽땅 집어삼켜도 되는 일인지 모르겠다. 우리 자손 대대로 물려주어야 할 아름다운 자연을 이렇게 훼손해도 되는 것인지 우리 모두에게 묻지 않을 수 없다. 참 부끄럽기만 하다.

넘어가야 할 원래 능선이 없으니 우리는 우회할 수밖에 없다. 아직도 곳곳이 공사판이다. 마치 호주에 있는 노천 광산 지역에 온 느낌이다. 저 멀리 트럭들이 계속해서 석회석을 실어 나른다.

한편에는 〈백두대간보존회〉와 〈백두대간+2〉에서 자병산 가꾸기를 한다는 간판이 보인다. 이미 없어진, 사라진 자병산을 가꾼다는 것이 얼마나 모순된 일인가? 자병취니 병풍쌈 같은 것을 키운다고 써 붙여 놓았는데 실제 잘 보이지는 않는다. 심어 놓긴 한 모양인데 제대로 가꾸지 않나 보다. 이 흉측한 모습들을 어떻게 해야 할지 발걸음이 무겁기만 하다.

우울한 고압 송전탑의 행렬

여기는 석회석이 많다 보니 국내 최대 카르스트 지역이라고 한다. 그 위를 아주 높고 큰 송전탑이 지나간다. 울진 원자력 발전소에서 생산된 전력이 서울까지 간다고 한다. 서울 사는 사람으로서 산한테 아주 미안한 느낌이 든다. 원전 자체도 문제지만 그 건설 비용과 누전, 유지 관리 비용을 생각하면 지금 방식은 문제가 많은 것 같다.

전력의 지역화, 분산화가 필요하다. 독일에 가서 배웠다. 자기 지역에서 필요한 전력은 자기 지역에서 생산한다는 것이다. 물론 현재 상태의 서울에서는 생산하기가 어려울 것이다. 인근 지역에서 생산하면 그만큼 비용이 적게 들 것이다.

날씨는 맑고 덥다. 고개는 멀고 오르막이 이어진다. 땀이 흐르니 물이 많이 먹힌다. 물병에 600밀리리터 밖에 없는데 아껴 마셔야 한다. 갈 길은 먼데 물이 조금밖에 없으니 괜히 불안해진다. 여름이 다시 온 느낌이다. 922고지 정상에서 점심 식사를 했다. 역시 물이 문제다. 물이 모자란다고 생각하니 갈증이 더 난다.

이번에도 김용삼 씨가 나섰다. 거의 600미터나 내려가서 물을 떠와 갈증을 면했다. 점심 식사 후에도 오르고 내리는 일은 거듭되었다. 병풍처럼 쳐 있는 석병산을 그렇게 통과했다.

"산을 우습게 보지 마라"

18킬로미터 정도 걸어 삽당령에 도착했다. 마지막에 임도에 내려서 그것이 길인지 알고 좀 걸었더니 잘못된 길이었다. 삥 둘러 간 셈이 되었다. 그래도 많이 안 가, 자동차들이 고속도로처럼 속도를 내는 삽당령에 도착했다.

반가운 얼굴들이 우리를 기다리고 있었다. 이기열, 김경재, 이왕영 씨가 한 보따리의 오리고기 특식과 함께 나타났다. 열심히 구워 대도 고기가 남아나지 않았다. 젓가락이 서로 부닥칠 정도로 정신없이 먹었다. 이때 등산복 차림을 한 남자가 다가와 "밥 좀 주세요!"라고 하지 않는가. 사흘째 밥을 못 먹었다고 했다. 그런 사람을 거절할 수는 없는 일이다. 숟가락을 하나 더 얹었다. 일산에서 직장을 다닌다는 그는 그동안 과일 주스 같은 음료수를 주로 먹고 다녔다고 한다. 배낭에 야영 장비도 없다. 등산 전문가인 이기열 씨와 석 대장은 "산을 우습게 보지 마라." 하며 조언을 한다.

베테랑들과 등산을 다닌다는 것이 '천만다행이다.' 싶다. 나는 전문가들이 옆에 있으니 아무 걱정 없이 다니고 있지만 혼자라면 이 모든 장비와 식량을 짊어지고 다니며 안전하게 산행을 할 자신이 없다.

옛날은 가고 없고

내 나이 이십대 초반에 이 궁벽진 강원도에서 산 적이 있다. 정선에서 등기소장으로 1년여 근무했다. 좋은 시절이었다. 정선 읍내에서 버스를 타고 이 고개를 넘어 강릉으로 갔다. 이 삽당령이 얼마나 꼬불꼬불한지 거의 비행기를 타고 오르는 기분이었다. 그래서 '비행기재'라고 부르기도 했다. 그런데 지금은 거의 고속도로 수준이다. 터널도 생겼다.

빨리 달리는 차들을 보고 있자니 옛날 추억이 다 깨지고 말았다. 그 옛날 정취는 사라졌다. 세월의 변화를 실감할 수 있다. 그래도 길가에 붙여 놓은 위험 도로 표지판이 옛날 삽당령의 추억을 되살리게 한다.

아들의 걱정

우리가 텐트를 친 곳은 강릉 왕산면 쪽이다. 마침 큰 돌을 세워 표지를 삼은 비석 뒤에 잔디를 심어 둔 곳이 있었다. 텐트 치기에는 안성맞춤이었다. 큰 도로가이기는 하지만 이 정도 좋은 자리를 찾기는 힘들다.

　밤중에 오랜만에 집에 전화를 했다. 며칠 후면 아들이 군대를 간다는데 아버지 체면이 말이 아니다. 오히려 아들이 아버지를 걱정한다. 안부를 묻는 아들이 기특하다. 부모 노릇을 제대로 못 하는 내가 부끄럽다. 좋은 아버지가 되는 것은 이미 포기했지만 그래도 가슴이 아프다.

숲이 희망이다?

봉사가 취미인 사람들

새벽에 비가 오나 했다. 일어나 보니 나무에서 물 떨어지는 소리였다. 지나다니는 차 소리가 시끄럽다. 이런 와중에서도 잠은 잘 자서 개운하기 그지없다. 이기열 대장 일행은 벌써 누룽지와 김치로 아침상을 차려 놓았다. 봉사가 취미인 것이 틀림없는 사람들이다.

오늘은 홍명근 군과 잠시 헤어지는 날이다. 여자 친구가 부친상을 당했다고 한다. 모여 논의를 한 결과 앞으로 결혼을 할지도 모르는 사람이 부친상을 당했는데 알고도 안 간다면 나중에 후회할지도 모르니 다녀오도록 했다. 〈다섯손가락〉에서 손가락 하나가 줄었다. 숟가락도 하나 줄었다. 원래 여기서 돌아가기로 했던 김용삼 선생이 명근 군 대신에 짐을 져 주겠다며 며칠 더 있겠다고 했다. 참으로 고마운 일이다.

아침 식사를 마치고 산행 준비를 하고 있는데 옆에 있는 성황당에 사람들이 모인다. 8월의 제를 올린다고 마을 사람들이 준비 중이다. 전에 대관령 국사성황당 행사를 본 적이 있다. 강릉 지역 주민들이 전통 수호에 대한 깊은 관심이 단오제를 유네스코 문화유산으로 등재되게 한 비결이 아닐까 한다.

저탄소 녹색 성장의 빛과 그림자

> 묵계리 국유림 전역은 목계리 송이 채취단이 강릉 국유림관리소와 대부 계약을 체결하여 공동 생산을 하게 되었으므로 채취단 외에는 출입을 통제하므로 위반 시에는 과태료가 부과됩니다. _강릉 국유림관리소 묵계리 채취단

산 입구에 크게 써 붙여 놓았다. 아마도 등산객 중에 송이를 비롯해 산나물, 임산물, 야생화를 전문적(?)으로 채취해 가는 사람이 있는 모양이다. 그뿐 아니라 인근 다른 지역 주민들까지 이 산에 와서 채취를 해 가니 이런 방법을 동원했을 것이다. 오죽하면 이렇게 하겠는가마는 세상이 각박해지는 느낌을 받는다.

경고판보다 훨씬 큰 더 간판이 보인다. 거기에는 "저탄소 녹색 성장 – 숲이 희망입니다."라는 내용이 적혀 있다. 그야말로 구호만 요란하다. 진실로 숲이 희망이 될 수 있도록 얼마나 노력했는지 질문하고 싶다. 외국처럼 숲을 가꾸고, 사람들의 삶에 친숙하고, 자손들에게 물려줄 만큼 잘 보존해 왔는지 말이다. 나무는 많이 심어 숲은 우거졌지만 곳곳이 개발로 몸살을 앓고 있다. 곳곳에 난 도로가 산과 숲을 위협하고 있다. 구호가 공허해 보이는 이유다.

손가락 하나가 떠난 자리

산을 타고 가는데 허전한 느낌을 지울 수 없다. 끊임없이 조잘거리며 귀여운 짓을 하던 막내 명근이의 빈자리가 크다. 모두들 말수가 줄어들었다. 눈앞에서 깔깔대던 명근이가 떠난 후 부대장도 말이 없다. 부대장이 명근이를 많이 귀여워했다. 말동무가 없으니 허전해 보인다. 한 사람이 이렇게 소중하다는 것을 새삼 알게 된다.

오전 9시 30분에 삽당령을 출발한 우리는 12시 20분경에 979고지에 도착해 점심을 먹었다. 라면과 주먹밥이 점심 메뉴다. 이제 질릴 때가 되기도 했건만 허기가 반찬이다. 밥을 먹고 난 뒤 커피에다 파인애플까지 먹는 호사를 누렸다. 단맛이 수박 못지않다. 내가 그 파인애플을 지고 갔다. 웬만하면 조금 더 지고 가서 오후에 완전히 지쳤을 때 내놓고 싶었다. 그럼 효용이 더 컸을 텐데 좀 빨리 내놨다. 머리카락이라도 한 올 줄여야 할 판이었다. 파인애플 없는 배낭, 생각만 해도 가볍다.

월말 증후군과 마른 벌이

점심을 즐긴 다음 우리는 한달음에 들미재, 석두봉을 지나 960고지 곰바우에서 화란봉까지 한 번도 안 쉬고 돌진했다. 오랜만에 비도 안 오고 구름이 많아 서늘하다. 등산하기에 아주 좋은 날씨다. 등산을 하면서 이렇게 날씨에 예민하게 되었다. 화란봉을 지나 도착하는 전망바위에서 저 멀리 대관령이 바라보이고 그 아래 구름이 걸려 있는 모습을 즐긴다.

지금부터 오늘 목적지인 닭목령까지 계속 내리막이다. 자연스레 이야기꽃도 피었다. 중소기업을 경영하는 박우형 부대장은 월말이 되면 늘 '월말 증후군'을 앓는다고 한다. 돈을 받아야 할 곳에서는 돈을 안 주고, 돈을 주어야 할 곳에서는 돈 달라고 아우성치는 현상인데 중소기업인이라면 월말에 겪는 일반적인 증상이란다. 중소기업에서는 멀쩡하게 일 다 해 주고도 상황 좋은, 돈 많은, 대기업 눈치를 봐야 한다고 했다. 종업원 임금은 하루라도 미룰 수 없는 것이 중소기업인의 운명이니 월말이면 골치가 지끈거리게 된단다.

석락희 대장은 '마른 벌이'에 대해 말했다. 대장은 산길에서도 무엇이든 열심히 잘 줍는 편이다. 스틱 끝 마개나 등산용 방석을 줍기도 하고, 화장실에서 누가 버리고 간 세면도구도 줍는다. 석 대장 부인은 "퇴직하고 벌이가 없다고 눈에 보이는 건 다 주워서 쓴다."라고 핀잔을 주는 데도 이 습관은 없어지지 않는다. 재활용의 달인이다

금계포란金鷄抱卵의 형세

드디어 닭목령에 도착했다. 대관령과 삽당령 중간 지점이다. 내일이면 대관령에 도착한다는 이야기다. 강릉에서 왕산골을 지나 계한동을 넘나드는 이 고개를 닭목이, 닭목재라고 부른다는데 모두 풍수지리설에서 유래되었다고 한다. 천상에서 산다는 금계가 알을 품고 있는 형세를 금계포란형이라고 하는데 이곳은 바로 닭 목덜미에 해당한다고 하여 닭목이라고 불린다는 것이다. 주변에 아주 잘 꾸며 놓은 묘소가 있는 것을 보니 이 지역 사람들은 풍수를 굳건하게 믿는 것 같다. 21세기에도 풍수지리설은 우리들 삶을 좌우하고 있나 보다.

닭목재 정상에 있는 성황당 옆 농산물 집하장 마당에 텐트를 쳤다. 텐트를 치고 나니 빗방울이 듣는다. 그나마 밥은 먹었으니 안심이다. 비가 올 경우를 대비해서 삽으로 텐트 주변에 물길까지 내 놓았다. 물이 텐트 안으로 스며들지는 않을 것 같다.

우리가 텐트를 친 곳 바로 옆에는 〈감자바우약초〉라는 간판을 단 가게가 있다. 그 집에서 오미자 효소를 샀더니 찐 옥수수를 몇 개 주었다. 맛있게 먹었다. 장사하는 사람들마저도 이 강원도에서는 인심이 좋다.

원래 이곳 왕산은 전국 최고의 감자 종포마을이라고 한다. 행정구역상으로는 왕산면 대기 2리이다. 역시 감자는 강원도를 상징하는 농산물이다. 이곳에서 생산되는 재래 토종꿀로도 유명한데 1980년 강원도로부터 재래봉 보호 지구로 지정되었다고 한다.

개발로 몸살을 앓는 산하

새벽부터 바쁜 농촌의 일상

새벽 6시. 간밤에 내리던 이슬비는 그쳤다. 주변이 부산하기 그지 없다. 우리가 묵은 곳이 깊은 산중이 아니라 농촌 지역이라는 것을 실감할 수 있다. 작은 버스 두 대가 잠깐 멈춘다. 주문진에서 감자 캐러 온 아주머니들이 내렸다. 트랙터도 쉼 없이 움직인다. 그리고 보니 우리가 텐트를 친 곳 바로 옆에 있는 건물이 농기계 보관 장소 겸 농산물 간이 집하장이라고 표시되어 있다. 1998년에 정부 지원을 받아 건립되었다고 하는데 거의 안 쓰는 것 같다.

우리가 텐트를 치고 있어도 뭐라고 하는 사람도 없었고 오가는 농기계도 없었다. 하기는 누가 농기구를 자기 집 안에 두지 이런 곳에 갖다 둘까? 정부 예산이 낭비된 대표 사례다. 과거에 농기계를 집집마다 사도록 융자해 주었다가 결국 농민들이 빚더미에 올라앉은 것도 대표적 정책 실패가 아닐 수 없다. 이제는 이런 일이 없어야 한다.

백두대간이 살아남을까?

닭목령에서 오전 9시경 출발했다. 30분이 채 안 돼 눈을 사로잡는 것은 거대한 개발지였다. 포장도로가 나타났다. 포클레인과 덤프트럭이 쉴 새 없이 오간다. 저 아래 크고 작은 한옥이니 건물들이 보인다. 주변은 밭이다. 산등성이에서 진행 중인 공사 규모를 보자니 대형 건물이 들어설 모양이다.

이 산맥 한가운데 도대체 무슨 용도로 이런 개발이 이루어지는지 알 길이 없다. 그 개발지를 빙 둘러 백두대간 길이 나 있다. 앞으로 사람들은 산이나 숲이 아니라 그 건물들을 보면서 걸어야 할 것이다. 우리가 걸어가는 길 주변조차 큰 나무들을 베어 버려 키 작은 관목들이 자라는 지역으로 변해 있다. 아마도 이곳마저 앞으로 밭이 되고 더 나아가 개발이 되지 않을까 걱정이다. 대관령 일대는 이미 목장들이나 밭투성이다.

대간 길이 살아남을 수는 있을지?

욕심을 버리면 온 천지가 내 것

변호사 시절, 돈을 좀 벌었다. 그때 '별장이 있으면 좋겠다.' 하는 생각을 잠시 했었다. 별장을 염두에 두면서부터는 경치가 좋은 곳을 가면 바로 '여기에 별장을 지으면 괜찮겠다.'라는 생각으로 이어졌다. 그때부터는 어딜 가도 경치가 눈에 들어오는 것이 아니라 모든 장소가 별장지로만 눈에 들어오기 시작했다. 탐욕에 눈이 멀어간 것이었다. 아차 싶어 별장을 마음에서 포기했다.

만약 그때 별장을 포기하지 못하고 내 소유의 별장을 가졌다면, 아마도, 난 거기만 머물렀을 것이다. 거기만 좋을 줄 알면서 살았을 것이다. 다행히 별장을 가지지 않았고, 시민운동을 하면서부터는 가질 수가 없었기에 온 세상이 내 별장이 되었다. 천지가 머물 곳이요, 즐길 곳인데 한곳에만 머물 수 있겠는가.

사람이 탐욕을 버리면 온 세상이 '내 것'이 되는 평범한 진리를 모르니 이런 난개발을 하는 것인지도 모르겠다.

아름답다! 우리 산하의 이름들

오늘 걸어가는 길에서 만나는 동네 이름, 산 이름, 골 이름이 아름답다. 가르쟁이, 마지목이, 갈말골, 닭목이, 고루포기산, 큰골, 건정이골, 웃밭골, 제레니, 도마리, 박석골, 들미골, 아랫다리골, 윗다리골, 늪골, 곰자리, 어흘리, 초막곡, 가시머리, 암반덕, 버넝, 버들골, 돌뱅이골, 오목골……. 평창 도암면과 강릉시 왕산면, 그리고 성산면 일대에 있는 지역 이름이다. 아마도 뜻이 다 있을 텐데, 알 수가 없다. 언젠가부터 한자어가 침투해 우리말이 많이 사라졌다. 다행히 이 산골 마을에는 고유한 우리말 이름이 그대로 남아 있다.

왕산 제1 쉼터에는 화재를 이겨 낸 금강송들이 의연히 서 있다. 시커멓게 그을린 소나무들이 다시 푸름을 되찾았다. 인간이나 나무나 시련을 통해 더 강인해지기 마련이다. 왕산 제2 쉼터에 도착해서 점심을 먹었다. 메뉴는 주먹밥이다. 다들 주먹밥을 만드는 데는 도사다.

대관령 전망대에서 바라본 우울한 풍경들

오후 2시쯤 고루포기산을 거쳐 대관령 전망대에 도착했다. 오늘은 날씨가 비교적 괜찮아 사방이 잘 보인다. 저 멀리 도암댐이 보인다. 도암댐은 삼양축산이나 이웃 축산 농가들이 방출하는 축산 분

뇨와 스키장이나 골프장에서 배출하는 오염원이 흘러들어 물이 썩어 있다고 한다.

저 물은 아우라지를 거쳐 남한강으로 흘러 들어가는데 결국 한강을 오염시키는 데 주범이 되고 있다. 그래서 도암댐 물길을 돌려 오십천으로 해서 동해로 흘려 보내자는 의견도 있지만 주민들의 반대가 높다. 이렇게 되면 낙차를 이용해 발전도 할 수 있다고 주장도 하지만 입장 차이가 극명한 것 같다. 댐 건설이 무조건 좋은 것이 아니라는 증거다.

알펜시아도 보인다. 타워와 스키장이 한눈에 들어온다. 강원도가 개발공사를 통해 건설한 이 거대 리조트는 예산 낭비와 거대한 적자의 상징이 되어 있다. 동계 올림픽이 알펜시아의 적자를 반전시킬 수 있을지는 여전히 의문이다. 지방 자치 단체가 개발에 전부를 걸면서 지자체를 거의 부도 직전에 몰고 간 좋은 표본이 아닐 수 없다.

간절함이 만들어 낸 '행운의 돌탑'

전망대를 지나 횡경치와 능경봉을 지났다. 능경봉에 이르기 전 2.3킬로미터 지점에서 아주 훌륭한 샘터를 발견했다. 꿀맛 같은 물을 실컷 마셨다. 수량도 풍부하고 물맛도 좋았다. 이렇게 좋은 샘터가 제대로 표시되어 있지 않아 찾기가 쉽지 않았다.

능경봉을 오르는데 큰 돌탑이 서 있다. 이름 하여 '행운의 돌탑'이다. 선조들은 험한 산길을 지나갈 때 길에 나뒹구는 돌을 하나씩 주워 한곳에 모았다. 지나다니는 사람들이 돌에 발부리가 차이지 않게 하는 한편 여로의 안녕과 복을 비는 마음을 담아 탑도 쌓았다. 돌탑을 쌓으면서 위안을 받았을 것이다. 행복과 위안은 마음의 문제다. 간절히 빌고 소망하면 그것이 내면화되고 그 기도는 실현되기 마련이다. 나는 오늘 이 행운의 돌탑에서 무엇을 빌어 볼까?

변신이 절실한 구 대관령휴게소

능경봉에서 저 멀리 강릉 시가지와 동해 바다가 다 보였다. 계속 내리막을 타고 걸으니 마음이 편했다. 마침내 대관령에 도착했다. 영동고속도로가 새로운 터널로 통과하면서 예전의 고속도로는 이제 한적하다. 사람이 걸어 건너가기도 쉽다. 길 양편에 피어난 꽃들도 평화롭기만 하다.

구 휴게소에서 제일 후미진 곳에 위치한 산자령 슈퍼마켓 옆에 텐트를 쳤다. 가게에서 옥수수 몇 자루와 막걸리 몇 병을 사고는 온갖 편의를 다 얻었다. 텐트를 칠 수 있도록 승낙 받은 것은 물론이고 가게 앞에 있는 탁자와 의자에서 밥도 해 먹는 편의도 제공 받았다. 심지어 고기를 굽는 불판과 가위도 빌렸다. 가는 곳마다 인심 좋은 사람들을 만났다.

새로운 터널이 생기고 통행 차량이 줄면서 이곳 구 휴게소도 몰락의 길을 걷고 있다. 초라하기 짝이 없다. 워낙 대관령이 유명하다 보니 그나마 찾아오는 손님들이 간간히 있다고 한다. 주변에 동물농장, 대관령사파리, 산악오토바이, 양떼목장이 있다. 휴게소 안에 식당, 커피점, 기념품 판매점들이 있다. 그나마 이곳의 명맥이 유지되고 있는 것은 양떼목장이 유명해서라고 한다. 목장을 찾는 젊은 연인들이 제법 있다. 오가는 사람들은 무심히 지나치지만 이곳은 신사임당이 율곡을 데리고 걸었던 역사적인 길이며, 워낙 아름다운 산수를 자랑하는 곳이다. 지금의 쇠락이 아쉽다.

서울시장 보궐 선거를 위한 심야 회의

서울서 사람들이 왔다. 〈희망제작소〉 윤석인 부소장을 비롯해 정성원 전 부소장과 구수회의를 가졌다. 일행들은 잠자리로 들어가고 우리는 대관령 옛 휴게소 마당에 있는 야외 탁자에 앉아 이야기를 오랫동안 나누었다.

출마 결심을 굳혔고 이미 출마 의지가 언론에도 보도된 터라 구체적인 논의가 필요했다. 한겨레신문에는 '측근', '가까운 학계 인사'라는 익명으로나마 "야권 통합 후보로 출마하는 방안을 적극 검토하고 있다."라는 기사가 실렸다. 그야말로 서울시장 보궐 선거 출마는 기정사실이 되었다.

이제 선거 전략과 일정에 대해 구체적인 논의가 필요한 시점이다. 두 사람과 함께 깊이 의견을 나누었다. 출마 사실은 여러 어른들께 말씀 드렸고 평소 깊은 우정을 맺고 있는 시민 사회 선후배들과도 상의를 한 상태다.

처음 출마 사실을 알렸을 때 반응은 "늦은 감이 없지는 않지만 반긴다."라는 의견이 많았다. 그러나 "왜 진작 하지 않았냐?"라는 아쉬움을 토로하는 의견도 있었다. 오랫동안 정계 진출을 강력하게 요구했던 분들이라 반응은 우호적이었다. 문제는 이들의 도움을 구체적으로 얻어야 하는 것이다. 참으로 중요한 일이다.

아내에게도 보궐 선거에 출마할 의사가 있다는 것을 전화로 알렸다. '결국 올 것이 오고 말았다.'라고 체념을 한 탓인지 반대가 심하지는 않았다. 단지 "잘 생각해서 처신하면 좋겠다."라고 했다. 반응이 담담해서 오히려 내가 놀랐다.

〈다섯손가락〉에게는 아직 출마 여부에 대해 말하지 않았다. 어쩌면 짐작들은 하고 있을지도 모르겠다. 최근 서울에서 오는 손님들이 갑자기 는 것을 보면서 의아해 했을 것이다.

내일 진고개 쪽으로 시민 사회 후배들이 선거 캠프 조직에 대해 상의를 하기 위해 오기로 했다. 이제 운명의 시위는 당겨졌고, 나는 화살이 되어 날아가고 있다.

선자령에서 아이스크림을 먹다

휴지가 없는 화장실

아침에 일어나니 안개가 잔뜩 끼어 있다. 대관령 옛 휴게소 화장실에서 세수를 하면서 머리를 감았다. 물이 어찌나 찬지 소름이 돋았다. 계곡 물을 그대로 끌어온 모양이다. 머리를 감고 오랜만에 거울을 보았다. 얼굴은 새카맣게 탔고, 수염은 얼굴을 덮고 있다. 꼴이 말이 아니다. 세수를 하고 돌아오니 그 사이에 햇볕이 났다. 아직도 산중 일기는 가늠할 수가 없다. 햇볕이 났으니 서둘러야 한다. 텐트를 걷어 말리려면.

아침에 한 건을 했다. 휴게소 화장실을 갔는데 나중에 보니 화장지가 없었다. 그 이후 일은 상상에 맡긴다.

방울이와 쌈구

동네 사람이 강아지 두 마리를 끌고 산책을 와 있었다. 이름이 방울이와 쌈구라고 했다. 방울이는 암놈이고 쌈구는 수놈인데 생긴 꼴과 하는 짓이 비슷한가 보다. 성질 고약하게 생긴 쌈구는 생긴 것처럼 허구한 날 쌈만 하고, 방울이는 토실토실하고 순해 보이고 하는 짓도 그렇다고 한다. 사람이건 동물이건 내면은 이렇게 바깥으로 숨 김없이 드러나는 모양이다.

강아지 주인은 10년 전에 이 부근에 정착을 했는데 횡계 자랑을 엄청한다. 이 아래 강릉만 나가도 공기가 나빠서 잘 안 나간다고 했 다. 서울에는 절대 안 올 것 같다. 사는 이곳이 실제 생활권은 강릉 인데 행정 일을 보려면 평창이나 영월로 가야한다고 한다. 평창읍까 지가 60킬로미터이고, 영월까지 100킬로미터가 넘는데 불합리하다고 주장한다. 재판이나 세무 등의 행정 관할이 생활권 중심으로 해 주 어야지 행정 편의로 하는 것에 대해 아주 못마땅하다는 의견을 피 력하고 있다.

귀 기울여 들여야 할 사람들이 그러지 않으니 백년하청이다.

유해 발굴 조사단을 위한 헌사

오늘 산행을 시작한 지 얼마 안 된 지점에서 혼자 배낭을 메고 산 자령으로 올라가는 사람을 만났다. 국방부 소속 유해발굴조사단의 전문위원이라고 했다. 한국전쟁 중에 사망한 국군 유해를 발굴하기 위하여 이렇게 전국 산하를 뒤지고 있는 것이다.

이 넓은 국토에서 어떻게 유해를 찾느냐고 물었더니 중요한 전투 장 소나 국군과 인민군의 무력 충돌이 있었다고 기록된 곳 중심으로 찾 아다닌다고 했다. 현재 125,000구의 미 발굴 유해가 있고 매년 2,000 구 정도를 발굴한다고 한다.

전쟁이 끝난 지 언제인데 아직도 발굴을 한다는 것이 참 안타까운 일이다. 그래도 조국이 그들을 잊지 않았다는 사실은 높이 살 만하다. 좀 더 많은 예산과 인력이 투입되기를 바란다. 혼자 이 산야를 누비는 그 전문위원에게도 감사와 위로의 말을 전한다.

아이스크림 장수, 석달봉 씨

대관령휴게소를 떠난 지 두어 시간 지나서 해발 1,157미터인 선자령에 도착했다. 엄청 덥다. 완전히 땡볕이다. 이렇게 뜨거운 날 걸어본 지 꽤 되었다. 여기서 대관산, 여현산, 만월봉이 멀리 바라보인다. 또 유명한 보현사로 내려갈 수도 있다. 1980년대 후반, 선배들하고 친구들과 함께 보현사로 놀러가 만월을 즐긴 적이 있다. 보현사 대웅전 앞 댓돌에서 하염없이 바라보던 만월이 참 좋았다. 사실 달도 달이려니와 함께 했던 사람들과 나누던 정담이 더 가슴을 적시었다.

이곳에는 평창 국유림관리소가 세운 기념비가 크게 서 있다. 백두대간 보전, 국운 강성, 민족통일을 염원하며 세웠다는 이 기념비 앞에서 김용삼 선생이 제안을 해 간단한 제를 올렸다. 오늘 산행을 시작하기 전에 가게에서 막걸리와 북어포를 준비한 모양이다. 준비해 온 것을 제단에 올려놓는다. 좋은 성과를 얻기를 바라며 기도를 한다고 했다. 서울시장 보궐 선거에 출마한다는 것을 눈치 챈 모양이다. 내공이 대단한 분이다.

큰 비석이 그늘을 제공해 주었다. 그 아래 앉아 쉬고 있는데, 아니, 이것이 꿈인가 생시인가? 이 산꼭대기에 아이스크림 장수가 나타난 것이 아닌가! 참 대단한 사람이다. 동해에 살면서 두타산, 청옥산 등지를 오가며 아이스크림을 판다는 것이다. 개당 2천 원이라고 하는데 결코 비싼 것이 아니다. 두세 시간이나 걸어 올라와야 하는데. 이렇게 높은 곳에서 아이스크림을 먹을 수 있다니 이 얼마나 신기한 일인가. 우리에게 뜻밖의 기쁨을 누리게 해 주는 주인공은 바로 석달봉 씨다.

풍력 발전 단지와 목장이 자아내는 이국적 풍경

낮은목, 곤신봉을 거쳐 동해전망대까지 가야 한다. 그 과정에 풍력 발전단지와 삼양목장을 지나간다. 거대한 풍력 발전기들을 하나씩 헤아리며 걷는다. 이제 숲이나 나무들은 잘 보이지 않는다. 풀밭과 건초 더미 사이를 오가고 있다. 지금까지와는 완전히 다른 풍경이 전개되고 있다. 풍력 발전기는 60여 기가 설치되어 있다. 대규모로 설치되어야 채산성이 있다고 한다. 꽤 빠른 속도로 돌아가고 있다. 계속 바라보고 있자니 어지러웠다. 경관을 깨트린다는 의견도 있지만 대체 에너지가 아쉬운 우리나라로서는 불가피한 선택이라고 해야 하지 않을까?

초지와 산록이 만들어 내는 이 이국적인 풍경 때문에 주로 젊은 연인들과 가족 단위로 이곳을 방문하는 사람들이 많다고 한다. 여기저기서 다정하게 사진을 찍는 모습이 보인다.

동해전망대에 도착해 전망대 위로 올라가려는데 뱀 한 마리가 쏙 그 속으로 들어가는 것이 보인다. 생태가 살아 있으니 이렇게 사람들이 많이 다니는 곳까지 뱀이 출몰하는 것일 테다. 전망대에서는 날씨가 좋아 아주 멀리까지 다 보인다. 전망대가 제 역할을 제대로 할 수 있는 날씨다.

산행의 정적이 깨지다

바깥세상 긴박감이 여기까지

원래는 매봉까지 갔다가 다시 동해전망대로 돌아와야 하는데 마중 나온 신충섭 씨와 서울에서 볼 일을 보고 돌아온 홍명근 군이 동해 전망대에 와 있다고 해서 중단하고 말았다. 어차피 매봉부터 노인봉 까지는 출입 통제 구간이다. 서울시장 보궐 선거에 출마하는 것으로 말미암아 전반적인 산행 스케줄이 크게 조정되지 않을 수 없게 되었다. 태산이 움직여도 나는 미동도 하지 않으려 하지만 점점 더 세상의 긴박감이 이곳까지 전달되어 온다.

산장은 사람들로 북적이고 산행은 정적을 잃었다. 지리적으로도 거의 종착점에 다다른 백두대간 종주인데 하산을 재촉하는 발길이 자꾸 모여 들고 있다. 고등학교 동창들, 시민 사회 후배들이 나를 찾아 먼 길을 왔다. 김수진 교수와 정병호 교수와는 정치 일정에 대한 고민을 많이 나누었다. 하승창, 김민영, 박진섭, 오성규, 유창주 등 시민 사회 인사들과는 선거 캠프 구성과 역할 등에 대해 논의를 했다.

막바지로 접어든 산행을 응원하기 위해 온 손님들도 있다. 임정엽 완주군수와 석락희 대장의 동창들과 후배들도 왔다. 임정엽 군수는 덕유산에 이어 두 번째 출격이다. 이번에도 우리를 실망시키는 않는 훌륭한 고기를 사 왔다. 고기보다 더 일품인 것은 고기 굽는 솜씨다. 감히 그 누구도 따라갈 수는 없다. 노릇노릇하게 굽는 솜씨가 환상적이다. 고기를 굽는 속도감까지 탁월하다. 매번 고맙다.

안철수 교수와 이메일을 주고받다

서울시장 보궐 선거 출마가 나에게는 기정사실이 되었다. 어제 윤석인 부소장은 모든 정치 세력이 힘을 합쳐 밀어주는 '꽃가마'는 없다고 했다. 내 인생에서 일찍이 '꽃가마'는 없었다.

이제 만난萬難이 앞을 가려도 갈 수밖에 없다. 비가 오나 태풍이 부나 백두대간 길을 걸을 수밖에 없었듯이 이 선거에서 후퇴란 있을 수 없게 되었다. 그런데 안철수 교수도 이번 선거에 출마한다는 사실이 보도되었다.

여야 정당 후보가 누구인가는 크게 신경 쓸 일이 아니나 안철수 교수는 좀 다르다. 지금까지 살아온 길이 유사한 우리가 경쟁을 해야 하는 것은 상상이 안 가는 일이다. 어떡하든 서로 함께 가는 길을 찾아야 한다. 만약 내가 출마에 대해 발설을 하기 전에 알았다면 내가 결심을 접으면 된다. 그러나 이미 상황은 엎지른 물이 되어 있다. 그래서 우리가 묵고 있는 산장에서 이메일을 보냈다.

안철수 교수님
오랜만입니다. 저는 지금 백두대간 종주 중입니다.
지리산에서 설악산까지 걷는 코스인데 벌써 45일째입니다.

잠깐 휴식하는 시간에 마을로 내려와 이 이메일을 씁니다.

저도 어쩔 수 없는 운명의 힘으로
이번 서울시장 선거에 나가게 되었습니다.
아직 외부적으로 공식 발표하지는 않았지만
이미 실무적으로 캠프를 꾸리고 있고
제가 하산하는 10일경에는 공식 출마 선언을 할 예정입니다.
그동안 정치와 인연을 끊고 살았는데
진정으로 우리 사회의 발전을 위해 제가 투신하는 것이
어쩔 수 없는 상황이 되었다고 판단한 것입니다.
참 꿈 같은 일인데 현실이 되고 말았습니다.

오늘 우연히 안철수 교수님도 서울시장 출마를
고민하고 계신다고 들었습니다.
안 교수님의 역량이야 그 무엇인들 못하겠습니까?
늘 저를 도와 주셨고 또 함께 해 오셨기 때문에
제가 큰 도움을 얻어야겠다고 마음먹고 있던 차였습니다.
그런데 평소에 정치를 하시리라고는 생각하지 않았는데
오늘 그런 뉴스가 뜨는 것을 보고
과연 '안 교수님이 그런 생각을 하실까?' 하는 의구심이 생깁니다.
혹시나 헛소문이 아니라면
늘 비슷한 생각을 해 오던 안 교수님과 제가 경쟁하는 관계가 될까
걱정이 안 되는 바가 아닙니다.

지금 어떤 상황이신지 모르는 상황에서
함부로 말씀을 드릴 수는 없지만
생각이 비슷하다면 서로 힘을 합치는 것도 방법이라고 생각합니다.
제가 9월 10일 전후에 종주를 마치고 서울로 올라갈 텐데
한번 뵙고 싶습니다.
지금의 시국과 향후의 대응 방안에 대해,
그리고 협력에 대해 함께 고민해 보았으면 좋겠습니다.

늘 존경과 감사의 마음을 가지고 있는 박원순이 드립니다.
감사합니다.

안 교수가 처한 여러 상황이나 본인의 생각이 어떤지 전혀 모르는 상황에서 일단 서로 협의는 해야겠다는 생각에서 이메일을 보냈는데 바로 당일 답신이 왔다. 그동안 적지 않은 고민을 해 왔으며 귀경을 하면 보자는 내용이었다.

일단 두 가지를 확인할 수 있었다. 서울시장 선거든 아니면 공직 선거에 대해 적지 않은 기간 동안 고민을 해 왔다는 점과 그런 만큼 양보가 쉽지 않을 것 같다는 점이다.

안 교수도 우리 사회에 새로운 탈출구를 열어야겠다는 생각을 해 온 것이다. 그건 나도 마찬가지다. 서로 일하는 영역은 좀 달랐어도 고민의 방향은 같았다. 그렇다고 내가 지금 물러서는 것도 쉽지 않은 상황이다. 출마 요청을 할 때마다 거절을 했던 내가 출마를 하겠다고 발표를 해 놓고는 다른 유력 후보와 경쟁을 피하기 위해 출마를 접

는 것은 신의가 아니라고 생각했다.

이제는 앞으로 나아갈 수밖에 없는 당혹스러운 처지에 놓여 있다. 참 고민스럽다. 그러나 어쩌겠는가. 이미 상황은 벌어졌다. 이번 선거에서 패배하면 다시는 '선거에 나오라는 말은 안 하겠지!' 하는 마음이 드니 차라리 편했다. 이제 운명의 주사위는 던져졌다. 바로 답장을 보냈다.

안철수 교수님
신속한 답변을 해 주셨군요.
고맙습니다.

저도 이제 오대산을 넘어 설악산 쪽으로 진입하고 있습니다.
곧 백두대간 종주를 마치고 귀경할 예정입니다.
여기 산중에서 정확히 상황을 판단할 수 없습니다만
안 교수님과 저에 대한 온갖 말과 분석들이 무성하군요.
그래도 그동안 국민 멘토로서
우리 사회에 보배 같은 역할을 해 오신 안 교수님이나
정치와는 거리를 두고 나름대로 사회 변화를 위해
평생을 살아온 저나
아주 냉혹하고 객관적인 평가를
우리 스스로 내려야 할 시점인 것 같습니다.
어떤 경우에도 저는 안 교수님의 진정성과 신뢰를
놓지 않을 것입니다.

저는 모레쯤 설악산을 마지막으로 밤늦게 귀경할 예정입니다.

그러면 6일이나 7일쯤(오전 조찬 제외) 뵐 수 있을 것 같습니다.

편리한 시간과 장소를 정해 주시면 뵙도록 하겠습니다.

그럼 연락 기다리겠습니다.

그리고 잠을 잤다.

그래도 마음은 평정을

이제 조용히 앉아 지난 산행 일기를 쓰는 일도, 우리 〈다섯손가락〉
이 모여 담소를 나누는 일도, 숙소 주변의 자연과 사람들을 만나고
사귀는 일도 불가능해졌다. 내면으로의 조용한 침잠도 이제는 과거
지사가 되었다. 시끌벅적한 장터가 되었다.

태풍마저 온다는데 벌써 바람이 세게 분다. 빗방울은 굵다. 일정도
많이 바뀌었다. 원래 계획했던 코스 보다는 조금 단축될 수밖에 없
다. 9월 5일 밤에는 서울로 올라간다는 계획이다. 그러나 이 계획이
알려지면 기자들이 올 것 같아 일단 비밀에 붙이기로 했다.

그래도 원래 입산 금지 구역과 그 주변을 과감히 빼고 오대산과 설
악산까지 산행을 하기로 결정했다. 상황을 안 일행도 기꺼이 동조해
주었다. 이미 우리는 운명 공동체가 되어 있었다. 이 긴박한 상황 속
에서도 앞으로 사나흘 정도는 더 산행을 하기로 한 것이다.

마음이 급하지만 '그래도 이 정도 인내도 못하면서 무슨 일을 하겠
느냐?' 하며 애써 자신을 다잡았다. 건너뛴 부분은 언젠가 다시 보완
산행을 하리라는 굳은 약속을 스스로 하면서.

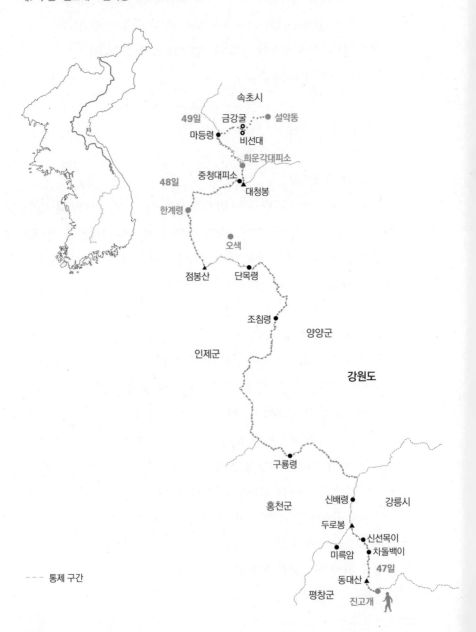

제7 구간 진고개 – 설악동 • 2011. 9. 3 - 9. 5

속초시
49일 금강굴 ···· ● 설악동
마등령 ● ◉ 비선대
       ● 희운각대피소
중청대피소 ●
48일   ▲ 대청봉
한계령 ●
        ● 오색
점봉산 ● ● 단목령
        조침령 ●   양양군
인제군
                      강원도

                구룡령 ●
홍천군   신배령 ●   강릉시
       두로봉 ▲ ● 신선목이
       ● 미륵암 ● 차돌백이
              동대산 ▲ 47일
평창군   진고개 🚶

--- 통제 구간

330

꼭꼭 숨은 오대산

무엇을 감추고 싶은가?

아침 9시쯤 식당에서 밥을 먹고 오대산 진고개 쪽에서 산을 타기 시작했다. 어제 대부분 돌아갔지만 임정엽 군수 일행과 석 대장 친구들은 남아 산행을 함께 하고 있다. 오늘은 태풍과 비바람이 몰아치고 있다. 모두 우의를 입고 출발했지만 땀과 비로 젖고 있다. 길은 질척이고 시야는 뿌옇고 속도가 느려질 수밖에 없다. 동대산과 차돌백이를 거쳐 신선목이로 갔다.

원래는 신선목이에서 식사를 제대로 하기로 했는데 비바람 때문에 간식으로 끼니를 해결하고 말았다. 비바람과 안개 때문에 전망은 제로다. 오대산에 몇 번 온 적이 있다. 그때마다 아름다운 풍광과 좋은 전망 때문에 즐거운 산행을 했는데 오늘은 다르다. 오대산이 아름다운 자태를 드러내지 않으려 작심했나 보다. 결국 두로봉과 미륵암까지 갔다가 회군을 하기로 했다.

북대사에서 만난 보살행

돌아오는 길에 잠깐 북대사라는 절을 들렀다. 고려 시대 때 지어졌다는 이 절은 오래전에 망실되고 지금은 복원을 하기 위해 가건물을 지어 놓은 상태다. 우물가에서 흙 범벅이 된 신발을 닦고, 세수도 하고 돌아갈 채비를 하고 있는 찰라 젊은 보살이 문을 열고 나왔다. 한마디 할 것 같아 눈치를 보고 있었다. 그러나 보살은 눈살을 찌푸리기는커녕 춥겠다면서 따뜻한 커피와 빵을 내 왔다.

적선積善이라는 말이 있다. 선을 쌓는다는 것이다. 하루아침에 큰 선을 행하는 것이 아니라 작은 선들을 쌓아 간다는 것이다. 내가 좋아하는 말 중의 하나가 "작은 것이 아름답다."는 것이다. 작은 호의 하나가 사람에게 큰 감동을 주기도 한다. 큰일에 감동을 느끼기는 오히려 어렵다. 상대가 베푼 작은 호의 하나에 그 사람에 대한 생각이 완전히 바뀔 때도 있다.

이름조차 물어보지 못한 그 보살의 보살행에 순간 몸과 마음이 따뜻해졌다. 언젠가 이 절이 과거의 영예를 복원하는 그날이 오기를 빈다.

오색 민박에서 하룻밤

오후 내내 차를 달려 오색으로 왔다. 오늘 걸었던 두로봉 이후부터 신배령을 거쳐 갈림길까지는 통제 구간이다. 그 다음 구간인 구룡령, 조침령, 단목령까지는 걷고 다시 통제 구간인 단목령에서 점봉산까지를 건너뛰어야 한다. 그러나 이렇게 하기에는 시간도 없고 원래 백두대간 길에서 탈출했다가 다시 붙는 것이 힘들어 과감히 그 모두를 건너뛰고 오색까지 온 것이다.

앞으로 있을 거대한 운명적 사건을 생각하면 그래도 최선을 다하는 일정이라고 확신한다. 내 앞에 폭풍이 다가 오고 있지만 미동도 않고 원래 자리를 지키고자 하는 것이다.

오색에 도착해 민박을 구했다. 휴가철이 지나서 그런지 예약을 안 해도 빈 곳이 많아 골라잡을 수가 있다. 이곳에는 몇 번 묵은 적이 있어 비교적 낯이 익다. 짐을 정리하고 오색약수터로 가서 약수를 먹고 물통에 담았다. 철분이 많아 붉은 기운이 난다. 수량은 눈에 띄게 줄었다. 안타까운 일이다. 이 주변에 큰 호텔이 들어선 것이 가장 큰 이유라고 한다.

약수터 가는 길에 바가지를 빌려 준다. 약한 것이 사람 마음이니 돌아가는 길에 바가지를 빌려 준 아주머니가 운영하는 식당에 들어가지 않을 수가 없다. 우리 역시 마찬가지다. 약수터 입구에 줄지어 있는 한 식당에서 소주 한잔을 했다.

막바지에 이른 산행에 대해 다양한 이야기꽃을 피웠다. 이제 모두가 지나간 과거다. 길에서 만났던 모든 자연과 사람들이 이제 추억으로 편성되고 있다. 참 많은 일들이 있었다. 지나온 40여 일의 산행, 우리가 보기에도 참으로 대단한 일이다.

백두대간의 끝에서

안철수 교수와 약속

안철수 교수가 답장을 보내왔다. 이후로도 간략하고 사무적인 이메일이 몇 차례 더 오갔다. 만나서 대화를 통해 논의하기로 했기에 일자와 장소를 정하기 위한 이메일을 주고받았다. 안 교수는 주로 컴퓨터로 이메일을 보냈고 나는 스마트폰으로 메일을 보냈다. 산에 있는 나는 컴퓨터가 없었을 뿐만 아니라 스마트폰을 사용하는 것이 편리하니까 당연히 그것을 사용했다.

매번 메일 회신은 빨랐다. 안 교수는 6일 조찬이 가능한지 타진해 왔다. 구체적인 시간과 장소를 알려 달라는 메일을 다시 보냈다.

소기업발전소 사람들

긴박하게 안철수 교수와 이메일이 오가긴 했지만 지난밤에도 비교적 편하게 푹 잤다. 초조하게 생각한다고 무엇이 달라지겠는가? '태산처럼 생각하고 행동하리라.' 하고 마음을 먹었다. 그동안 백두대간이 준 정신적 힘이다. 자고 난 우리는 곧바로 한계령휴게소로 올라갔다. 굽이굽이 오르는 한계령에서 〈한계령〉이라는 노래를 떠올리지 않는 한국인은 없을 것이다. 양희은 씨의 무심한 목소리가 이 노래를 더 애절하게 하는 것 같다. 들을 때마다 가슴이 저며 오곤 한다. 이제 '저 산'은 내게 폭풍이 기다리고 있는 저 아래 세상으로 "내려가라, 내려가라." 하고 있다.

한계령휴게소에 도착하니 〈희망제작소〉 부설기관인 〈소기업발전소〉에서 일하는 사람들이 도착해 있었다. 반가운 얼굴들이 보인다. 정용재 선생, 이경희 교수, 박동식 대표도 왔다. 내가 하는 일에 적극 동참하고 격려해 주는 분들이다. 대부분 〈희망제작소〉가 운영한 '소셜디자이너스쿨(SDS)'이나 '행복설계아카데미'를 수료한 분들이기도 하다. 어찌 반갑지 않을 수 있을까.

비바람을 벗 삼아 설악을 질주하다

한계령휴게소에서 커피 한잔을 하고 호기 있게 우리는 출발했다. 그러나 비와 바람은 마치 우리의 친구인 양 또 우리 앞에서 뒤에서 따른다. 비의 여신은 산행 내내 함께 하고 있다. 아주 잠깐 귀때기 청봉과 서북능선을 보여 주다 빗방울과 구름, 안개가 설악산을 온통 뒤덮고 만다.

앞사람 신발 뒤축만 열심히 보며 가는 수밖에 없다. 비와 차가운 날씨 때문에 풍성한 점심 도시락조차 제대로 앉아서 먹을 수가 없다. 여건이 도와주지 않아도 반가운 얼굴을 마주하며 먹는 식사는 모든 피로를 씻어 내기에 충분하다.

오후 1시. 응원 차 왔던 사람들은 모두 산을 내려가고 우리 대원들만 남았다. 엄청 빠른 속도로 바위를 타고 산허리를 몇 차례나 돌아간다. 대청까지 질주하다시피 걸었다. 이 정도는 할 수 있는 수준에 이르렀다. 50일 가까이 산에서 지냈으니 전문 산악인만은 못하겠지만 그래도 제법 단련이 된 것이다. 대청 부근에서 김홍석 군한테 변고가 생겼다. 갑자기 통증을 호소했다. 종주가 끝나자마자 바로 남행종주를 시작한다는데 저 몸으로 가능할지 걱정이 된다.

기업 전시관을 방불케 하는 대피소

중청대피소는 비를 피하러 온 등산객들로 몹시 붐빈다. 산장 안은 그야말로 난장이다. 바닥에서 배낭을 안거나, 깔고 조는 사람도 있다. 아마도 처음 산행을 한 사람이라면 지금이 지옥 같을 것이다.

산행 초기, 지리산 등반 때가 생각난다. 걷는 것도 힘겨워하던 그때 비하면 지금은 산다람쥐가 다 된 셈이다. 우리는 짐만 내려놓고 대청을 갔다가 왔다. 비바람이 엄청나게 몰아쳐 앞을 바라보기조차 힘들었다. 마지막 고난의 행군이다. 마치 설악산 산신이 우리를 시험에 들게 하려는 것 같다. 그러나 시험에 말려들 우리가 아니다. 끝내 대청에 올랐다. 바람이 매섭게 분다. 악천후에도 구절초와 금강초롱이 어여쁘게 피어 있다. 우리들을 위한 선물이 아닐 수 없다.

두어 시간을 더 걸어 오늘의 종착지인 희운각대피소에 도착했다. 중간에 한번 바위에서 미끄러져 넘어지기는 했지만 다치지는 않았다. 마지막인데 다시 한 번 조심해야겠다는 결의를 다졌다. 희운각대피소에도 사람은 넘쳐났다. 대피소 안에는 짐조차 둘 수가 없어 입구

처마 밑에 자리를 잡았다. 누군가 "짜장면 시키자!"라고 제안해 웃기도 했다. 식사할 엄두가 나지 않았던 것이다. 최후의 만찬을 준비한다. 춥고 비바람 몰아치는 야외에서도 우리는 즐거이 밥을 먹는다. 비록 피로에 몸은 지쳐 있지만 이런 시간이 또 오지 않을 것을 알기에 즐겁게 이 순간을 누린다.

이 고생도 내일이면 끝난다는 생각에 아쉬움도 몰려온다. 비바람 탓에 담소를 나눌 수 없는 것이 아쉽다. 최악의 경우 비박도 각오했는데 대피소 안에 잠자리가 났다고 했다. 다행이다. 비바람은 피하겠으나 안락한 곳은 아니었다. 코 고는 소리, 온갖 냄새, 더운 열기에 잠을 이룰 수가 없다.

내일이면 백두대간의 대장정은 끝나고 새로운 장정이 시작될 것이다.

미지의 세상으로

설악산이 주는 마지막 선물

새벽 6시에 기상. 다행히 비는 그쳤다. 밤새 비 오는 소리가 들렸다. 불어난 계곡 물은 얼마나 많은 비가 왔는지 보여 주고 있었다. 야외에 텐트를 쳤더라면 지금쯤 동해에 가 있을지도 모를 정도로 비가 내렸다. 이제 공룡능선을 타고 나면 하산이다. 설악동으로 내려간다.

희운각에서 출발해서 1킬로미터 정도 걸었다. 공룡능선에 올라서자 새로운 세상이 펼쳐졌다. 공룡능선과 용아장성이 그림처럼 나타났다. 구름이 한 점 하늘에 걸려 있다. 저 멀리 울산바위와 속초 시내가 훤히 내려다보인다. 동해 바다와 출렁이는 흰 파도까지 다 보인다. 세밀화를 보는 느낌이다. 아주 맑고, 푸르고, 신비롭다. 설악의 속살, 자연의 신비를 체험하며 하산 길을 재촉한다.

안개 속 약속

안철수 교수로부터 내일 오전에 만나자는 메일이 왔다. 메일을 확인하면 간단한 답신을 달라는 내용이다. 박경철 원장이 동석할 예정이니 나 역시 한 사람을 동행해도 좋겠다고 한다. 아무래도 서울에

늦게 도착할 것 같아 7일 아침에 만나자고 안 교수에게 제안을 했다. 그러나 가능하다면 하루 일찍 귀경해 달라는 안 교수의 요청에 따라 6일 오후 2시로 약속을 정했다. 우리가 만날 곳이 언론에 노출되지는 않을지 걱정을 했다. 다행히도 기자들이 모르는 곳이라고 하기에 그렇게 하자고 했다. 선거 캠프를 준비하고 있던 윤석인 〈희망제작소〉 부소장과 하승창 씨에게 상황을 판단해서 조언해 줄 것을 요청했다.

모든 것이 조심스럽다. 산에 있는 나로서는 알 수 있는 것이 그다지 없다. 내가 할 수 있는 것은 진실되게 내 생각과 뜻을 전하는 것 이외에는.

산악인 권지우를 기억하는 사람들

함께 나누던 막걸리만큼이나 털털했던 형의 모습을 이제 볼 수는 없지만 영원한 산사람이 되어 버린 형이 잠든 이곳에 사랑하는 우리의 마음을 여기 담아 지우 형께 바칩니다. _1991년 8월 15일 강남대 OB산악회

오늘은 바람이 불고 나의 마음은 울고 있다. 일찍이 너와 거닐고 바라보던 그 하늘 그리언마는 아무리 찾으려 해도 없는 얼굴이여. 산을 넘어 사라지는 너의 긴 그림자, 슬픈 그림자를 어찌 우리 잊으랴. _1986.8.16. 친우 일동

전혀 모르는 사람이지만 산악인 권지우 씨는 훌륭한 사람임에 틀

림이 없다. 이렇게 친구들과 후배들에게 그리운 존재로 남아 있으니 말이다. 육신은 사라지지만 이름과 삶의 향기는 남는다. 그리움이라는 이름으로 살아 있는 사람에게 남겨지는 것이다. 나도 그런 사람이 되기를 소망해 본다.

낙엽 하나

금강굴을 올라간다. 여러 차례 설악동으로 하산해 보았지만 오늘 처음으로 금강굴을 본다. 절벽 한가운데 어떻게 인간은 동굴을 만들고 거기에 이르는 길을 만들었을까? 비록 자연 동굴이라 하지만 그곳을 확장하고 사다리를 놓은 것은 인간이다.

원효 대사가 수행을 하던 곳이라는 진실 여부는 둘째 치고 오랜 세월에 걸쳐 사람들이 이 험난한 곳을 오갔다는 것이 경이롭다. "일념으로 기도하면 소원이 달성되는 곳"이라고 써 놓았는데 아마도 이 금강굴을 만든 사람은 그것으로 득도하지 않았을까?

어느 순간부터 개울이 흐르더니 한순간 큰 계곡으로 변한다. 물소리가 점점 커지고 있다. 계곡을 건널 때 보니 때 이른 낙엽이 흘러가고 있다. 낙엽 하나를 줍는다. 지난 봄 하나의 생명으로 생겨나 저 아래 뿌리로부터 흡입된 물을 마시며 자라나 따가운 여름 햇볕을 받으며 성숙하다가 이제 다시 태어난 곳으로 돌아가는 낙엽. 다른 살아 있는 모든 것들의 이름으로 낙엽을 추모한다. 모든 생명은 존귀하며 모든 자연은 역할이 있는 법이다.

이제 백두대간 종주를 마무리할 시간이다. 모든 산과 나무들과 풀, 벌레들, 그 지독했던 비와 안개와 헤어져야 할 순간이다.

서울로 가는 길

비선대로 내려오니 〈희망제작소〉 유시주 소장, 윤석인 부소장을 비롯해 간사들이 기다리고 있다. 환영 플래카드까지 만들고 대대적으로 환영식을 하겠다는 것을 말렸다. 서울시장 보궐 선거 출마 결정만 하지 않았더라면 그리해도 좋았을 것이다. 지금은 비밀 작전을 방불하게 한다. 조용히 서울로 가야 한다.

대간 종주 중 만나고 헤어지길 몇 차례 한 김창수 씨를 미시령에서 만나 진부령까지 걷기로 했다. 일정 상 그 약속을 지키지 못하고 종주를 마무리 한다. 우리 사정을 알리려 석 대장이 문자를 남겼으나 연락이 되지 않았다. 아쉽다.

종주단은 하산을 해 간단하게 씻고 속초항에서 함께 저녁을 했다. 이제 종주단 단원들과 작별해야 할 시간이다. 김홍석 군은 오늘 여기서 쉰 다음 바로 남쪽을 향해 걷는다고 한다. 나머지 〈다섯손가락〉은 바로 서울로 올라간다. 거기서 다시 김용삼 선생은 춘천으로, 박우형 부대장은 대전으로 내려갈 것이다.

산속에서 밤낮으로 함께 했던 동지들이다. 우리는 하나였다. 서로 돕고 의지했다. 그 힘으로 아무 사고 없이, 장마철 산행을 마무리할 수 있었다. 자랑스럽다. 그리고 고맙다.

나는 일행과 헤어져 별도 차량으로 서울로 향한다. 차 속에서 눈을 감아 보지만 잠 대신에 산속에서 지냈던 지난 49일이 주마등처럼 지나간다. 어떤 세상이 나를 기다리고 있을지?

어쩌면 내 인생은 백두대간 종주 이전과 이후로 삶을 나누어야 할지도 모르겠다. 새로운 삶, 스스로도 예측할 수 없는 세상으로 들어가고 있다. 불안이 깊숙한 곳에 자리하고 있다. 그러나 백두대간에서 만난 만산을 마음으로 오르내리면 불안조차 잠재울 수 있을 것이다. 이미 결정한 행로에서 닥칠 만난을 받아들일 것이다.

[덧붙임]

산행을 끝내고 돌아온 나는 그 다음 날인 9월 6일 오전, 안철수 교수를 만났다. 그는 나에 대해 "우리 사회를 위해 헌신하면서 시민사회에 새로운 꽃을 피운 분으로서 서울시장을 누구보다 더 잘 수행할 수 있는 아름답고 훌륭한 분"이라고 하면서 서울시장 출마를 포기했다. 나는 이 아름다운 합의에 대해 "두 사람 모두 시장직 자리를 원한 것이 아니다. 진정 새로운 세상을 만드는 데 관심이 있었기 때문에 이렇게 상식적으로 이해 안 되는 결론(합의)이 나온 것"이라고 화답했다. 그로부터 10월 26일 서울시장 보궐 선거를 향한 또 다른 산행이 시작되었다.

344

꿈을 확인하는 백두대간

신충섭 | 보급대장

영국 산악인 조지 말로리는 "산이 거기 있기 때문에" 산을 오른다고 했다. 직업적인 등산가는 아니더라도 단지 산이 좋아 그 언저리를 맴도는 사람도 있고 등산 보다 입산에 의미를 두는 사람도 있다. 산은 모든 사람에게 산을 찾는 각자의 의미를 전해줄 것이다.

2011년 4월 어느 날, 박원순 변호사의 전화를 받았다. 대뜸 백두대간 종주를 시작하자고 했다. 그는 난생처음 해외여행을 준비하는 사람처럼 들뜬 목소리에 힘이 넘쳐 있었다. 연례행사로 신년 산행을 해 왔고, 틈틈이 북한산이며 지리산이며 이 나라의 명산을 두루 다닐 만큼 산을 좋아한다는 사실을 알고 있었다. 그의 사무실엔 등산화와 배낭이 항상 준비되어 있고, 야근을 하다 늦어지면 야영용 매트리스를 깔고 사무실에서 잠들기도 했다.

박원순 변호사와는 매년 지리산 능선을 함께 걸은 인연이 있다. 그때마다 백두대간 이야기와 가슴 부푼 종주 이야기를 몇 차례 나눈 적이 있었다. 그러나 항상 일에 싸여 사는 실정을 아는지라 그저 평생의 꿈을 꾸고 있다고 생각했었다. 게다가 그는 평발에다 통풍 증세까지 있어 지리산부터 설악산 진부령까지 680킬로미터에 이르는 백두대간 완주는 불가능한 일이라고 여겼다. 아무리 '박원순'이라 해도 이룰 수 없는 일 하나쯤은 있고, 그것이 백두대간 종주라 생각하고 있었다. 그런 까닭에 백두대간 가자는 말을 백두산으로 가자는 말로 잘못 들은 것은 아닐까 의심했다. 박 변호사는 백두산은 통일 후 당당히 북녘 땅을 거쳐서 갈 것이고, 이번에는 백두대간 종주를 결심했다고 말했다. 한번 마음에 새긴 일은 무엇이라도 해내고 마는 전력에 비추어 단순한 희망만은 아닌 것을 직감적으로 알 수 있었다.

그는 시민단체를 창립해서 활동하다가 시스템과 운영 체계가 갖춰져서 안정되면 미련 없이 그 일을 접었다. 그리고 또 다른 의미 있는 일을 시작했었다. 그때까지 이끌던 〈희망제작소〉도 벌써 여섯 해가 됐고 연말쯤 협동조합 설립을 위해 꾸준히 준비하던 때였다. 아마도 이전의 경우처럼 〈희망제작소〉와 정을 떼는 시간이 필요하며, 미래를 구상하기 위해 백두대간 종주를 계획한 것으로 짐작할 수 있었다.

여러 차례 만나 논의하며 최종 산행 일정을 확정했다. 〈희망제작소〉 실무를 놓는다 해도 중요한 일정들은 미룰 수 없었기에 5월 중순 산행을 시작하고 짧게는 일주일에서 이 주일 정도 연속 산행을 해서 10월 중순경 종주를 마치는 것으로 했다. 다섯 달 동안 매달 약 2주 정도 연속 산행을 하는 것으로 정리한 것이다.

5월 초, 어느 날 갑자기 계획이 바뀌었다. 자정 무렵 전화를 해 격앙된 목소리로 연속 종주를 하는 것이 좋겠다고 했다. 백두대간을 제대로 걷기 위해서는 연속 종주가 바람직하지만 정말 많은 준비와 체력 부담이 컸기에 구간 종주로 계획했던 것인데 계획을 바꾸기로 했다. 한번 결심한 일은 반드시 해내고야 마는 박 변호사의 성격을 알기에 산행 계획은 다시 짤 수밖에 없었다.

종주대와 지원팀이 꾸려지고 55일간의 연속 종주 일정표도 짜고 운행 계획과 준비물 리스트를 만들어갔지만, 정작 나는 두 달간 휴직을 할 수 없어 배후 지원팀의 역할에 만족해야만 했다. 사직서라도 내고 동참하고 싶었지만, 종주를 무사히 마칠 수 있도록 돕는 일도 소중하다는 생각에 마음을 바꾸었다.

종주 대장은 〈희망제작소〉 후원회 산악회장인 석락희 선생이 맡기로 하고, 시민 중 3명을 공모로 선발해 종주 팀을 꾸리기로 했다. 대전에 사는 박우형 선생은 부인이 애틋한 사연을 보내와 합류가 결정됐고, 촬영과 기록을 맡을 젊은 대원으로 김홍석, 홍명근 군이 동참했다. 각자의 열정은 박 변호사와 다르지 않게 뜨거웠고 능력 또한 믿을 수 있었다. 하지만 가장 큰 문제는 누구도 산에서 며칠씩 걸으며 야영한 경험이 없었다는 점이다. 텐트 하나 제대로 칠 수 있을까 염려하는 마음은 잠깐이었고, 똘똘 뭉쳐진 팀워크와 따뜻한 마음으로 필요한 것을 금세 배워 나갔다. 백두대간에 대한 공부, 장비 사용법, 날짜별 운행 계획, 식량 보급 계획, 산에서 지켜야할 수칙 등을 만드는 사이에 출발일인 7월 19일이 오고 말았다.

원래 계획은 9월 10일 진부령에서 종주를 마치는 것이었으나, 세상의 관심이 커지고 상황이 변하여 9월 5일 설악산 마등령에서 비선대로 하산했다. 무려 49일 만의 일이다. 박 변호사는 산에서 자주 "무식한 자가 일을 저지른다."라고 했다. 백두대간은 그런 곳이다. 무식하게 도전하고 용기를 갖고 마주치지 않으면 엄두도 내지 못할, 고행이 있는 한반도의 척추이다. 시간과 돈으로, 사치를 부리며 나들이 삼아 걸을 수 있는 땅이 아니다. 종주를 마쳤다고 하여 어떤 타이틀이 생기는 것도 결코 아니다. 자신과 싸우고, 온몸으로 길과 마주하고, 진실한 마음으로 우리의 역사와 대지를 만나는 곳이다. 그리하여 자신의 마음속에 깃든 꿈을 확인하고 미래를 향해 두렵지 않은 발걸음을 내딛을 수 있는 성장의 여정이 백두대간 종주길이라 생각한다.

종주를 무사히 마친 것은 〈다섯손가락〉이지만, 많은 사람들의 걱정과 응원과 도움이 있었기에 가능한 일이었다. 특히 산행 도중 만난 수많은 분들의 격려에 진심으로 고마운 마음을 느꼈다. 1년이 지난 지금도 그들이 베푼 선의가 마음 가득 남아 있다. 다시 한 번 고맙다는 말씀 전한다.

원순 씨와 함께 한 희망대종주

석락희 | 종주대장

"백두대간에 같이 안 가실래요?"

정말 뜻밖에 제안이었다. 원순 씨는 전혀 예상하지도 못했던 제안을 했다. 2000년에 백두대간 구간 종주를 한 경험이 있는 나에게 백두대간 연속 종주는 '희망'이자 '꿈'이었다. 나뿐만 아니라 산을 좋아하는 사람 모두에게 백두대간 연속 종주란 '희망'이자 '꿈'이다. 마음 한편에 지니고 다니는 그 '희망'과 '꿈'을 알고 있었다는 듯이 원순 씨는 그렇게 나를 설레게 했다. 백두대간 연속 종주를 한다는 사실만으로도 벅찬데 그 길을 원순 씨와 함께 걷는다니 어찌 감격스럽지 않았겠는가.

기쁨과 감동도 잠시, 종주를 계획하면서부터는 책임감에 마음이 점점 무거워졌다. 단장인 원순 씨부터 공모를 통해 선발한 3명 대원들까지 산행 초보들이다. 사전 산행 연습을 할 시간도 제대로 갖지 못 했다. 단장인 원순 씨는 살인적인 스케줄 속에서 연습할 시간을 내지 못했고, 박우형 부대장은 지방에서 거주하니 만나기가 쉽지 않고, 젊은 두 대원 역시 학생들이니 시간 내기가 여의치 않았다. 이런 상태에서 2011년 7월 19일, 대망의 걸음을 내딛었다.

첫날부터 대원들은 힘겨워 했다. 지리산 중산리에 내리쬐는 7월의 불볕더위 아래서 초보 산꾼들은 물 먹은 솜이 되었다. 전문 산꾼이면 두 시간도 안 걸릴 거리를 네 시간이나 걸려 도착했다. 백두대간 산행은 무게와 시간 그리고 물과의 싸움인데 첫 싸움부터 완패를 당한 것이다. 그 순간 "너무나 무모한 도전"이라며 걱정하던 분들의 얼굴이 떠올랐다. 과연 '완주를 할 수 있을까?' 하는 걱정이 몰려왔다. 전문가들끼리 팀을 구성해도 중간에 팀이 깨지고 산행을 중단한다는…….

그러나 많은 사람들의 걱정을 뒤로 하고, 대장인 나의 우려를 뒤로 하고 〈다섯손가락〉은 목표를 달성했다. 49일 동안 680킬로미터를 걸어 마등령에 도착했다. 약 100만 걸음을 뚜벅뚜벅 걸어서. 온전히 대원들 덕분이었다. 수많은 어려움이 있었음에도 원순 씨를 따랐고, 내 말에 귀 기울여 주었기에 가능했다. 속 깊은 대원들은 힘든 가운데에도 서로를 배려하고 서로에게 힘이 되어 주었기에 목표 지점에 도달할 수 있었다.

전문 산꾼들조차도 쉽지 않다는 백두대간 연속 종주를 했다는 사실은 지금 돌이켜 보아도 감동스럽다. 하나 된 마음이 없었다면 불가능했을 산행이었다. 매일매일 걸을 때는 몰랐다. 차라리 지나고 보니 기적에 가까운 산행이었다.

산에서 대원들과 함께 한 날들 또한 소중하다. 그리고 대원들이 붙여준 별명마저 자랑스럽다. 처음에는 대원들은 무엇이던 해결한다고 나를 '맥가이버'라고 부르더니, 한참 후에는 기계처럼 사정없이 군다고 '머신'이라고 불렀다. 그래도 좋다.

〈다섯손가락〉 단장을 맡았던 원순 씨, 평소 산행을 좋아하고 그 누구보다 강한 정신력을 갖고 있었지만, 육체적으로 완주를 자신할 만한 상태가 아니었다. 체중도 많이 늘어 있었고, 심한 평발이다. 누구에게 물어도 백두대간 연속 종주가 불가능하다고 평가했다. 그러나 그는 자신에게 놓인 길을 피하지 않았다. 힘든 와중에도 이 땅의 바위 하나, 풀 한 포기에도 관심을 가졌고, 사람들의 삶을 따뜻한 눈길로 바라보았다. 생명과 자연에 대한 외경심은 대원들에게 본이 되었다.

설거지나 물 떠오기, 밥하기 등 궂은 역할을 자임하여 처음에는 대원들을 당혹하게 만들었다. 언제나 낮은 자리를 마다하지 않았고, 어려운 일을 외면하지 않았다. 어렵게 한 발자국을 떼야 하는 중에도 허리에 비닐 주머니를 차고 대간에 버려진 쓰레기를, 구박(?)을 받으면서도, 주우며 걸었다. 누가 봐도 쉽지 않은 행동이었지만 그 일을 해냈다. 그를 통해 역경은 스스로 힘을 일으켜 이겨 내는 것임을 배울 수 있었다.

8월 초, 속리산을 걸을 때 아침부터 세찬 비가 내렸다. 천황봉에 도착해서도 비는 그칠 줄 몰랐다. 그때 원순 씨가 내게 한 말을 잊을 수가 없다. "석 대장님, 이 비를 느껴 보세요. 이것은 비가 아니라 눈물입니다. 상처 입은 자연, 힘들고 아픈 국민이 흘리는 눈물입니다." 그 말을 할 때 그의 표정과 자세는 충격적이었다. 아마도 원순 씨가 "정치를 하겠다." 하는 결심을 하게 된 것은 그의 그런 통찰과 자각이 있었기 때문이라 생각한다.

그 긴 여정 동안 끊임없는 질문을 던졌던 원순 씨. 아무리 사소한 것이라도 궁금한 것이 있으면 지나치지 않고 묻고 또 물었다. 어떤 난제라도 해답을 찾고야 마는 그의 모습은 그렇게 살피고 질문하는 태도에서 나온 것임을 알 수 있었다. 또 한 가지 원순 씨는 누구와 만나도 친해지고 어떤 사람들의 말에도 귀를 기울였다. 경청과 소통의 힘은 그의 탁월한 재능이다.

백두대간 종주는 내 인생에 잊을 수 없는 추억거리다. 내 나라 산천의 아름다움과 민족의 역사에 대한 자각을 하게 했다. 형제처럼 때로는 스승처럼 삶의 방향을 제시해 준 원순 씨, 사람 좋은 웃음으로 대원들을 다독였던 박우형 부대장, 그리고 기특한 두 청년, 김홍석·홍명근 대원 – 〈다섯손가락〉은 내 인생 2막을 빛나게 한 보물들이다.

백두대간이 내게 준 선물

박우형 | 부대장

초보들답게 배낭 속엔 무리하게 가져온 불필요한 물건들로 가득했고 산을 온몸으로 처음부터 익혀야 했다. 지리산에서 덕유산까지 첫 구간은 '속세의 찌꺼기'를 버리는 산행이 이어졌다.

종주단에 합류하기 전까지 〈다섯손가락〉 구성원들과는 잘 모르는 사이였기 때문에 어색함은 험한 길과 무거운 배낭만큼이나 부담스러웠다. 적응은 산뿐 아니라 사람들과도 해야 했다. 어색함에서 오는 부담감과 산행의 고단함을 밤하늘 쏟아지는 별빛을 홀로 바라보며 풀어야 했다.

산행 5일째 맞은 첫 휴식일, 개울가에서 물놀이를 하며 어린 동료가 날린 천진한 웃음은 서로의 거리를 좁히게 했다. 그렇게 서로에 대해, 산에 대해 알아 가고, 익숙해져 갔다.

그러나 산행은 여전히 만만하지 않았다. 조금이라도 잘못된 판단을 할라치면 대가를 톡톡히 지불하게 했다. 그렇지 않아도 어려운 야영을 더 힘들게 할 때도 있었다. 무겁다는 핑계로 새 텐트를 버리고 낡은 텐트를 가져와 텐트 안에서도 꼬박 비를 맞아야 했던 일도 있었다.

백운산 자락에 있는 백운농장에서는 비를 피해 부엌으로 텐트를 옮겨야 했다. 지붕 하나가 그렇게 고마울 수 없었다. 산 아래에서는 느끼지 못했던 집의 고마움을 뼈저리게 느낀 일은 백두대간 내내 이어졌다. 평소 지나쳤던 평범한 것들의 고마움을 새삼스럽게 배울 수 있었다.

종주가 덕유산에서 죽령을 걷는 두 번째 구간으로 이어지자 초보에서 벗어나 산을 걷는 일에 다소 익숙해졌다. 〈다섯손가락〉 서로에게 느낀 이해와 신뢰는 길을 걷는데 큰 힘이 되었다. 배낭을 꾸리는 일도 점점 효율적으로 변했다. 몸과 마음을 비우고 점점 산을 느끼는 일에 젖어 들었다. 그렇다 해도 어려움에 익숙해졌을 뿐 악조건이 사라진 것은 아니었다. 늘 쏟아지는 비와 모기의 공격은 쉽게 이겨내기 힘든 고난의 연속이다. 그 어려움 속에서도 수평적 관계로 대원들을 격려하는 원순 씨와 앞에서 대원들을 이끈 대장의 노력에 자연스럽게 머리가 숙여졌다.

아주 오래전에 텔레비전에서 방영했던 〈개구장이 스머프〉라는 인기 만화영화가 있다. 숲 속 마을에서 함께 살아가는 요정 스머프들의 모험을 그린 이야기다. 종주가 중반으로 접어들면서 나는 우리 일행들이 마치 숲 속의 푸른 요정, 스머프와 같다는 생각을 하게 됐다.

원순 씨는 스머프 마을 요정들을 챙기는 촌장이며 정신적인 지주인 '파파 스머프'였다. 언제나 해맑은 웃음으로 보이지 않는 울타리가 됐으며 아무도 보지 않는 백두대간 길에서 묵묵히 쓰레기를 줍는 모습은 대원들을 정신적으로 성숙하게 이끌어 주었다. 석락희 대장은 어떤 극한 상황에서도 물을 구해 오고, 편리한 도구를 만들어 내는 '편리 스머프'였다. 대장은 진정한 카리스마와 리더십이 무엇인지를 보여주곤 했다. 스머프 마을에서 내 모습은 언제나 자기중심적이고 이기적인 '투덜이 스머프'였다. 덩치 좋은 김홍석 군은 언제나 솔선수범하는 든든한 '덩치 스머프'였다. 아무리 힘든 일도 앞장서서 했다. 일이 서툴러 실수도 많지만 빼는 법이 없었다. 막내 홍명근 군은 대원들에게 언제나 웃음과 애교를 선사한 '똘똘이 스머프'였다. "대통령이 되겠다."라는 그 원대한 꿈이 반드시 이뤄지기를 응원한다.

백두대간을 걸으며 우리는 서로를 사랑하고, 보듬는 숲 속의 요정 같은 존재로 변신을 했다. 힘든 산행이 선물한 정신적인 성숙 덕분이리라 생각한다.

돌아보면 백두대간 종주는 꿈만 같다. 산 아래서 보지 못하던 것을 보았고, 느낄 수 없던 것을 느낄 수 있었다. 사람에 대한 신뢰가 생겼고 자연을 사랑하게 되었다. 자연과 사람이 하나가 되어야 한다는 것을 알게 되었다. '파파 스머프' 원순 씨가 내게 준 "평생 사람을 생각하는 사업을 하라."는 과제를 얻은 것도 백두대간 종주가 내게 준 선물이다. 슬그머니 다가와 함께 걷다가는 어느새 훌쩍 자신의 길을 걸어간 산꾼 김창수 씨, 산을 즐기는 법을 알려준 김용삼 선생도 잊을 수 없는 선물이었다.

백두대간 산속에 두고 온 〈다섯손가락〉의 스머프 마을, 어느새 그곳이 그립다.

백두대간, 아직 끝나지 않은 이야기

김홍석 | 네 번째 손가락

백두대간을 걷다 보면 이따금 바람결에 짙은 향기가 풍겨온다. 살펴보면 어김없이 주변에 고본이라는 약초가 있다. 아주 작은 풀이지만 짙은 땀 냄새를 풍기는 배낭끈에 꼽아 놓으면 향기가 하루 종일 따라다닌다.

세상을 변화시키고 싶었다. 남들이 가지 않는 길을 가면 세상이 변화될 것이라고 생각했었다. 누가 뭐래도 내 자신을 믿고 나아가면 될 것으로 믿었다. 백두대간 종주를 나선 것은 그런 의지의 표현이었다. 그러나 원순 씨와 함께 길을 걸으며 어떻게 사는 것이 진정 세상을 변화시키는 일인지를 다시 생각해 보게 되었다.

종주 3일째, 지리산 벽소령에서 노고단으로 넘어가던 날, 원순 씨는 "홍석 씨는 사회에서 뭐 하다 왔어요? 앞으로 뭐 하면서 살고 싶어요?"라고 물었고 나는 "아직 학생입니다. 여전히 고민하고 있습니다. 이태석 신부님처럼 지구상에서 저를 필요로 하는 곳에 가서 그들과 함께 하고 싶습니다."라고 답했다.

원순 씨는 그날부터 내게 이렇게 하라, 저렇게 하라는 이야기 대신 '남에게는 너그럽게, 나에게는 엄격하게' 대하는 행동으로 모든 것을 보여 주었다. 배낭을 메고 걷는 것조차 힘든 산길에서 매일매일 쓰레기봉투를 배낭에 묶어 눈에 보이는 쓰레기를 담기 시작하더니 종주가 끝날 때까지 일관했다. 힘들다는 이야기는 입 밖에 꺼내지도 않았다. 쉬는 시간마다 수첩을 꺼내 떠오르는 단상을 메모했다. 그 일을 하루도 거르지 않았다.

그러나 팀원들이나 만나는 사람들에게는 항상 관대하셨다. 햇병아리 청년 김홍석과 홍명근의 이야기를 진심으로 경청했고, 이해해 주었다. 등산객을 만나든, 농부를 만나든, 산장지기를 만나든, 식당 주인을 만나든, 심지어는 술주정하는 이를 만나도 지나치다 싶을 정도로 당신을 낮추었다. 늘 웃으며 고개를 숙였다. 오죽하면 나의 일기장에 "배려가 넘치다 못해 지나치시다."라는 평이 적혀 있을 정도였다.

종주 초반에는 원순 씨에게 서운한 점이 많았다. 요령 부리지 않고 최선을 다해서 종주에 임하는 데도 나에게만큼은 엄격하게 대하는 것 같았다. 돌아보면 내 모난 부분을 스스로 깨닫게 하기 위함이었던 것 같다.

아프리카 속담에 "빨리 가려면 홀로 가되 멀리 가려면 함께 가라."

라는 말이 있다. 세상을 변화 시키는 길은 혼자 가는 것이 아니라 함께 가는 것이라는 사실을 행동으로 보여 준 원순 씨. 선구적인 생각으로 사람들에게 영향을 미치는 것이 아니라 타인의 이야기에 귀 기울이고, 가슴 깊이 공감하고, 남을 인정하고 칭찬하는 모습을 통해 진정한 변화를 이루어 갈 수 있다는 것을 49일간 행동으로 가르쳐 주었다.

백두대간 종주를 함께 한 〈다섯손가락〉은 내 인생 최고의 보물이 되었다. 이제는 서울시장으로 또 다른 변화의 길을 걷고 있지만 내게 는 백두대간 종주 기간 동안 불렀던 "변호사님"이라는 호칭이 아직도 더 친근한 원순 씨. 팀을 위해서라면 악역도 마다하지 않았던 언제나 청년 같았던 석락희 대장님, 때로는 삼촌처럼 때로는 형처럼 야생마 같은 나를 다독여 준 박우형 부대장님, 미워하려야 미워할 수 없는 종주대의 귀염둥이 명근이. 나의 꿈을 일깨우고 미래를 향해 걸을 수 있도록 격려해 준 사람들이다.

설악산 마등령에서 내려온 지 이틀만인 2011년 9월 7일, 나는 고성 진부령에서 다시 지리산으로 출발했다. 함께 걸어왔던 길을 홀로 걸었다. 힘들고 외로울 때면 〈다섯손가락〉이 더 간절하게 생각났다. 혼자 걷는 길에서 등산객, 농부, 약초꾼, 산장 주인, 공사장 인부, 심지어 무속인까지 다양한 사람들을 만날 수 있었다. 놀라운 것은 그들에게도 각자의 고유한 향기가 난다는 사실이었다. 저 향기로운 풀,

고본처럼 화려하지 않아도 자신만의 향기로 세상을 채우고 있었다. 나는 그저 그 향기에 취하기만 하면 되는 것이었다.

다시 길을 나서 종주 80여 일 정도 되었을까. 정선 백전리 용소분교에서 원순 씨가 보낸 책을 받았다. 첫 장에는 이렇게 쓰여 있었다. "함께 꾸는 꿈은 현실이 됩니다."

나는 꿈꾸어 본다. 훗날 10년이 되든, 20년이 되든, 언젠가 〈다섯손가락〉이 다시 마등령에 모여, 진부령을 거쳐 향로봉을 통해 백두산까지 가는 날을. 오늘보다 더 아름다운 세상이 올 것을 믿는다.

나를 키워 준 백두대간

홍명근 | 다섯 번째 손가락

원순 씨와 49일을 함께 걸었다. 마음은 있어도 쉽게 밟지 못한다는 백두대간의 연봉을 종주했다. 종주 팀에 지원한 솔직한 이유는 자기소개서에 한 줄이라도 더할 경력을 위해서였다. 4학년을 앞두고 취업을 걱정하는 내게 선배들은 뭐든 독특한 경험을 해야 도움이 된다고 충고했기 때문이다.

멋모르고 지리산에서부터 시작한 발길은 설악산에 이르러 내 생각을 완전히 바꾸어 놓았다. 한여름 뜨겁게 쏟아지는 태양은 온몸을 땀으로 적셨고, 끝없이 쏟아지는 비를 꼼짝없이 맞아야 하는 여정은 취업 걱정 따위는 날려 버리게 했다. 하루하루 마음은 조금씩 성장하고 있었다.

지리산 천왕봉의 장엄한 일출, 보석 그림을 대지에 펼쳐 놓은 듯한 설악산 공룡능선, 높은 산 연봉을 걸으며 문득 마주친 무지개와 밤하늘의 쏟아지는 별빛. 매일 밤 텐트에서 울어 대는 숱한 풀벌레 소리와 가끔 만날 수 있었던 뱀에 이르기까지 백두대간의 모든 것이 나를 더 큰 사람으로 키워 주었다. 특히 〈다섯손가락〉이라는 이름으로 함께 걷고, 보고, 듣고, 느끼며, 서로를 이끌어 준 원순 씨와 동료들은 진정 나를 변화시켰다.

원순 씨는 내게 "꿈이 무엇이냐?"라고 물었다. 그전까지 막연히 정치인이 되고 싶었다. 대학도 정치외교학과를 선택했지만, 그 꿈을 이룰 자신이 없었다. 사람들은 정치가가 되기 위해 필요한 현실적인 조건들을 이야기하곤 했다. 인맥과 돈 따위가 반드시 필요한 것인 양 말하는 것이다. 돈도 없고, 공부도 벅찼으며, 무엇 보다 나이 어린 학생에 불과한 나는 그런 이야기를 들을 때마다 정치가의 길은 멀고 험하게만 느껴졌다. 그런 까닭에 원순 씨의 질문에 나의 대답은 자신 없이 나올 수밖에 없었다. 내 꿈을 들은 원순 씨 반응은 달랐다. 정치인이 되고 싶어 하는 이유를 물어보았다. 그리고는 "정치인이 되겠다는 명근 군에게."란 글을 써 주었다. 게다가 그 글을 인터넷 '원순닷컴'에 공개해 버리고 말았다. 원순 씨는 내게 웃으며 말했다. "명근 씨, 이제 내가 소문 다 냈으니까 꿈을 이룰 수밖에 없어!" 그 한마디는 이제껏 받아 본 격려 중 가장 큰 격려였다. 나에게 용기를 불어넣어 주었다. 처음으로 내 꿈을 인정받았다는 설렘에 그날 밤을 뜬 눈으로 새워야 했다.

지금 생각하면 백두대간 종주는 꿈만 같다. 웅장한 산봉우리들이 비 갠 하늘 아래 모습을 드러낼 때의 그 장엄함들 잊을 수가 없다. 종주 내내 시민 경제와 시민 자본의 시대를 열어야 한다는 이야기로 꿈을 키워 주던 원순 씨를 민박 집에 있던 텔레비전 속 뉴스에서 보았던 것 역시 잊을 수 없는 일이다. 그때 뉴스에서 서울시장 후보로 거명되던 원순 씨는 지금 새로운 길을 가고 있다. 다른 대원 모두가 내게는 길잡이였고 멘토였다. 물이 바닥 나 고통 받을 때 어디선가 물을 구해 오고, 거짓말처럼 샘을 만들던 대장님의 모습도, 늘 앞에서 걷기에 떨어지는 이슬에 살이 부르터도 웃으며 격려해 주던 부대장님, 묵묵히 자기 일을 하며 나의 철없는 행동마저도 다 받아주던 홍석이 형, 늘 환한 웃음으로 맛있는 음식을 한 아름씩 싸 오던 신충섭 팀장님, 감동의 편지를 전달해 준 은주 선생님. 덕분에 나는 그 먼 길을 다 걸을 수 있었다. 내 생애 가장 값지며 빛나는 순간을 누릴 수 있었다.

다시 한 번 원순 씨를 처음 만났던 때를 떠올린다. 〈희망제작소〉에 있는 원순 씨의 방에서 그는 작은 문을 열었다. 그 문 뒤에 있는 것은 거울. 그 거울에 내가 비쳤다. 원순 씨가 내게 물었다. "이것이 무엇으로 보이나요?" 나는 당연히 내가 보인다고 했다. 그는 내게 "아닙니다. 희망입니다!"라고 말했다. 백두대간을 종주하며 그 말의 의미를 깨달을 수 있었다. 거울에 비친 내가 바로 세상의 희망이 되어야 한다는 것을.

석락희 · 종주대장

박우형 · 부대장

신충섭 · 보급대장

옥돌봉

홍명근 · 다섯 번째 손가락

김홍석 · 네 번째 손가락

괘방령쉼터